INDICE DES FEUX

ÉDITIONS LA PEUPLADE
339b, rue Racine Est
Saguenay (Québec)
Canada G7H 1S8
www.lapeuplade.com

DISTRIBUTION POUR LE CANADA
Diffusion Dimedia

DIFFUSION ET DISTRIBUTION POUR L'EUROPE
CDE-SODIS

DÉPÔTS LÉGAUX
Bibliothèque et Archives
nationales du Québec, 2021
Bibliothèque et Archives
Canada, 2021

ISBN 978-2-924898-87-1

•

Les Éditions La Peuplade reconnaissent l'aide financière du gouvernement du Canada pour ses activités d'édition et remercient le Conseil des arts du Canada, la Société de développement des entreprises culturelles du Québec (SODEC) et le gouvernement du Québec, par l'entremise du Programme de crédit d'impôt pour l'édition de livres du Québec (gestion SODEC), du soutien accordé à son programme de publication.

Financé par le gouvernement du Canada | Canada

INDICE DES FEUX

Antoine Desjardins

LA PEUPLADE **FICTION**

À Gabrielle

Nombreux sont ceux qui,
avant nous, se sont égarés,
aussi faut-il apprendre à voir
le monde qui nous entoure.

– WILLIAM ROLSTON III

Le réel est viré à l'envers,
et quelque chose en nous, entre
la peur viscérale et l'instinct
de survie, pulse, comme neuf.

– VÉRONIQUE CÔTÉ

À BOIRE DEBOUT

[...] *en ce jour-là toutes les sources du grand abîme jaillirent, et les écluses des cieux s'ouvrirent.*

– LA GENÈSE

ON TOMBE, ON PART. Un par un. Les damnés du septième étage. Les finis. *Les scraps*, comme disait le gars d'à côté. Le grand slack qui faisait son brave pour impressionner les infirmières, avec son petit sourire arrogant, trop fier pour avouer qu'il avait peur de crever, lui aussi. Ça, c'était avant qu'il prenne le chemin de la chambre isolée, des adieux, de la ligne plate, du drap blanc, de la civière pieds devant, des portes de métal avec leur battement caoutchouteux de sac Ziploc qui éclate. Kevin, c'était un joueur de hockey dans le Bantam BB. Paraît qu'il avait le corps solide, des bonnes mains, une grosse shot pis du cœur au ventre. Sauf que ça change rien, rendu là. Cardio pas cardio, tu finis toujours à' même place. Dix jours après être arrivé ici, il a pris la même dérape que les autres avant lui. Il a supplié, gémi, dégueulé, dégueulé encore, jusqu'à la maigreur, braillé jusqu'à ce que les veines des yeux lui éclatent, que ses iris se noient dans le lait.

C'est pour ça qu'on nous cache ici, dans l'aile centenaire, juste en dessous du toit. Plus proche du ciel pis du paradis qui existe pas, mais auquel on essaie de croire pareil. Plus loin des regards indiscrets, de l'inquiétude des familles qui entrent à l'hôpital pour la première fois. On fait pas chic-chic, on fait pas dans le fla-fla, les téléthons, les grands sourires pis les photos avec Youppi, au septième. Quand on nous monte ici, on le sait tout de suite qu'on en ressortira plus. Dans le visage des médecins qui nous l'annoncent, des préposés qui nous roulent jusqu'à l'ascenseur en silence, du concierge qui passe la moppe en faisant son possible pour pas nous regarder, des autres malades autour qui ont l'air d'être déjà morts pis dans celui de leurs parents, dans toutes ces faces-là, même si personne ose le dire, c'est écrit noir sur blanc, c'est gravé jusqu'au sang : *ça finit là*.

•

Tout a commencé un vendredi. Le 26 novembre 2017. Ce jour-là, je filais vraiment moyen en me levant. J'ai mangé une moitié de toast au beurre de peanuts en courant vers l'autobus, que j'ai attrapé de justesse. À la première période, j'avais de l'éducation physique. J'étais plus fatigué que d'habitude et je me suis arrangé pour être sur le banc pendant quasiment toute la moitié du cours. De toute façon, le basketball, c'était pas mon sport. Ça me faisait pas grand-chose de rester assis, tant qu'à suer sans jamais toucher au ballon. À la deuxième période, j'avais un examen de français. Ça s'est bien passé même si j'avais pas étudié, et je me sentais pas trop mal. Mais à la troisième, dans mon cours de bio, j'ai vu des étoiles. Y avait pas de cœur de bœuf, de dissection ni d'images d'organes internes pleins de sang. La prof parlait de rien de bien spécial, mais tout d'un coup, mon champ de vision s'est mis à rétrécir. Je voyais juste à travers un petit rond, pis tout le reste autour est devenu flou, pis après ça noir, comme à la fin des vieux cartoons. *The End*. J'ai sacré le camp par terre. Le bordel dans la classe. La prof m'a tenu les jambes surélevées jusqu'à ce que je reprenne des couleurs. Je me souviens que le pire pour moi, c'était pas tellement la nausée, ni la gêne, ni la honte des yeux posés sur moi ou des mains chaudes de madame Faraj autour de mes mollets. Le pire, c'était la peur de bander devant vingt personnes, entre les bras de la prof la plus cute de l'école. C'est con, mais c'est ça. Quand je me suis senti un peu mieux, elle a demandé à Liam, le gars le plus brillant de l'école, qui pourrait sûrement déjà passer les cours de sciences du cégep, de m'accompagner au secrétariat. Je filais déjà moins mal, mais j'étais encore faible. Vraiment, vraiment fatigué. Mon père s'est libéré pour venir me chercher à l'école. Assis sur une chaise en plastique orange avec mon manteau pis ma boîte à lunch, je me sentais comme un enfant de cinq ans qui vient de se chier dessus pis qui attend son pantalon de rechange.

Quand je suis arrivé à la maison, je suis monté dans ma chambre pour m'étendre. J'ai lancé mon sac dans un coin et me suis déshabillé. Dès que j'ai ramené ma couette de lit par-dessus mes épaules, je suis tombé comme une bûche. J'ai dormi tout l'après-midi.

Plus tard, ma petite sœur est venue me réveiller. C'était l'heure du souper. Mon père avait fait son célèbre macaroni au fromage. Mon repas préféré. Champion incontesté toutes catégories. Chaque fois que mes parents en préparent, chaque fois, c'est immanquable, ils me rappellent que je m'étais rendu malade quand j'étais bébé en en mangeant une quantité phénoménale par poignées, sans ustensiles, *un vrai petit cochon.* Ma première indigestion en avait été une de mac and cheese.

Mon père était sûr de son coup :

— Si je sais une chose, c'est qu'il y a rien comme mon macaroni au fromage pour te remettre sur pied. J'en ai fait deux gros plats. Pas besoin de te priver.

Ma sœur a servi les assiettes. Quand elle a posé le macaroni fumant devant moi, j'ai su que ça allait pas vraiment mieux. La vapeur me montait dans le nez, mais je sentais rien. Un peu comme quand tu commences un rhume, sauf que j'avais dans la bouche un goût dégueulasse, qui prenait toute la place. Un goût métallique de vieux clou rouillé. Après avoir bu de l'eau pour essayer de le faire passer, j'ai pris une bouchée. Une deuxième. J'ai couru jusqu'à la salle de bain. Je pensais vomir, mais y a rien qui est sorti, sauf de la salive ferreuse. En m'excusant mille fois à mon père, je suis retourné me coucher. Encore une fois, j'ai sombré à la seconde où mes paupières se sont fermées.

Le samedi matin, je me suis levé super tard. Passé midi. Je suis descendu à la cuisine. Pour une couple de minutes, j'ai cru que j'allais un peu mieux, mais la première gorgée de jus d'orange m'a punché dans la gorge. Vraiment. Un coup de poing. J'ai pas eu le temps de me rendre au lavabo. J'ai dégueulé direct entre mes deux pieds, sur le plancher de céramique. Ma sœur est sortie du salon en m'entendant, pis elle a commencé à gueuler comme une perdue.

Elle est partie se cacher quelque part dans la maison, en se raclant le fond de la gorge, *Bleeeuhhhrgggh !*, comme un chat qui recrache une boule de poils. Ma mère est remontée du sous-sol en courant.

— Eh merde ! La gastro. Ça faisait longtemps...

Ma mère m'a reconduit jusqu'en haut de l'escalier, m'a quasiment poussé dans la douche. Faut dire que je sentais le diable. L'eau chaude m'a pas aidé. Après trente secondes, le drain au fond de la douche a commencé à se balancer sous mes pieds. Le contact de l'eau filait bizarre sur ma peau. Trop froide, trop chaude, gelée, bouillante, sortie d'un glacier, d'un geyser. Mon corps voulait rien savoir. Mes genoux ont commencé à plier tout seuls. J'ai fermé le robinet brusquement, puis je suis sorti de la douche en grelottant. De l'autre côté de la porte, ma mère arrêtait pas de répéter :

— Ça va ? Es-tu correct ?

Non, crisse non ! Mais j'ai répondu *Oui oui !* pour pas qu'elle entre en panique pis qu'elle me voie tout nu. Je me suis séché tout croche en shakant de partout, pis je suis retourné me coucher. J'ai dormi toute la journée, sans même me réveiller pour pisser ou boire un verre d'eau. Quand je me suis levé, vers sept heures du soir, mon mal de cœur était pas encore passé. En plus, j'avais mal à la tête. Mon père m'a dit :

— Mange un peu, ça va te replacer.

Mais j'avais pas faim pantoute. Ma mère a appelé son amie Cynthia, qui est aussi notre médecin de famille, pendant que mon père me forçait à avaler une soupe Lipton. Quand est-ce que ça avait commencé ? *Vendredi.* Est-ce que j'avais vomi ? *Oui.* Les muscles endoloris ? *Oui.* Est-ce que je faisais de la fièvre ? *À lui toucher le front, je dirais que oui.* Est-ce que j'avais des frissons ? *Oui.* Mal à la tête ? *Oui.* Fatigué ? *Comme jamais.*

Cynthia a dit qu'elle pensait que c'était probablement pas une gastro. Plutôt quelque chose de viral. Sûrement une grosse grippe. Après tout, c'était la saison de l'influenza. Selon elle, j'en avais encore au maximum pour deux ou trois jours. Pas de quoi s'inquiéter. Ma mère a raccroché.

— Ah ben. Sa première grippe d'homme, a lancé mon père, arrêté sec dans son élan par le regard assassin de ma mère, doublé de celui de ma petite sœur.

Les quelques jours de fièvre et de douleur prédits par Cynthia ont passé. À part pour quelques poches d'air d'une heure ou deux ici et là, je me remettais pas. J'arrivais à peine à avaler un peu de soupe, quelques biscuits soda pis des bananes écrasées en me pinçant le nez. Je vomissais pas très souvent, mais je me sentais complètement, profondément, terriblement vidé. Les batteries à plat. Non. Mettons, les batteries fondues + la porte des batteries pis les petits springs arrachés + le lapin Duracell assassiné pour en faire des pantoufles.

Mal chié.

Je m'endormais tout le temps. Même pas capable de regarder la télé ou l'ordi. Au bout de quinze-vingt minutes, la lumière des écrans me donnait mal à la tête, ou plus précisément à la rétine, au fond de mon crâne. Même mon cell en mode nuit, c'était too much. Ça me donnait l'impression de m'enfoncer une grosse flash light de camping dans les orbites. Une couple de fois, j'ai essayé de lire pour passer le temps, mais c'était rushant. Je n'arrêtais pas de tomber dans la lune, à me perdre, à relire les mêmes paragraphes sans rien comprendre en luttant pour ne pas m'endormir.

Le mercredi matin, quand je me suis réveillé, ç'avait toujours pas décollé. En fait, c'était encore pire. J'avais mal partout, des frissons dans les jambes et les bras, pis la fièvre était pas juste encore là, elle avait pogné un méchant kick, comme Mario Bros sur les champignons. Mes draps étaient trempés. Mon dos baignait dans une flaque de sueur froide. Des bouffées de chaleur me prenaient aux cinq minutes, mais dès que je relevais mes couvertures pour m'éventer, le froid me transperçait jusqu'au fond des os. C'était comme si un courant d'air glacial de fenêtre mal fermée en hiver me courait dans le dos, deux pouces de profond en dessous de ma peau, entre mes muscles, mes côtes et mes organes. À un moment donné, j'ai entendu mon père dire à ma mère qu'il commençait à s'inquiéter sérieusement, qu'il y avait quelque chose de pas normal avec cette grippe-là. Ma mère a rappelé son amie, lui a dit que la fièvre décollait pas, que c'était de pire en pire. Cynthia nous a conseillé de nous rendre à l'urgence de l'hôpital Sacré-Cœur. Ma mère a paniqué un peu.

— Penses-tu que c'est grave, Cyn' ?

Non, c'était juste parce qu'elle avait un contact. Son beau-père travaillait là depuis 1988. Il pourrait me faire passer en priorité. On est sortis de la maison, les quatre ensemble. Ma sœur devant, suivie par ma mère. Moi. Mon père resté derrière pour barrer la porte. Devant la maison, les branches du tilleul étaient couvertes d'une neige fraîche, sûrement tombée pendant que je dormais. Elle était collante, déjà mouillée. Quelques heures après, tout devait déjà avoir fondu. Ça sentait bon. L'épinette, il me semble. Ma sœur est montée dans le camion de mon père, qui allait la conduire à l'école avant de se rendre au bureau. Ma mère m'a aidé à m'asseoir en inclinant le banc de l'auto côté passager. *Comme ça, c'est mieux ? Oui, ça va.* Tsé. Ma mère. La douceur en personne.

Puis on est partis vers l'hôpital. Le chemin a peut-être duré quinze minutes. Vingt, gros max. Mais j'avais l'impression de traverser l'Afghanistan dans une vieille charrette de bois déconcrissée, tirée par un âne boiteux et aveugle. Chaque bosse, chaque craque, chaque ostie de nid-de-poule me résonnait dans la colonne, me serrait l'estomac à m'en faire grincer des dents. À un moment donné, la route a donné un coup pis j'ai senti une décharge électrique me traverser les couilles. Après, les muscles de mes jambes me picotaient. Comme si mon sang s'était transformé en Pepsi Diète, que les bulles remontaient pis venaient éclater contre l'intérieur de ma peau, sur les os de mes chevilles, de mes genoux, de mes tibias. Dire que je filais comme un tas de marde serait un bel understatement.

On était quasiment rendus à l'hôpital quand j'ai demandé à ma mère de s'arrêter au bord du chemin, à côté d'un grand parc. Je suis descendu de l'auto en manquant trébucher, me suis pitché à quatre pattes dans le banc de neige, pis j'ai vomi la face juste au-dessus d'une vieille croûte noire de calcium. Ma mère m'a flatté le dos, m'a dit que j'étais peut-être mieux de rester là quelques minutes avant de remonter dans le char, juste au cas où je dégueulerais encore. Quand j'ai relevé la tête, les yeux dégoulinants de larmes, le boulevard s'était changé en un genre de ciel flou. Un mélange de brun, de gris pis de charcoal. Des espèces d'étoiles filantes de toutes les couleurs beurraient l'asphalte de bord en bord, étirées comme de la gomme chaude sous la semelle d'un soulier. Je le savais, que c'était juste les phares des autos, mais c'était fucking beau. Magnifique. Cette image-là m'a stické en dessous des paupières comme un poster sur le mur d'une chambre secrète, où personne d'autre peut entrer. J'y retourne quand je veux la paix. Tous les détails sont encore là, imprimés au laser. Les petits soleils qui dérapent, qui revolent pis qui m'éclatent dans les pupilles pendant que je ravale un restant d'acide gastrique.

C'est stupide, mais je pense que, pour vrai, ces lumières-là, des phares d'autos passés au filtre Instagram *special edition* de mes yeux qui braillaient d'avoir trop dégueulé, c'est la dernière belle chose que j'ai vue. Avant d'entrer à l'urgence du Sacré-Cœur au bras de ma mère. Avant les prises de sang, la batterie de tests, l'ECG pis les scans. Avant les heures d'angoisse, l'attente des résultats, le coup de téléphone et l'annonce du cataclysme. Avant d'aboutir à l'hôpital pour enfants, pour une autre ronde de tests. Pis encore une autre. Avant que les allers-retours à l'hôpital remplacent les trajets de bus vers l'école et deviennent routiniers, banals. Avant de rester pour la nuit. Juste une nuit. Puis une autre. Avant la première ronde de chimio. Avant de rentrer chez nous en pensant m'en sortir, juste pour mieux y revenir. Toujours, y revenir.

Avoir su que je finirais emprisonné ici, avoir su que c'était ça, le bout, je serais resté couché dans mon banc de neige, à regarder passer les chars sur la rue O'Brien. À dessiner des constellations au bord du trottoir en attendant le jour des vidanges.

•

Mon corps a jamais répondu aux traitements comme prévu. Après quatre semaines de chimio, la leucémie s'était pas résorbée à leur goût. Ils ont contre-attaqué avec une nouvelle ronde de chimio, m'ont passé au micro-ondes avec leur machine intergalactique, rectifié les doses, essayé une couple de nouveaux médicaments. Ils m'ont dit leurs noms, mais à part le « Vin Christine », je les ai tous oubliés. Ils sonnaient pas mal tous comme des noms de joueurs de hockey russes.

Un matin, le Docteur Gauthier a demandé à mes parents de prendre place sur le divan de ma chambre. Déjà, à *Assoyez-vous, s'il vous plait*, on savait que ça chiait quelque part. Il s'est mis à parler doucement en me regardant, mais je savais que, dans le fond, c'était à mes parents qu'il parlait. Un mot sur deux sonnait, justement, comme du russe. J'avais beau essayer de me concentrer, je comprenais rien pantoute. Il s'est mis à sortir des chiffres, pis des chiffres, pis encore d'autres chiffres. J'avais l'impression d'être arrivé en retard dans un cours de maths à Harvard. Genre, deux mois en retard. Incompréhensible. Plus de cent-mille gna gna, sa pression est à tant, son ci est à tant sur tant, son ça à tant sur tant, globules de ci, cellules de ça. On observe également telle autre affaire imprononçable, une interaction avec le « chromosome R2-D2-C-3PO » et une contamination au niveau « encéphalotragédien ». Quelque chose de même. Le docteur avait l'air de penser que tapoter les feuilles de graphiques pis de tableaux clippées sur son pad avec son crayon rendait ses statistiques plus claires, mais ça faisait juste enfoncer le clou, marteler le fait que je comprenais rien. Fuck all.

Ça lui a pris du temps, mais à un moment donné Docteur Gauthier a fini par réaliser que j'étais totalement perdu. Clueless. La bouche ouverte pis les yeux vides, je devais avoir l'air d'une truite morte qu'on vient juste d'assommer sur le bord de la barque. Épuisé par son propre exposé oral, il a repris son souffle en passant sa main dans ses cheveux lustrés d'annonce de shampoing. Avec une douceur fake de bon père de famille, il m'a dit :

— Ce que j'essaie de vous... de t'expliquer, c'est qu'il y a plusieurs facteurs de risque qui s'accumulent, à l'heure actuelle.

— Facteurs de risque ?

— Après deux vagues de chimio, dont une seconde très agressive combinée à la radiothérapie, on n'a toujours pas réussi à atteindre une rémission complète. Pour un garçon de son... de ton âge, c'est très, très rare...

Mon rythme cardiaque était déchaîné. Mes tympans, sur le bord d'éclater. J'entendais presque plus rien.

— Comme je l'expliquais à tes parents, on a découvert que la leucémie s'est propagée dans ton système nerveux central. En gros, le cancer s'est attaqué à ta moelle épinière. Je ne te mentirai pas, ce n'est pas une bonne nouvelle, mais je peux t'assurer que...

Que tout ce qui va sortir de ma bouche à partir de maintenant est de la fucking bullshit parce que la vérité est pas politically correct ? Fuck you mon calice de mannequin L'Oréal ! FUCK. YOU. Tu peux te les fourrer dans le cul, tes ostie d'assurances de bons services, tes synonymes de « Ça va bien aller » à deux cennes.

C'est quand j'ai eu fini de l'envoyer chier dans ma tête en regardant sa maudite face bronzée d'agent immobilier que ça m'a rentré dedans. J'avais eu beau me préparer intérieurement, me répéter jour et nuit, depuis le matin où j'avais commencé la chimio, que ça se pouvait que je meure, que ça se pouvait, dans la vraie vie, que ça s'arrête là, *snap !* pas rapport, à la moitié de mon secondaire quatre, j'étais quand même pas prêt. J'imagine qu'on n'est jamais prêt. Je savais que c'était *possible*, qu'un minuscule pourcentage d'enfants, genre un nombre décimal infime et plus petit que un, meurt du cancer chaque année au Canada, mais je me concentrais surtout sur l'idée que ce n'était pas *probable*. Sans que je m'en rende compte, la conviction que j'allais m'en sortir était demeurée intacte, quelque part au fond de moi. Mes commentaires cyniques, mon sarcasme, mon humour noir, c'était juste un gros show de boucane. J'étais pas encore complètement désespéré. Jusque-là.

Après avoir longuement attendu que je réponde quelque chose, pendant que je fixais le plancher pour pas éclater en sanglots devant lui, Docteur Gauthier est sorti dans le corridor. Mes parents m'ont pris la main et sont restés un peu avec moi avant de le rejoindre en refermant la porte derrière eux. Je captais aucun mot, mais le sens de leur discussion s'écoulait par en dessous de la porte, ruisselant sur le plancher comme une petite languette de rivière. Lentement, sûrement, les échos de leurs questions anxieuses, de leurs répliques précipitées, s'écoulaient jusqu'au pied de mon lit. Leurs supplications, suivies chaque fois de la vibration de la voix du médecin, qui n'était plus aussi rassurante que lorsqu'il était à mon chevet. Plutôt définitive. Elle avait la violence du coup de marteau d'un juge. La tonalité d'un verdict, d'une sentence. Tout, dans la voix froide du Docteur Gauthier, signifiait *Game over*.

•

Quand j'ai besoin de quelque chose, l'infirmière en chef le devine sans même que j'ouvre la bouche. Il paraît qu'elle travaille ici depuis quasiment cinquante ans, qu'elle aurait pu prendre sa retraite il y a dix ans. En son absence, les autres infirmières l'appellent « la vieille ». Moi, juste une fois. Elle s'est revirée d'une shot, pis elle m'a enligné, les yeux dans les yeux. Sur un ton qui m'a fait peur, elle m'a demandé de pas l'appeler comme ça. Jamais. De l'appeler par son prénom.

— Francine. Juste Francine.

Avec son dos droit comme une barre, son corps maigre et sec, mais encore agile, ses cheveux courts d'un blanc frisant le bleu, ses yeux bruns mêlés de vert, ses joues qui se creusent de milliers de rides quand elle rit, son sourire sans aucune trace de pitié mielleuse, son aura de biscuits à la mélasse trempés dans le lait pis sa prestance de reine du septième, Francine me soigne juste en existant. En étant là. Juste là. En me faisant un signe de tête discret en passant dans le corridor. En posant sa main chaude sur la mienne pour me faire oublier le thermomètre planté dans mes fesses ou la guenille froide entre mes cuisses. En me regardant normalement. Jamais comme un chien piteux, un enfant qui a fait pipi au lit ou un cancer sur deux pattes.

Ce que j'aime le plus chez Francine, c'est qu'elle sait se taire. Elle parle quasiment jamais. Peut-être pour éviter de se mettre à vomir des conneries inutiles comme tous les autres qui entrent pis qui sortent de ma chambre en mémérant à longueur de journée. Son silence m'agresse pas. Au contraire. Entre la douleur, le stress, le sifflement des machines, les vomissements, les gémissements lointains de mes voisins de descente aux enfers, les codes bleu-blanc-rouge à l'intercom, les sanglots des visiteurs traumatisés dans le corridor pis les maudites phrases creuses, vides mais gigantesques, gonflées comme des montgolfières, qui servent juste à meubler le temps qui passe entre deux malaises, une prise de sang pis un cri de douleur, le silence de Francine a quelque chose de profondément réconfortant. Il est confortable pis épais pis moelleux pis chaud. C'est une grosse couverte, un sleeping bag doux comme une pyramide de chatons. Il m'enveloppe et me réchauffe. De la tête aux pieds.

Dans son silence, je peux enfin disparaître tranquille. Ne plus avoir à être quoi que ce soit. Un enfant. Un fils. Un ami. Un malade. Ne plus avoir à être tout court. Son silence me rassure, me bourre la tête de rien. D'un rien qui me serre fort dans ses bras, me berce, me console et prend la place de mes idées de fin du monde.

•

Dans le jour, y a pas grand-chose à faire. Je suis pas capable de regarder la télé ni l'écran de mon cell. Lire me lève le cœur, les mots croisés me donnent mal à la tête, les jeux de société m'emmerdent. J'ai défendu à mes amis de revenir me voir. J'ai plus de sourcils, rien à dire, pis ben franchement, ils sont insupportables. Je sais qu'ils font pas exprès, mais leurs sourires forcés pis leur teint de pêche font juste me torturer. Ah, pis ma famille. Ostie que ma famille me gosse. Sont tout le temps mélodramatiques ou joyeusement fakes. Les médecins, les infirmières pis les employés de l'hôpital, eux autres, sont quand même cools, mais souvent trop dans le jus pour piquer une vraie jasette. J'ai juste droit aux banalités quotidiennes. Je sais pas s'ils se sont passé le mot, mais tout le monde finit tout le temps par me parler de la pluie. La pluie. La pluie. La pluie. L'ostie de pluie. Paraît qu'elle arrête pas de tomber, depuis quelques jours. Mais qu'est-ce qu'ils comprennent pas ? Je m'en sacre-tu rien qu'un peu, moi, qu'il fasse chaud ou frette, beau ou lette ? C'est fini, pour moi, dehors.

Pour m'aider à tuer le temps entre les siestes comateuses, la fièvre pis mes couilles sur le bord d'exploser, ma grand-mère m'a apporté sa vieille radio à batteries des années 1990. Même pas besoin de la brancher. C'est une bonne affaire, parce qu'ils sont pas mal freaks avec le courant, les ondes, les téléphones, les tablettes intelligentes pis toutes ces affaires-là. C'est peut-être juste une légende d'hôpital pour faire peur au monde, mais il paraît qu'un niaiseux a déjà fait sauter les circuits électriques en branchant son cell dans la mauvaise plogue, pis qu'à cause de lui une petite fille a failli mourir quand son respirateur artificiel a surchauffé. Honnêtement, j'crois pas à ça. Mais la règle, c'est la règle.

Anyway. Tout ça pour dire qu'écouter la radio, c'est pas mal la seule chose qui me reste pour me changer les idées, en ce moment. Le fuck, c'est que même la musique, c'est trop intense. Avant, j'adorais ça, mais depuis que je suis malade, ça finit toujours par me tomber sur le cœur, d'une façon ou d'une autre. Ça me donne la nausée quand ça me fait pas brailler comme un bébé. Fait que je me branche sur le poste des nouvelles.

À cause des médicaments, c'est pas trop long que je finis par voir des étoiles, cogner des clous pis tomber dans les vapes, mais bon... Ça fait la job, le temps que ça dure. L'important, c'est que quelqu'un que je connais pas, qui me connaît pas, me parle. Normalement, comme à un être humain doté d'intelligence. Quelqu'un me parle de toutes sortes d'affaires sans s'apitoyer sur mon sort misérable d'enfant martyr tellement malchanceux tellement triste tellement pathétique. Yeux fermés, radio ouverte, c'est ma pause d'apitoiement, de conneries, pis de small talk extra sauce dull. Ma pause de météo, de jokes poches, de souvenirs d'enfance pis d'anecdotes nostalgiques double fromage qui me rappellent à quel point je m'ennuie de l'époque où j'étais pas rien qu'un sac-poubelle troué qui jute du sang de poisson en décomposition. Eurke. Trop dark.

Anyway. La radio ça « rouvre les fenêtres », comme dirait ma grand-mère. Je sais pas trop, pour le courant d'air, mais c'est sûr que ça me sort d'ici. De la chiasse, des nausées, du vomi, des draps toujours un peu humides, de ma tête qui craque, qui prend l'eau pis qui commence à sentir le fond de marécage. Y a rien qui me remonte le moral comme des nouvelles du monde extérieur. La cruauté de l'actualité me console, me rappelle que je suis pas le seul à crever comme un chien.

•

Quand c'est pas les médecins, les infirmières ou mon père, c'est la radio qui s'y met pis qui me parle de température, elle avec.

Il pleut depuis maintenant cinq jours dans le Grand Montréal, où les inondations se multiplient ces dernières vingt-quatre heures. On rejoint Alexandra Deschamps sur le terrain.

Cinq jours ? Je dors trop, on dirait. Faut dire qu'il fait toujours sombre dans ma chambre pis que le petit bruit des gouttes sur le bord de la fenêtre me berce comme un bébé. Ça me rappelle le son de la pluie sur le toit de tôle du chalet de mes grands-parents pis les siestes que je faisais là-bas quand j'étais plus petit. Fenêtres ouvertes, l'odeur du sapinage pis des aiguilles de pin, tout autour de la cabane, qui remplit la chambre. Les meilleures siestes.

En tout cas, ç'a l'air que c'est pas seulement ici, à Montréal, que ça déborde. C'est comme ça partout au Québec. À certaines places, il pleut depuis plus d'une semaine. Y a des villes où les gens sont évacués d'urgence pis obligés de dormir dans un gymnase d'école parce que tout est inondé. Dans tout ça, il y a au moins une affaire qui est drôle : les journalistes envoyés sur place, qui passent les uns après les autres, *oui, Pierre, ici Chose Bine en direct de Ché-Pas-Trop-Où*. Sur un montage sonore où on peut les entendre splasher dans les flaques pis la bouette avec leurs bottes de pluie parce qu'ils sont vraiment là, dans l'eau, pour de vrai, comme le vrai monde. Ah, pis leurs phrases chocs.

Les riverains de Gatineau
sont sur un pied d'alerte.

Un barrage menace de céder
à Sainte-Marguerite.

En kayak dans la ville : le vieux Sainte-Thérèse
submergé par un mètre d'eau.

Pénurie d'eau potable
à Pointe-aux-Trembles.

Ils ont beau avoir été envoyés un peu partout à travers la province, ils répètent quasiment tous la même affaire : les barrages qui explosent, les sous-sols changés en piscines creusées, les pannes de courant, les sinistrés en colère, les folles-aux-chats qui veulent pas abandonner leur maison sans leurs vingt-deux minous, les compagnies d'assurances qui inventent des nouveaux trucs de passe-passe pour pas avoir à rembourser les gens qui ont tout perdu même si c'est pour ça qu'ils les paient.

Tsé, je dis que c'est drôle... Ça me fait surtout chier. C'était ma seule demi-heure de radio de la journée, pis j'ai rien appris de nouveau, rien d'intéressant. Rien, à part qu'il pleut. Mais guess what, Sherlock ? Je suis capable de regarder par la fenêtre tout seul.

Francine me dit de fermer ça, que ça aide pas à faire baisser ma fièvre d'entendre des affaires de même.

— C'pas demain la veille que le septième va finir inondé, mon gars.

•

Je le sais ce qui s'en vient. Ou plutôt ce qui s'en va, c'est-à-dire pas mal tout. Ce que j'ai déjà été, ce que j'ai déjà voulu. Ce que je pouvais devenir, ce qu'on m'avait promis. Tout ça va sacrer le camp dans un trou. Le même ostie de trou de bécosse qui a aspiré ceux qui ont usé, mouillé, mordu ce matelas-là avant moi, qui l'ont creusé jusqu'à y disparaître, un morceau de peau morte, un crachat, une coulée de bave, un litre de sueur froide à la fois.

Je me mens pas. Je me mens plus. C'est ça qui m'attend moi aussi, pis avec les coups de pied que la vie me crisse dans le ventre, avec le sang qui me pisse du nez depuis une couple de jours, ç'a l'air que ça devrait pas tarder. Ça achève. J'achève. Sauf que ça fait des semaines que je me dis ça, que je me répète que ça y est, c'est aujourd'hui que je vais claquer, clairer ma chambre pis mon lit pour le prochain perdant de la loto des trop jeunes pour crever.

Mais, chaque matin, les médecins me regardent avec des yeux un peu plus curieux, des sourcils un peu plus froncés, s'étonnent de moins en moins discrètement que je toffe la run, que je sois pas encore arrivé au bout de mon calvaire. Paraît que pour un gars assez badlucké pour contracter une maladie qui atteint 0,07 % des jeunes de son âge, je suis un miraculé. Le p'tit Jésus des paumés. Jour après jour, je défie les probabilités, je multiplie les heures d'agonie, même si c'est impossible pour moi de gagner la game. Chaque matin, je roule des doubles pour sortir de prison sans jamais me ruiner en tombant sur l'hôtel de l'avenue New York, mais sans jamais rien pouvoir acheter non plus, sans jamais tomber sur *Chance* ou *Caisse commune* ; rien que le temps d'atterrir au parking vide pis de retrouver espoir une petite seconde avant que les dés me ramènent dans ma cellule.

Si je les avais (j'ai pas, j'aurai officiellement jamais eu une crisse de cenne), je gagerais cinq mille piasses que quelque part dans l'hôpital, cachée au fond d'un tiroir, la paperasse est déjà remplie, signée, étampée. Qu'il manque juste la date à écrire en bas de la feuille, à côté de mon nom.

•

Depuis que j'ai quitté la maison pour de bon, mes parents dorment à l'hôtel, pas loin d'ici. Ils étaient écœurés de faire l'aller-retour tous les jours, de passer la balayeuse pour les fantômes pis que la bouffe dans le frigo finisse toujours par pourrir avant d'être mangée. Tout le temps, toute l'énergie qu'ils sauvent, ils les gardent juste pour moi. C'est beau, ça me touche, vraiment. Mais c'est un peu intense, aussi. Je savais pas comment leur dire, mais j'en ai pas besoin. Docteur Gauthier s'en est occupé. Tantôt, il les a pris à part et leur a fait bien comprendre que, même s'ils ont les meilleures intentions du monde, ça donne rien de faire le pied de grue dans ma chambre à longueur de journée, qu'au fond, ça m'épuise plus qu'autre chose.

Pour une fois, il a raison. Ça use. Ça gruge. Afficher une face neutre, un regard sûr. Garder les yeux ouverts, le souffle calme. Sourire un peu. Pas trop large, pas trop fort, pour pas déchirer mes lèvres gercées. Pas gémir, pas grimacer, pas me plier de douleur pendant que ma mère me regarde comme si elle me prenait en photo pour la dernière fois, que ma petite sœur me demande quand est-ce que je vais rentrer à la maison parce que tout le monde lui ment, pis que mon père me fait des blagues poches. Pas pour me faire rire. Juste pour se consoler. Pour pouvoir plus tard se raconter qu'on aura ri jusqu'à la fin.

Les matins où ils viennent me saluer les trois en même temps avant d'aller conduire ma sœur à l'école, ça me vide la tinque à p'tit gars courageux. Ça me demande tellement d'efforts que je m'effondre dès qu'ils passent la porte, dès que je relâche enfin mes muscles du bonheur artificiel. Après ça, je tombe quasiment inconscient, la face dans mon oreiller trempé de larmes pis de sueur.

Quand mes parents traînent un peu trop longtemps dans ma chambre, pis qu'on commence à croire qu'ils vont jamais aller faire un tour à la cafétéria, arroser les plantes à la maison ou siester à l'hôtel, qu'ils vont s'incruster comme des algues dans le divan ; les fois où la peine pis le deuil anticipé les rendent sourds et aveugles, qu'ils les empêchent de s'apercevoir que je suis à bout, que j'en peux plus de les entendre, de les avoir dans les jambes, de les sentir, eux, leurs questions incessantes, leurs regards qui s'attardent, leur tristesse, leur fatigue, leur stress ; les fois où je sens que mon crâne est sur le point de s'ouvrir comme un bourgeon ; à ces moments-là, je sais pas trop comment, Francine le sent. Instinctivement. C'est un don. Paraît qu'elle est née avec.

— C'est comme un radar, qu'elle m'a dit en mimant une aiguille qui tourne.

Quand son sixième sens sonne l'alerte, Francine apparaît immédiatement à la porte pour venir à ma rescousse. Son entrée est toujours subtile, naturelle. Son énergie, douce, discrète, mais imposante ; elle a jamais besoin de leur demander de partir. Son aura suffit à leur faire comprendre qu'il est temps. Ils s'excusent, descendent à la cafétéria, vont faire un tour de char, prendre un café, jaser avec d'autres parents pré-endeuillés dans la cuisine commune, brailler chez la travailleuse sociale, téléphoner aux assureurs, prendre une douche rapide, faire des courses, remettre de l'argent dans le parcomètre. Magasiner un cercueil en spécial. Je l'sais-tu, moi ? N'importe quoi sauf rester là à faire le piquet en attendant que je guérisse, que je meure ou que je leur dise quelque chose de profond. Une citation mystérieuse de mourant à laquelle ils pourraient se raccrocher. Une phrase à graver sur ma tombe. Mais je suis pas Émile Nelligan, pis la neige a pas tant neigé, cet hiver. Ben franchement, si c'était juste de moi, sur ma tombe, ce serait écrit *Fuck toute !* avec l'emoji qui sourit la tête à l'envers pis un symbole d'explosion.

Mais personne en a rien à foutre de ce que je veux. Ça fait un bout que j'ai compris ça. Ma mort m'appartient pas vraiment. Tout le monde veut en faire sa chose. Son jouet, sa bébelle. Avoir son mot à dire, son moment spécial, son souvenir impérissable. Tout le monde en veut un morceau. Mais crisse que je suis écœuré de partager. Je veux juste qu'on me sacre patience de temps en temps, pis qu'on sorte de ma bulle pis qu'on me laisse crever en paix. Quand Francine met tout le monde dehors, on dirait qu'on m'enlève un piano à queue en marbre du chest. Mes côtes se décoincent, se décrispent. Mes poumons se déplient. Je respire. Ça fait de l'air.

Ça en prend, de l'air, pour mourir en paix.

•

Avant-hier, à la radio, j'ai appris que le Groenland, la grosse île de glace pas loin de l'Arctique, fond à une vitesse incroyable. Inimaginable. Inquiétante. Là-bas, y a des icebergs gros comme des immeubles qui se détachent des côtes quasiment tous les jours, pis la banquise fond de l'intérieur. Y a pas longtemps, des chercheurs ont découvert des rivières souterraines en descendant dans des crevasses de centaines de mètres de profondeur. Des fleuves cachés, invisibles depuis la surface, qui se jettent dans l'océan en cachette. Un peu comme au printemps, quand la neige pis la sloche commencent à fondre, pis qu'on entend l'eau couler dans les égouts, même si on la voit pas passer pis que la grille est recouverte par deux pouces de glace.

Vers la fin de l'entrevue, monsieur Dequessé'sson de l'Institut Chépatroquoi'berg, au Danemark, disait que quand le Groenland va avoir fini de fondre, il va faire monter les océans de sept mètres. À lui tout seul. Sept mètres. Ostie. Je suis tellement resté bête.

Quand elle est passée dans ma chambre, j'ai demandé à Francine c'était haut comment, sept mètres. Elle a dit :

— Je dirais... admettons... deux-trois étages de haut ? Pourquoi tu me demandes ça, mon homme ?

— Je sais pas, juste de même.

Ce matin, j'ai entendu mes parents chuchoter, au bord de la fenêtre. Juste après leur meeting avec la travailleuse sociale, je pense. Je faisais semblant de dormir. J'avais pas l'énergie pour parler, regarder dans les yeux, écouter, hocher la tête. Les yeux entrouverts, je les ai espionnés à travers mes cils. Ils parlaient d'argent. De cartes Visa loadées au bouchon, de marges de crédit, de demandes de prêts, de pourcentages de salaires, d'hypothèque. Le cash rentre pas fort-fort, ces temps-ci. Vu qu'elle a lâché temporairement sa job pour rester avec moi à l'hôpital, ma mère a droit à l'assurance-emploi, mais on dirait que ça paie pas ben-ben. Pas assez, en tout cas. En plus, je l'ai entendue dire à mon père qu'il y avait un fuck avec la paperasse pis que les versements arriveraient pas avant un bout. *Délais de traitement.* Ma mère a fait toutes sortes de calculs en marmonnant entre ses dents. J'entendais pas les chiffres, mais j'ai quand même saisi une couple de mots de sa liste d'épicerie de dettes : parking, cafétéria, hôtel, hydro, assurances, resto, antidépresseurs. Plus ma mère ajoutait des bills, plus le cou de mon père rentrait dans ses épaules. Je me sentais comme une vraie plaie, ce qui est pas loin de la vérité, à ben y penser. C'était pas assez de scrapper la famille en leur crevant dans les mains sans avertissement. Pas assez de les faire souffrir, brailler, désespérer, de les empêcher de dormir pis de leur fendre l'âme en deux avec mon ostie d'agonie interminable. Non. Il fallait en plus que je les ruine, que je les saigne à blanc jusqu'à la dernière cenne, pas capable de partir vite-fait-bien-fait comme un grand garçon. Ça coûte les yeux de la tête, mettre au monde le petit scrap le plus branleux de l'histoire de l'humanité.

J'ai retenu mes larmes de couler en me concentrant pour pas respirer trop fort, grouiller ou renifler. Je filais pas non plus pour être consolé. Côte à côte, les bras croisés, mes parents regardaient par la fenêtre en silence. La tête droite. Vers le parking, les arbres, le mont Royal ou les grands buildings du centre-ville. Je suis à peu près sûr qu'ils voyaient rien de tout ça. Juste leur reflet. Leur teint de viande hachée passé date. Leurs faces faites en châteaux de sable de l'avant-veille, secs, sur le bord de partir au vent. Leurs faces qui manquent de tout. D'oxygène, de soleil, de vitamines, de sommeil, de bonheur, de rire, d'amour. De tout sauf de claques sur la gueule. Quand ils savent pas que je les regarde, leurs traits se relâchent, deviennent tout fripés. Ils ont l'âme au beurre noir pis les genoux en guimauve. La vie leur en crisse une bonne. Je sais pas comment, mais mes parents se relèvent toujours, même s'ils sont déjà knock-out.

Ma mère se virait la cheville, se balançait d'un pied à l'autre en chiffonnant les flancs de son chandail avec ses doigts. Mon père faisait pareil, mais en tapant du pied comme un métronome sur la MDMA. À cause de mes larmes qui refusaient de m'écouter, je pouvais plus voir comme il faut, mais à un moment donné mon père s'est penché par en avant, comme si son corps était devenu trop lourd. La tête de mon père s'est inclinée lentement, jusqu'à s'accoter à la fenêtre. Je faisais ça, dans le bus, en hiver. La cervelle en surchauffe contre la vitre givrée. Ça calme, ça change les idées. Mais ça peut rien contre la banqueroute, et encore moins contre la mort d'un fils.

•

Tantôt, pour la première fois depuis un bout, j'ai réussi à écouter tout un reportage à la radio sans m'endormir. En plus, ça parlait ni de la pluie ni des inondations au Québec. Mais j'étais pas sorti du bois. Ou plutôt, pas sorti de l'eau.

C'était à propos de l'Indonésie. Là-bas, chaque année, des archipels disparaissent, engloutis par l'océan. Le reporter disait que c'est rendu quelque chose de normal pour eux. Tellement ordinaire que leur gouvernement a organisé un programme spécial pour aider les habitants à déménager à temps. Y a même des gens, des scientifiques spécialisés en j'te-crisse-pas-trop-quoi, qui font des prévisions pour déterminer quelles îles seront les prochaines à être submergées. Après ça, ils se promènent en bateau d'une place à l'autre, cognent aux portes pour répandre la mauvaise nouvelle comme des témoins de Jéhovah.

Ding-dong ! Bonjour ! Si nos calculs sont bons, votre archipel passera sous le niveau de la mer d'ici approximativement six à huit mois. Un an si vous êtes chanceux. Fait que c'est ça ... Bonne chance !

Ils leur disent à peu près le temps qu'il leur reste avant que leurs terres et leurs maisons soient inondées, leur expliquent comment se préparer, ce qu'ils vont pouvoir emporter avec eux, les moyens de transport disponibles pour leur évacuation. Après, les gens remplissent des formulaires pour s'inscrire à des programmes de nouveaux logements construits par le gouvernement. En attendant une place, ils sont envoyés dans des camps de réfugiés pleins à craquer. Dans des petites tentes, quelque part loin de chez eux, loin de tout ce qu'ils connaissent. Un endroit qu'ils sont même pas capables de concevoir parce qu'ils sont nés, ont grandi, joué, dansé, ri, pêché, travaillé pis chillé là toute leur vie. Bien peinards, sur leur petite île. Sans jamais sentir le besoin d'aller voir ailleurs. Sans jamais penser devoir en sortir. Sans jamais imaginer voir un jour l'océan avaler leur monde tout rond. Avoir à s'exiler d'urgence, à délaisser leur coin de paradis pour partager un campement miteux avec des milliers d'étrangers.

Dès la seconde où la diffusion du reportage indonésien s'est terminée, l'animateur a recommencé avec la pluie. La maudite pluie à marde qui en finit plus de pas finir. J'ai éteint la radio d'un coup de poing. Elle est pas brisée. Je peux plus casser grand-chose. Même pas une antiquité à batteries.

•

Francine, c'est un peu ma mère de rechange.

La mienne, depuis que je suis entré ici, elle se ressemble plus pantoute. La femme qui me borde le soir a plus rien à voir avec celle que j'appelais *maman*, y a quelques mois. Je pense qu'elle voudrait bien revenir, qu'elle essaie vraiment fort de revenir, mais que c'est plus possible, qu'elle est rendue trop loin dans la douleur. Celle que j'aimais reviendra sûrement jamais. Maman est submergée comme les îles indonésiennes, mais personne m'avait averti avant l'inondation, fait que j'ai pas eu le temps de me ramasser pis maintenant j'essaie juste de retrouver quelques morceaux de souvenirs au fond de l'eau avant que le courant les emporte pour toujours.

Quand je la regarde, je vois juste un gros motton d'angoisse sculpté en forme de madame maganée. Elle a l'air tellement coincée. On dirait qu'elle est menottée, ligotée par un kilomètre de grosses chaînes invisibles. Prisonnière de sa tête qui boucane de stress, de son corps qui veut plus, de moi pis de ma mort à retardement qui lui ruine le goût de vivre.

Les gens disent souvent qu'une mère sait tout de son enfant. De ce qu'il vit, de ce qu'il pense, de ce qu'il ressent. Ils oublient souvent que l'enfant non plus, il est pas sourd. Ni naïf ni niaiseux. Lui aussi sait tout de sa mère. Elle peut rien lui cacher. Ses peurs, sa souffrance, ses idées noires, elles coulent direct dans le ventre de son enfant, comme si le cordon avait jamais été coupé. Dès que ma mère s'approche trop de moi, je commence à mal filer. C'est sa peine, sa détresse que je reçois en intraveineuse. Ça me glace les veines, ça me monte à la gorge. Même si elle fait des gros efforts pour pas craquer, pour pas se mettre à brailler à genoux, à hurler de douleur ou à défoncer les murs à coups de poings, ça se voit. Ça saute aux yeux. Surtout depuis qu'on sait, que c'est officiel que je suis fini. Elle aussi, elle est empoisonnée, trahie par son propre sang.

Quand ses derniers espoirs sont partis en fumée, c'est comme si ma mère s'était vidée de toute sa lumière. Elle a perdu du poids et gagné des os, qui ont l'air chaque jour un peu plus pointus et coupants. Peut-être qu'ils espèrent percer sa peau, se déboîter pis foutre le camp, eux autres avec. Ses tendons ressortent, contractés en permanence. Surtout ceux du cou. On dirait qu'elle a vieilli de vingt ans en à peine quelques mois. Elle fait pitié. Vraiment. Avec ses yeux rouges en déroute, qui regardent un peu rien. Sa paupière qui tremble. Sûrement parce que ça shake depuis vraiment loin en dedans. Des fois, je me dis que si ça continue, ses fondations vont finir par lâcher, qu'elle va sacrer le camp dans un glissement de terrain, emportée par une coulée de boue. Mais non. Ça tient. On sait pas trop comment, mais ça tient. Son corps est comme une vieille maison hantée de film d'horreur. Croche, décrépite, moisie, les carreaux brisés, les portes grandes ouvertes qui crachent des chauves-souris. Vide, mais pas tout à fait, encore habitée par quelque chose d'impossible à décrire. Une présence. Une force invisible qui lui permet de rester debout, de se traîner jusqu'à ma chambre d'hôpital, jour après jour, même si une partie d'elle est déjà morte. Je me dis que c'est peut-être mon fantôme qui l'habite. Qui grandit dans son ventre, siphonne son énergie, se nourrit de sa douleur, lui arrache les organes un par un pour construire son nid à néant.

Le silence de ma mère a rien à voir avec celui de Francine. C'est une tombe creusée pour les phrases impossibles, les cris étouffés, les larmes qu'elle enfouit en pensant que je les entends pas tomber au fond du trou. Mes mots les plus importants, ceux que je devrais dire pour la consoler, pour la rassurer, pour la faire sourire une ou deux fois avant que je meure – ces mots-là, ils veulent pas sortir. Ils restent coincés en chemin ou ben ils trébuchent dans la fosse à tristesse, eux autres avec. Nos rires, nos souvenirs, notre amour : tout ça est enterré à la même place que les phrases qu'on ravale pis qui nous sortiront jamais du corps. Tout ce qu'il nous reste, c'est le vertige, quand nos regards se croisent pis que dans nos yeux on voit plus ni la mère détruite ni le fils déjà mort. Juste le vide de nos pupilles. Le trou noir qui dévore ma mère en silence, pis qui va bientôt prendre ma place dans son ventre.

•

C'est peut-être la sensation de l'eau froide qui me coulait dans la gorge, ou ben rien qu'un hasard, mais en avalant mes médicaments, tantôt, j'ai repensé au Groenland, à ses fleuves secrets pis à ses sept mètres d'eau glacée. Mon hamster s'est mis à spinner dans sa roue. J'ai essayé de me changer les idées, mais la roue continuait de tourner toute seule, je pouvais plus la freiner dans son élan.

Les idées ont déboulé comme dans les vidéos où deux kilomètres de dominos alignés dans un entrepôt tracent des formes fucking compliquées en tombant. Mon premier domino, c'était une image. Une vision. Le Groenland qui fondait d'un seul coup, au grand complet. Je le voyais ramollir, s'écrouler, s'aplatir comme une crème glacée oubliée au soleil. Je regardais le Groenland liquéfié crisser le camp, se mêler à l'eau salée de l'océan. Du haut des airs, vraiment haut dans le ciel, comme si j'étais à bord d'un satellite. Son eau, turquoise et claire comme celle d'un iceberg, se déversait dans l'Atlantique Nord, déclenchait une vague gigantesque qui s'élançait vers l'Amérique. La vague roulait vite, tellement, tellement vite, genre astronomiquement fucking vite. Elle rentrait dans le golfe du Saint-Laurent, décrissait Sept-Îles, La Malbaie, Québec, Trois-Rivières, continuait de remonter le fleuve, la bouche grande ouverte, jusqu'à Montréal. Un tsunami monstrueux. Une vague vivante, animée par une volonté de tout détruire.

Schwoup ! Une bouchée. Bye bye, Montréal !

Pis là, je sais plus j'étais rendu à quel domino exactement, mais je voyais l'après, quand la vague serait repartie, après avoir bouffé l'Ontario, les Grands Lacs, pis le Manitoba, un coup parti. Je me suis dit que si on existait encore, on aurait beau essayer de s'enfuir par la Métropolitaine, ça servirait plus à rien. Le tsunami du Groenland l'aurait ramassée solide, l'autoroute 40, avec ses piliers en cure-dents mangés par le calcium. Les autres routes aussi seraient inondées, détruites, arrachées. Les ponts tout pétés, effondrés. On serait une méchante gang à attendre que quelqu'un vienne nous chercher avant de crever de froid dans la flotte. Mais les secours, y en aurait plus. Les policiers pis les pompiers seraient inondés, eux aussi. Maganés ou morts noyés ou juste en train d'essayer de sauver leur propre cul en premier. De toute façon, il y aurait jamais assez de bateaux pour embarquer tout le monde.

Pis, anyway, où est-ce qu'on pourrait ben aller ? Faudrait se débrouiller tout seuls. Peut-être qu'on aurait assez de force pour nous échapper de nos aquariums à garages doubles et nous laisser porter par le courant en faisant l'étoile. Deux ou trois mille dominos plus tard, j'ai pensé *fuck non !* On aurait pas le choix. Faudrait se réfugier sur le mont Royal, qui serait maintenant une île au milieu de la mer du Groenland. Sauf que rendus là, il y aurait beaucoup trop de monde pour une petite roche de même. Fait qu'on jouerait au roi de la montagne. Mais pas pour le fun. On s'entretuerait pour s'extraire de la mare de déchets, pleine d'arbres arrachés, de fils électriques sectionnés, de grille-pain, de couteaux de cuisine, de morceaux de chars explosés, d'ordinateurs en miettes pis d'animaux noyés : d'écureuils, de coyotes, de corneilles, de ratons-laveurs, de chats pis de chiens, le poil aplati, le corps gonflé, qui flottent sur le côté pis qui puent le crisse.

Rendu là, j'ai pensé qu'encore une fois, ça changerait rien. Que même si on réussissait à survivre un bout de même, sans électricité, sans lumière pis sans chaleur, sans nourriture pis sans eau potable, on ferait pas long feu. Dans le gigantesque marais de cadavres, les bactéries, les virus les plus dégueulasses se reproduiraient exponentiellement, avant de se répandre partout. Dans l'eau, dans l'air, dans le vent, dans nos corps. Avant d'infecter nos poumons, notre cœur, notre cerveau, notre sang. Ce serait pas long que la maladie nous ferait bouillir de l'intérieur.

Sans faire ni une ni deux, le cinq-millième domino est tombé, la chaîne a continué, j'ai pensé que si jamais, par miracle, une couple de durs à cuire, d'indestructibles descendants de colons de la Nouvelle-France, réussissaient à passer à travers tout ça, la fièvre, la bataille, le tétanos, la soif pis la faim, ben c'est l'hiver qui viendrait les achever. Leur linge tout trempe figerait sur leur peau pleine de bleus, de galles pis de trous, leurs mains noirciraient comme du vieux pain, pis ils s'étoufferaient avec leur morve. Ils finiraient par regretter de s'être débattus tout ce temps-là. Par supplier la mort de finir la job.

Mais elle viendrait pas tout de suite. C'est pas comme ça que ça marche. Les derniers, les survivants ultimes, la peau grise, les lèvres bleues, le regard fixe d'un poisson mort qui flotte sur le côté dans une mer noire comme du charbon, maigres comme des squelettes vivants réchappés d'Auschwitz, je pouvais déjà les imaginer. Les entendre se plaindre, gémir, hurler de douleur, de fatigue, de peur que ça ne se termine jamais. Les voir souffrir, pleurer, se tordre, lutter pour respirer. Se chier les organes un par un avant de mourir de froid. Tout seuls, dans un paysage lunaire.

Le dernier domino tombé, ma vision apocalyptique s'est résorbée, et j'ai réintégré ma chambre. Étourdi, j'avais l'impression d'avoir fait cinq-cents tours de montagnes russes back-à-back. Ça m'a pris du temps avant de retrouver mes repères, de réaliser que mes parents étaient rentrés à l'hôtel et que dehors, la nuit était tombée. J'avais tellement grincé des dents durant mon cauchemar que ma mâchoire était raide de douleur. Mes gencives m'élançaient et mes molaires avaient l'air mûres pour tomber. Mes côtes étaient sur le bord de craquer, de s'affaisser sous la tension de mes muscles durcis de stress. Comme les melons serrés par des centaines d'élastiques, sur YouTube, qui se creusent lentement par le milieu avant d'éclater comme des bombes en splashant de jus rouge à la grandeur des murs. Du reflux m'a déferlé dans la gorge, est redescendu, s'est donné un swing juste pour remonter plus fort pis me chatouiller la luette. L'acide pourri de ma bouffe digérée a éclaté derrière ma langue. Une brise de fosse septique qui déborde au printemps. J'ai attrapé mon petit bol en métal, contracté mon estomac et les muscles de mon cou, mais y a rien qui est sorti. J'ai reposé ma tête sur l'oreiller, le reflux est passé, le stress est retombé. De retour dans mon corps, mes draps humides, mon lit. Dans la noirceur artificielle de ma chambre, constellée des lumières clignotantes des machines au souffle régulier. Dans la réalité qui pue le désinfectant pis l'aloès. J'ai failli me mettre à pleurer, mais j'ai pas eu le temps de me morfondre. Ma tête était pas dans le mood. Elle avait pas fini de s'amuser, de jouer au yo-yo avec moi.

Des nouveaux dominos sont apparus. Une ligne qui se séparait en deux, pis en quatre, huit, douze branches tordues. On aurait dit les cheveux en serpents de Méduse. Quand le premier est tombé, c'est parti dans toutes les directions en même temps, ça ratissait large. L'hôpital, les infirmiers, la famille, les amis, le travail, l'école, l'amour, l'argent, la mort, la vie. Tout. Sans exception. Ça avançait, reculait, revirait, ça se rejoignait pis ça repartait dans tous les sens, de tous bords tous les côtés, en dessinant toutes sortes de figures abstraites et insensées. On aurait dit que mon regard s'était désaligné. Je percevais le monde sous un jour nouveau, depuis un angle inédit, légèrement décalé. À peine un pas de côté et, soudain, tout apparaissait plus clairement. Le souffleur en coulisse, l'éclairage, les accessoires. Les maquilleurs, les techniciens, le perchiste. Le décor, les costumes, la machine à boucane. La scène pivotait lentement et, soudain, je découvrais que tout autour de moi était artificiel, en toc, en plastique ou en carton, comme les horribles commis grandeur nature qui sourient à l'entrée des magasins.

Ça se peut pas, ça a pas d'allure, aucun sens. Être submergé, jour après jour, par de nouvelles catastrophes anticipées, de nouvelles prophéties à glacer le sang, toutes plus violentes les unes que les autres. Des prévisions documentées, émises par des scientifiques. Pas par des dépliants de témoins de Jéhovah, des écrits de sorciers médiévaux, des gourous en badtrip sur l'ayahuasca ou des illuminés sur la pinotte dans le métro. Non. Se faire expliquer par des sommités internationales, par les gens les plus intelligents que tu peux imaginer, les élus des élus parmi la crème des bollés des écoles de bollés, que la moitié des animaux ont disparu depuis les années 1950, qu'on va bientôt manquer d'arbres, de plantes, d'abeilles, d'oxygène, de terres cultivables, de bouffe pis d'eau potable. Les écouter exposer méthodiquement que la planète fragile qui nous empêche d'être aspirés dans un vide intersidéral est sur le bord de péter comme une vieille piscine hors-terre, de tomber en miettes comme un biscuit soda trempé trop longtemps dans la soupe; les entendre démontrer, en se basant sur des calculs rigoureusement exacts, que si on continue comme ça, la Terre s'enligne pour ressembler à Mars d'ici deux-cents ans gros max, pis qu'au point où on en est, il est pas mal déjà trop tard pour y changer quoi que ce soit. C'est comme pour les sinistrés des inondations : on peut encore sauver quelques meubles, mais on peut plus rien faire pour le sous-sol.

À ce point-là, les dominos se sont finalement recoupés, pis ils ont foncé tous ensemble en ligne droite, encore plus loin, vers les confins de l'absurde, quand j'ai pensé que même à ça, malgré une existence qui a aucun, mais aucun calice de bon sens, à part peut-être faire de la figuration dans l'un des deux-cents scénarios d'apocalypses possibles; malgré *tout ça*, mettre son cadran.

Mettre. Son. Fucking. Cadran.

Chaque matin, se lever. Se lever pareil, déjà brûlé, avec bord en bord de la face des cernes assez creux pour accueillir un poisson rouge, tellement crevé que tu pourrais te réincarner trois fois pis renaître encore fatigué. Même à ça. Sortir du lit. S'habiller. Déjeuner. Aller travailler. Dans un bureau du centre-ville, une usine, un dix-huit roues. Un garage, une étable, un dépanneur. Un aéroport, une école ou pire, au septième étage d'un hôpital pour déjà morts. Entre quatre murs gris-bleu, à faire des heures de débile, à se fendre le cul en quatre pour soigner des enfants enterrés vivants dans leurs corps gangrénés jusqu'au trognon, qui te remercient jamais autrement qu'en vomissant leur pudding au chocolat. Le lendemain, le surlendemain pis le jour d'après, tant qu'à y être, continuer. Remettre son cadran. Se relever. Tenir le fort jusqu'au prochain burnout.

Tout ça pour quoi ? Pour mieux consoler leurs parents quand ils finissent par mourir pareil ? Pour pouvoir dire sans mentir : *on a vraiment tout essayé, mais il n'y avait plus rien à faire* ? Rentrer à la maison la conscience tranquille, regarder deux heures de Netflix pour oublier sa vie de fossoyeur de cancéreux juste assez longtemps pour s'endormir sans somnifères ?

Depuis que je suis rentré ici, personne m'a jamais rien demandé. Si je *voulais* être sauvé, m'en sortir par la peau du cul, pucké à vie comme une prune molle de fond de rack à l'épicerie. Vieillir assez longtemps pour voir Montréal se changer en Atlantide. Non. Je m'en souviendrais. Je l'aurais dit tout de suite, que je voulais pas être condamné à vivre. Que si l'euthanasie était bonne pour le vieil épagneul aveugle de ma tante Hélène, c'était sûrement bon pour moi aussi.

Je l'aurais dit que, non, OK, crever de la leucémie à seize ans, c'était pas le plan A. De la fucking dompe. Un ostie de rip-off.

Si on me l'avait demandé, je l'aurais dit, que se faire shooter la mort dans un lit d'hôpital, c'est sûrement pas aussi digne, aussi classe que de s'éteindre paisiblement dans son sommeil à cent-trois ans dans la maison de campagne familiale, mais que c'est pas si mal non plus. Certainement pas pire que ce qui s'en vient.

•

Y a une couple de semaines, avant que je sois classé « cause perdue », je regardais par la fenêtre pour passer le temps. Quand il est sorti de l'hôpital, par une porte loin à ma gauche, j'ai tout de suite eu le sentiment de le reconnaître. C'était une intuition étrange, parce que clairement, ce monsieur-là, je savais pas pantoute c'était qui. Pas un docteur, pas un infirmier, pas un prof de mon école ni un ami de mes parents. C'était personne. Mais mon instinct me lâchait pas. L'homme marchait lentement, sur le petit trottoir qui longe le stationnement. Ses pieds traînaient par terre et sa tête était basse, comme s'il avait peur de s'enfarger dans une craque. On pouvait voir jusqu'au fond de ses cernes noirs. Vivre avait l'air pénible.

À un passage piéton, il a tourné à gauche pour rejoindre son auto, cachée quelque part dans le parking.

Dos à moi, il s'éloignait, lentement, difficilement. Ses pieds avaient l'air de s'enfoncer dans l'asphalte, comme s'il marchait dans le désert. Sauf qu'il pleuvait à verse. Le monsieur s'en foutait royalement. Pas de parapluie, pas d'imperméable, juste un capuchon de coton ouaté remonté sur la tête.

Quand il s'est rendu à la deuxième rangée d'autos stationnées, il a pris à droite. La sienne était juste à côté. Une petite Yaris de location avec une grosse puck sur le bumper d'en avant. Stationnée à reculons, prête à partir. Monsieur Mystère est monté dans son auto. Au lieu de s'attacher pour partir, il a croisé ses deux bras sur le volant, pis il s'est écrasé la face dedans, comme pour crier dans un oreiller. Ça m'a pris deux secondes pour comprendre qu'il pleurait. Braillait. Fort. Je pouvais presque l'entendre. C'en était malaisant. Je retenais mon souffle, de peur qu'il sente ma présence dans l'auto. Ses mains serraient, desserraient, resserraient le volant, comme pour s'y accrocher, pendant que je continuais de chercher qui c'était, ce monsieur-là. Sa tête était penchée, son visage caché par le volant. Je voyais juste le dessus de sa tête. Ses cheveux roux, courts, troués par une petite île blanche de calvitie.

Le Docteur Clown !

Il était passé faire une tournée de l'aile des cancéreux, une ou deux semaines avant. Quand il est entré dans ma chambre, je venais de vomir. J'avais mal au ventre pis l'impression de puer la charogne. Je voulais juste lui faire signe que j'étais pas vraiment d'humeur à rire, que je voulais parler à personne, pis encore moins à un clown. Lui dire qu'il était gentil de passer, mais que j'étais trop vieux pour ça. Quelque chose du genre : *Non merci, mais bonne journée à vous, monsieur*. Efficace, direct, mais poli, tsé. Sauf que, fouille-moi pourquoi, j'ai été vraiment bête avec. Je voulais pas, juré, mais c'est sorti tout seul. Comme si mes mots étaient des maudits foulards multicolores de clown, attachés les uns après les autres dans la manche de mon veston, pis que le monsieur arrêtait jamais de tirer dessus. Je sais plus exactement ce que j'ai dit. C'est flou maintenant. Je me souviens juste que c'était vraiment méchant. Je me suis senti mal à la seconde où j'ai ouvert la bouche pis que je me suis entendu l'insulter, pis encore plus mal quand j'ai vu sa face virer au rouge. Ça paraissait qu'il savait pas trop comment réagir. Comment on envoie chier ça, un enfant mourant ? Même moi, j'en ai aucune idée. En tout cas. J'ai fini par me calmer les nerfs pis me la fermer, mais pas avant qu'il ait reviré de bord en pivotant sur les talons de ses grandes godasses brillantes de clown. Il m'a tiré sa révérence en soulevant son chapeau rouge, d'une façon théâtrale qui m'aurait peut-être fait rire un peu si j'avais pas été en crisse contre tout ce jour-là, comme tous les autres jours depuis que je suis arrivé ici.

Fait qu'en le voyant pleurer en cachette dans son char qui était même pas le sien, je me suis senti comme une belle marde. Je suis resté planté là, debout au bord de la fenêtre, étouffé par la honte, à regarder Docteur Clown en brailler une ostie de shot. Pleurer sa vie, pis sûrement celles d'une couple d'enfants malades ou déjà morts, mais certainement pas la mienne. J'ai essayé de lui transmettre des ondes à distance, de m'excuser d'être un petit crisse de trou de cul par télépathie. Au fond, je pense que je m'excusais pas juste au clown, mais à tout le monde, tant qu'à y être.

À un moment donné, ma mère a cogné à la porte.

— Ça va ?

J'allais répondre, je voulais répondre *oui* et passer à autre chose. Mes lèvres, ma langue ont remué un peu, mais y a rien qui est sorti. Dehors, le clown était plus dans son auto. Il se tenait juste à côté, immobile. C'est lui qui me regardait pleurer, maintenant.

•

Fait divers du jour.

Un ours polaire a tué une vieille dame, en Sibérie. Il lui a cassé la nuque. Pow ! Un coup de patte. Fini. Une mort enviable. Je veux dire, pas dans l'absolu. Comparativement à la mienne, mettons. En tout cas, la journaliste a dit que c'était sûrement parce que l'ours crevait de faim. Comme ici, dans le Grand Nord, en Sibérie aussi, la banquise fond vraiment vite, perd chaque année un peu plus de terrain. Des fois, les ours polaires peuvent plus flotter sur la glace pour pêcher pendant des mois, pis en hiver, s'ils peuvent pas pêcher, ben ils ont plus rien à manger. Ils deviennent tout maigres, leur poil blanc vire au jaune, pis un peu comme les humains, quand ils sont affamés, il sont pas parlables.

Fait que quand il a senti l'odeur de la bouffe cachée dans la petite cabane de la madame, l'ours polaire a viré fou. Il a défoncé la porte, lancé les meubles contre les murs pour se frayer un chemin jusqu'à la cuisine, tassé la mémé – paraît qu'il l'a même pas croquée, juste tassée de son chemin, à ce qu'ils ont dit – pis là, il a fait la passe au garde-manger. Quand la police est arrivée, la maison était en partie détruite, en gros bordel, pis il restait rien, même pas une miette de chips sur le plancher. L'ours avait tout bouffé.

Une couple d'heures après, les policiers russes ont retrouvé le fugitif en hélicoptère. Ils l'ont tiré. Danger public. Dossier classé. La journaliste a conclu en disant, un rire nerveux dans la voix, que ce « genre d'incident » n'était malheureusement pas un événement isolé, en Sibérie. D'année en année, les ours polaires migrent de plus en plus vers le sud à la recherche de nourriture. Ça fout la marde pis la police sait pas trop quoi faire. Les villages envahis de dizaines d'ours affamés, les chalets saccagés, les chars défoncés, les chiens de garde dévorés vivants, les morts accidentelles, c'est rendu la routine en Sibérie. C'est fucked up, pareil, mais en même temps, c'est relatif. Se faire cambrioler par un ours polaire, c'est peut-être la version russe de frapper un chevreuil en montant au Saguenay. La première fois que t'en entends parler, tu capotes, mais à la longue, tu finis par en revenir.

Anyway. C'est bizarre, mais depuis que j'ai entendu cette nouvelle-là, j'arrête pas de me dire que Coca-Cola pourrait faire de l'argent avec ça. Les dompter, leur montrer des tours de passe-passe. Le monde capoterait. Un ours polaire, un vrai fucking ours polaire de deux mètres et demi qui ouvre le frigo, se débouche un Coke, pshhht !, lance le bouchon dans la mer pis cale la bouteille. Cul-sec. Ils en vendraient-tu rien qu'un peu ?

•

Hier après-midi, pendant qu'il faisait des calculs, qu'il vérifiait je sais pas trop quoi sur les machines près de mon lit, j'ai dit au Docteur Gauthier :

— Pourquoi vous faites ça ?

— Çaaa...?

— Tout ça là. Cette job-là... Vous le savez que je guérirai pas, pis que même si je guéris, je vais mourir encore plus mal.

Il a levé les yeux de sa paperasse en hochant la tête doucement, pis il m'a servi une couple de phrases qui goûtaient le plastique. Les virgules aux bonnes places. Des phrases certifiées par l'Ordre des médecins, gonflées de compassion protocolaire. Dignes d'un album *Greatest Hits* de consolation pour mourants. Il a couronné tout ça d'une face pseudo-empathique. Un restant de sourire passé date, réchauffé à *Defrost*. Pas trop large, pas trop vrai. Un sourire de gars qui comprend ma peine, ma peur, ma colère, mais qui fait ça depuis trop longtemps, qui est fatigué pis qui a pas le temps de dealer avec ça ce matin. Les sourcils relevés juste un p'tit peu, comme pour dire *Désolé, mon gars. Je fais mon possible, mais qu'est-ce que tu veux que je te dise ?* Trente secondes de silence plus tard, il est sorti en coup de vent.

J'aimerais croire qu'en rentrant chez lui, dans son char, Docteur Gauthier était hanté par ma question. Qu'elle le tourmentait à la lumière rouge. Qu'il se demandait ce que j'avais bien pu vouloir dire par là. *Mourir encore plus mal ?* J'espérais qu'il se remette en question, qu'il se demande si sa vie pis sa job avaient vraiment un sens. S'il ferait pas mieux de laisser faire, de nous débrancher tout de suite pis d'aller se gosser un canot pis des rames, de se bâtir une maison sur pilotis pour se préparer à la fonte du Groenland.

Mais juste à voir sa gueule ce matin, son teint frais, ses cheveux bien peignés, sa chemise fraîchement repassée, ses mains roses aux ongles propres parfaitement taillés, qui continuent de tenir son crayon, de faire des calculs, de noter des chiffres pis de signer des feuilles sur son pad en faisant tinter sa grosse montre en argent, y a aucun doute : hier soir, Docteur Gauthier a dormi sur ses deux oreilles.

•

Dehors. Je veux dehors.

Les nuages, la neige, le soleil. La lumière, la vraie lumière sur ma peau. Le givre dans mes cils. Le son de la glace écorchée quand on brake sec en patins. Le froid qui me tire les muscles des sourcils. La chaleur pesante d'une canicule. Le vert tendre des plantes au printemps. Les fleurs de toutes les couleurs. Le bruit des feuilles mortes qui raclent l'asphalte en automne. Les branches de saules qui ressemblent à des mains tordues. L'odeur de bouette un peu salée du jardin après un orage. Les oiseaux. N'importe quels, même les pigeons déplumés, jouqués sur les fils électriques. Les courses de roller-blade au bord de la rivière. Les bateaux sur le fleuve. Les lacs miroirs. Les concours de ricochets. Le camping. La forêt. Les sous-bois pleins de champignons. L'odeur des cèdres qu'on vient de tailler. C'est weird, mais je suis tellement à bout que même la rumeur des chars pis des dix-huit roues qui passent sur l'autoroute me manque.

Ça fait deux jours que je fouille ma mémoire, mais y a rien à faire ; je me souviens plus de ce que ça goûte, le vent. Faut que je sorte. Au plus crisse. Ici dedans, vivre, c'est pareil comme mourir, mais en plus souffrant. No way que la mort c'est aussi suffocant.

•

S'accrocher à la vie. Parle-moi d'un beau cliché. Parle-moi d'une belle calice de niaiserie. Comment dire ? On s'accroche pas à la vie. Personne s'est jamais accroché à la vie. On la laisserait aller, si on avait le choix, mais c'est pas comme ça que ça marche. C'est elle qui s'accroche, avec ses ongles de dix pouces de long ben plantés dans nos corps cancéreux sans défense. C'est elle, la tête de cochon. T'as beau lui crier de décrisser, la supplier de te foutre la paix, l'envoyer chier, la tirer par l'oreille ou par les cheveux, lui mordre les doigts au sang, la kicker dans la fourche, lui cracher dans la face, la pousser en bas des marches, ça changera rien. Elle bouge pas d'un pouce. La vie, c'est comme Brendan Gallagher dans un septième match contre les Bruins de Boston. C'est coriace. Ça lâche pas le morceau, ça abandonne jamais. Ça prend les punchs dans les dents, les coups de bâton en arrière des genoux, les jambettes pis les doubles-échecs. Ça encaisse. Ça en redemande en souriant. Ça meurt de rire en scorant un autre but dans ta face.

Fait que tsé... C'est pas long que tu finis par comprendre que la vie, plus tu tires dessus, plus elle te scrappe, plus elle te déchire, plus elle a du fun à te regarder te démener comme un diable dans l'eau bénite, pis *enwèye, vas-y, souffre, braille, chie, hurle encore plus fort, mon homme, j'en ai pas fini avec toi.* Si je pouvais m'en défaire, je le ferais, mais je vous garantis que c'est pas mal plus compliqué que d'enlever un gros chandail de laine. Je peux pas juste passer ma tête dans le trou, grouiller un peu en me débattant dans le noir pis sortir dépeigné, les cheveux pleins d'électricité statique en disant : *Ouf ! Scusez-moi pour l'attente, j'avais juste le coude pris dans une manche.* Non, la vie en a jamais assez. Elle se barricade, se cache en petite boule dans des bunkers indestructibles. Des recoins bâtards introuvables au creux de mes os, de mes muscles ou de mes cellules. Quelque part de pas possible. Sous ma langue engourdie, au cœur du labyrinthe de ma pauvre petite cervelle. Derrière mon front graisseux de sueur, dans un puits creusé dans mes boyaux ou sous ma chair gelée jusqu'au fond, comme un étang en hiver. Je l'ai cherchée partout pour la mettre dehors à grands coups de pied dans le cul. Jamais capable de l'attraper. Chaque fois que je pense que ça y est, que je l'ai, qu'elle est prise au piège, la vie trouve une nouvelle façon de m'échapper. Dans le fond, elle est un peu comme un enfant roi qui veut pas sortir de la piscine à balles du McDo. Elle boude, tape des pieds pis des poings en me garrochant des balles multicolores dans la face parce qu'au fond, elle le sait que c'est plus le temps de jouer. Que c'est fini.

La vie non plus, elle comprend rien à la mort. Comme si ça allait changer de quoi, en bout de ligne, qu'elle lui fasse perdre son temps. Comme si arriver en retard exprès à la gare ferait en sorte que le train parte sans elle, qu'il l'oublie sur le quai pis revienne plus jamais. Ça serait ben le fun, mais ça non plus, c'est pas de même que ça marche. Y a pas de négociation, pas de pitié. Pas de ticket à échanger avec ceux qui mériteraient de partir plus tôt. Pas de départ sans passager.

Je sais pas pourquoi, mais je l'imagine souvent comme ça, la mort. Une femme d'à peu près quarante, quarante-cinq ans, assise dans un train. Un train de l'ancien temps, avec la grosse locomotive en fer, qui ressemble à celle du Poudlard Express. Belle, les cheveux bruns, les yeux plus gentils, plus tendres qu'on pourrait penser, elle porte un long manteau couleur crème avec un grand col, comme ceux des madames chics d'Outremont. La mort cogne à la fenêtre, délicatement, juste pour attirer mon attention. Elle me regarde fixement, longtemps. Sans faire un seul geste ni remuer les lèvres, elle me fait comprendre qu'elle m'attend. Qu'il y a une place au chaud pour moi juste là, à côté d'elle, dans le premier wagon, sur sa grande banquette rouge en suède vraiment large, moelleuse et confortable. Comme tout le monde à l'hôpital, comme mes parents, ma sœur, ma grand-mère pis même les médecins, ça a l'air, la mort se demande ce que j'ai à la faire poireauter de même. D'habitude, ça roule plus que ça, au septième. Sur le quai, je suis incapable de lever même un orteil. Mes pieds sont vissés au quai. Ma valise pèse au moins une tonne. Je tire sur la poignée de toutes mes forces, mais elle bouge pas d'un poil. Je regarde vers la mort en espérant qu'elle comprenne que c'est pas moi. Je lui crie que je m'excuse, que ça sera pas long, promis, que c'est la faute à la vie qui écoute jamais rien, qui fait toujours à sa tête. Mais la vitre de la cabine est fermée, ma voix s'étouffe, elle entend rien. À la longue, son expression est de moins en moins douce. La mort commence à s'impatienter. Elle se frappe deux fois le poignet avec l'index en me fusillant du regard.

Ça va faire. Fini le niaisage.

•

Francine est revenue. Elle est passée pour le déjeuner, mais je suis tombé comme une roche. Je me rappelle même plus si j'ai eu le temps de finir ma soupe ou si je me suis endormi la face dedans.

J'ai rêvé que j'étais avec ma famille sur une île déserte, avec une cabane bleu délavé pis une plage minuscule de deux mètres de long. Il faisait beau comme dans un calendrier de maillots. Je me baignais pendant que mes parents pêchaient plus loin pis que ma sœur siestait dans la cabane. Je restais dans l'eau longtemps, à nager, à flotter sur le dos, la tête renversée, pendant que mes parents microscopiques lançaient leurs lignes à l'eau. On aurait dit qu'ils pêchaient dans le ciel.

Au bout d'un moment, je revenais au bord pour m'étendre au soleil. Sauf que, quand je posais le pied sur la plage, le sol calait sous mon poids. À chacun de mes pas, l'île craquait, s'enfonçait un peu plus profondément dans la mer. Soudainement, l'eau était glaciale. Je criais à mes parents de se dépêcher, de venir me chercher, là, tout de suite, mais y avait pas de rames dans leur barque. Ils se dépêchaient, faisaient leur possible, mais ils avançaient lentement, beaucoup trop lentement. Puis des bulles m'encerclaient en remontant vers la surface, m'éclaboussaient le visage en éclatant. Je voulais courir, nager, me débattre, mais j'étais pétrifié. Dans un bruit de vieux navire fendu par un boulet, l'île était aspirée vers le fond. Le corps ankylosé, les chevilles menottées par le sable lourd, je coulais avec elle, les mains tendues désespérément vers la surface, priant pour que quelqu'un les attrape. Juste avant que je meure noyé, la barque se profilait au-dessus de ma tête comme une ombre chinoise, taillait dans les rideaux de lumière filtrant à travers les eaux une bouche obscure et affamée. Puis, de chaque côté, les bras de mes parents jaillissaient de l'ombre comme de petites langues de serpents, plongeaient jusqu'au coude, écartaient les vagues en traçant des cercles, s'acharnaient à fouiller l'océan sans comprendre qu'il était déjà trop tard.

•

Cette nuit, ma mère a dormi sur le divan. Il était tard, elle allait partir, mais au moment de ramasser sa sacoche, elle s'est arrêtée dans son geste. Elle l'a reposée sur la commode et s'est allongée sur le côté, son visage tourné vers moi. Elle a souri triste, les yeux et les lèvres pas capables de s'entendre.

— Je peux ?

J'ai soupiré doucement, ce qui revenait à dire *Oui, mais fini la jasette.*

— Je te dérangerai pas. Promis. Bonne nuit.

D'habitude, ma mère dort pas, à l'hôpital. Elle ferme les yeux, mais elle arrête pas de bouger, de brasser pis de se retourner. Je le sais parce que ça produit un froissement caoutchouteux de cuirette qui me donne la chair de poule. C'est pour ça que je voulais plus qu'elle couche dans ma chambre. Mais hier soir, c'était différent. Je pense qu'elle avait battu son record d'épuisement, parce qu'elle s'est endormie avant moi. C'est pas rien, comme exploit : j'ai tellement de médicaments dans les veines, c'est de la triche.

En tout cas. Ça m'a donné le temps de la regarder. C'est vraiment pas le gros confort, me virer sur le côté avec toute ma tuyauterie, mais j'ai été capable de tenir un petit bout. Juste assez longtemps pour me rappeler son vrai visage. Ça m'a soulagé, ça m'a réchauffé le sang. Ma mère était encore là. Cachée dans un abri nucléaire, quelque part au fin fond de son squelette, elle assistait, impuissante, au carnage, mais si elle pouvait rien faire pour l'arrêter, au moins, elle sauverait sa peau, survivrait à l'effondrement de mon corps, de mon monde, de notre avenir. Elle en sortirait amochée, échaudée, traumatisée, oui, mais elle s'en sortirait. Un jour, elle arriverait à rouvrir la porte, à remonter à la surface pour se reconstruire. À vivre sans moi.

Cette nuit, j'ai dormi comme un bébé.

•

En dehors de mon bocal, ça s'arrange pas trop trop. Le ciel est couvert de nuages à double fond. Jamais vides. Il pleut sans arrêt, il fait chaud. La nappe phréatique est pleine. Les réseaux d'aqueduc fournissent plus. Le fleuve pis les rivières capotent. L'eau sait plus trop quoi faire de sa peau. Elle a plus nulle part où aller. Y a des rivières où la fonte est pas assez rapide. La glace se casse, part en morceaux, mais après ça, les blocs se ramassent en tas pis ça crée des gros bouchons. Après ça, c'est comme un bain à quatre-vingt-dix-huit pour cent plein avec le robinet ouvert au maximum : c'est pas long que l'eau coule jusque dans la cave à travers le plancher.

La situation est rendue tellement intense que le gouvernement a déclaré l'état d'urgence ce midi. L'armée canadienne va s'en mêler. Des dizaines de milliers de personnes sont évacuées dans une vingtaine de villes du Québec. Des maisons, des quartiers au grand complet sont inondés pis ont même perdu l'électricité. Des routes sacrent le camp, des glissements de terrains vomissent des torrents de bouette à la grandeur. Y a du monde qui se promène en kayak à Pierrefonds. Le chaos.

Ça déborde de partout. La rivière des Prairies, le lac des Deux Montagnes, la rivière des Mille Îles, la Richelieu, la rivière des Outaouais, le lac Saint-Pierre, la Maskinongé, la rivière Humqui, les égouts de l'Île-Bizard pis du West Island.

On dirait qu'y a juste moi qui est pas sorti de son lit, à matin.

•

Tout va trop vite.

Je comprends plus rien. Ça revole de partout, ça sort de nulle part. Jamais le temps de voir venir les coups. Personne dans mon équipe. Tout seul de mon côté de la ligne dans une game de ballon-chasseur en version extreme-fucked-up-next-level-shit où les ballons sont remplacés par des boules de bowling, qu'on se tire dans le front avec des sling-shot géants en fer forgé.

Tout va trop vite.

Tout me gifle en pleine gueule. Tout me rentre dedans. Tout me frappe dans l'angle mort, me coupe le souffle, me kicke dans les couilles, les tibias, les côtes. Tout me piétine, m'écrase, me saigne. Ça fait un bout que je crie *Time Out!*, mais personne m'écoute. Les coups sont toujours plus nombreux, plus puissants, les cheap shots toujours plus vicieux.

Je mange une ostie de volée. Je sais pas s'il me reste même un seul bout, une partie, une particule de moi, n'importe laquelle, juste une, un membre, un organe, une cellule, un neurone, qui est pas intégralement pucké. Magané jusqu'au cœur.

•

Hier, j'ai dormi toute la journée. Sans rêver, sans penser à rien. Sans connaissance. Les deux fois où je me suis réveillé, le cadran indiquait des heures impossibles.

À un moment donné, j'étais tellement knock-out que j'ai même pas réussi à avaler une bouchée de mon assiette avant de retomber dans le coma. Le soir (il faisait noir dehors), je me souviens d'avoir souri un peu à mon père en cognant des clous. J'essayais vraiment fort de le regarder, de lui parler, de pas me rendormir tout de suite. Mais les yeux me fermaient tout seuls, ma bouche était pâteuse, mes lèvres engourdies comme chez le dentiste. J'imagine que ma mère et ma sœur étaient là aussi.

Vers minuit, je me suis réveillé pour de vrai, comme si c'était le matin. J'ai pas le droit d'écouter ma radio la nuit, pour pas déranger les autres scraps qui dorment. C'est la règle. Mais en y pensant ben comme il faut, je me suis dit que les règles, quand tu vas mourir d'un jour à l'autre, tu peux te les mettre à la même place que le crisse de thermomètre pis faire à ta tête pour une fois dans ce qu'il te reste de vie. J'ai mis le son pas trop fort, pour pas me faire pogner. Le bulletin de nouvelles était déjà commencé. Un vieux monsieur avec une voix grave parlait de je sais pas trop quoi, pour être franc. Quelque chose sur la politique ou la corruption. Mais avant que l'infirmier de nuit vienne me confisquer l'appareil (même si je lui ai fait le coup de *Tu ferais pas ça à un mourant* avec une face de petit chien piteux), j'ai eu juste assez de temps pour entendre une histoire intéressante.

Un iceberg géant s'est détaché de la banquise, en Antarctique. Les scientifiques l'ont baptisé A68, mais les gens l'appellent « le monstre de glace », parce qu'il fait quasiment deux-cents mètres de hauteur en surface. En plus, il a une partie cachée qui descend jusqu'à trois-cent-cinquante mètres en dessous de l'eau. Le « monstre » est tellement immense qu'il fait douze fois la taille de l'île de Montréal. Les scientifiques pensent que ce bloc de glace-là contient autant d'eau que quatre-cent-soixante millions de piscines olympiques. J'ai été au stade rien qu'une fois, avec l'école, y a vraiment, vraiment longtemps. Tout ce dont je me souviens, c'est d'avoir choké au tremplin de cinq mètres en faisant un petit pipi nerveux sur ma cuisse. Personne s'en était rendu compte, vu que j'étais tout seul en haut de la tour pis que mes jambes étaient déjà toutes mouillées. En tout cas. Tout ça pour dire que mille fois une piscine que j'ai de la misère à m'imaginer, ça me dirait déjà pas grand-chose. Mais quatre-cent-soixante *millions* de piscines un peu floues ? Oubliez ça tout de suite. C'est gros comment, mettons, si on les colle toutes ensemble ? Comme le golfe du Saint-Laurent ? Le lac Ontario ? La Méditerranée ? Encore plus gros que ça ? J'ai réfléchi à ça un bout, en essayant de faire un estimé, comme on a appris en maths, mais ça servait à rien. Quatre-cent-soixante millions, ça me rentrait juste pas dans la tête.

Quand je me suis écœuré de visualiser une infinité de piscines se multiplier dans ma tête, j'ai repensé au nom du glacier. A68, le « monstre de glace ». Tout de suite, l'image qui m'est venue, c'est un gigantesque navire d'époque, comme ceux de Christophe Colomb, assemblé avec des planches de glace. Un bateau gigantesque, d'un blanc presque bleu, avec des grandes voiles de neige, une coque en flèche pis un mât immense, plus haut que le mont Tremblant, tellement grand qu'il pourrait fendre les nuages sur son passage. Plus j'y pensais, plus les détails se précisaient. Les planchers, les cordages, les clous, les hublots : tout était fait en neige, en glace ou en givre. Et mieux je le voyais, plus je le sentais se former, se matérialiser et se mettre à flotter réellement dans ma chambre, au-dessus de moi, à frôler ma peau de son souffle polaire.

Quand la pluie s'est remise à tomber, puis à cogner sur le rebord de la fenêtre, j'ai fait le saut. Ma bulle a éclaté. La vision s'est envolée, le bateau aussi. Mais pas le froid.

•

Depuis hier soir, j'ai beau répéter à mes parents de vérifier que la fenêtre est fermée, me cacher, m'enrouler dans mes couvertures jusqu'à ce qu'il y ait plus aucune lumière qui passe, elle s'infiltre. Elle a fini par trouver son chemin, par se creuser une rigole jusqu'à moi. Ça' aucun sens, mais elle est là. Aucun doute. Je la sens. La pluie. Elle tombe, ruisselle sur ma peau, s'immisce par mes pores, m'imbibe comme une éponge, jusqu'au fond des muscles, de la chair, du sang. Jusqu'au noyau de la toute dernière cellule. Je le sais ben, qu'il y a pas d'eau ici. Pas en dedans. Mais même si ça se peut pas, je vous jure, c'est pas imaginaire. C'est réel. Physique. J'arrête pas de demander à Francine pis à ma mère de monter le chauffage, de m'apporter plus de couvertes, de me frotter les bras, les mains pis les pieds, mais y a rien à faire. Je gèle de l'intérieur. L'humidité rentre de partout, me pourrit le cœur comme une vieille souche. Mes mains shakent, mes dents claquent, ma tête en perd des bouts.

Pis comme si c'était pas assez, dehors aussi, la pluie arrête pas de tomber. J'ai plus nulle part où aller, nulle part où me cacher. Même pas dans ma tête. Quand je ferme les yeux, c'est pire. Les gouttes qui tombent sur le rebord d'aluminium de la fenêtre frappent mes tympans encore plus fort. La vibration me traverse le corps, résonne de mes cheveux jusqu'en dessous de mes ongles d'orteils. Quand j'essaie d'enterrer le bruit des maudites gouttes avec la radio, c'est pas mieux : soit une infirmière me force à baisser le son, soit ça fonctionne juste assez longtemps pour que le bulletin météo ou les nouvelles se remettent à me parler de pluie, de pluie, pis encore de pluie.

Si j'éteins tout pis que je me bouche les oreilles, c'est mon corps qui s'y met. Mon cœur qui gronde comme le tonnerre, mon souffle qui vente, ma salive qui déborde des gouttières. Y a plus rien à faire. Je suis cerné, dehors comme dedans.

•

Depuis quelques heures, on dirait qu'un carcajou enragé déchiquette mes intestins pis qu'une sorcière vaudou plante des aiguilles à tricoter dans chacune de mes vertèbres. Des électrochocs me remontent la colonne, la nuque, les cheveux, chatouillent les nerfs derrière mes molaires. En petite boule dans mon lit, les deux genoux serrés dans mes bras, j'arrive plus à bouger ni à parler. J'ai rien avalé depuis avant-hier, peut-être même le jour d'avant. C'est à peine si j'ai la force de pleurer. Dès que je bouge un peu les jambes pour me replacer ou que je respire trop profondément, les crampes reviennent me transpercer l'estomac, pis je dégueule du vent. De la bile, j'en ai plus assez pour que ça déborde, fait qu'elle reste pognée en chemin. Mon œsophage brûle comme si j'avais calé une pinte d'acide nitrique.

Ma grand-mère a vraiment choisi le pire moment pour venir faire un tour. Par la petite fente entre mes paupières crispées, je la vois essayer de me sourire sans y arriver. On dirait qu'elle pleure, mais je suis pas sûr. Je l'ai jamais vue pleurer avant, je sais pas de quoi c'est supposé avoir l'air.

Le reste de ma famille vient d'entrer. Ma mère a le teint cireux, la face sérieuse. Elle prend ma grand-mère dans ses bras, la reconduit en dehors de ma chambre. Mon père est juste à côté de moi, maintenant. Il a pas le choix de faire semblant, de jouer l'homme de fer, mais sa main tremble sur le barreau de mon lit. Il a l'air d'un barrage craqué, sur le bord d'exploser pis de vomir un déluge.

Ma sœur pleure tellement qu'elle est pas capable de parler. Elle manque d'air. On dirait qu'elle fait une crise d'asthme ou qu'elle est sur le bord de se noyer dans les larmes pis la morve qui lui coulent dans la gorge. Sa petite voix aigüe de cartoon me tape sur les nerfs, d'habitude. Je lui répète tout le temps de se la fermer, d'arrêter de me gosser avec ses conneries, surtout quand on est assis en arrière dans l'auto pis qu'elle me pose huit-mille questions, qu'elle lit tous les panneaux de circulation sur le bord de l'autoroute pour se pratiquer ou qu'elle chante la crisse de toune de *La reine des neiges.* Pas au complet, juste les bouts dont elle se souvient. En boucle. Mais là, j'avoue que je donnerais n'importe quoi pour desserrer mes dents pis lui dire qu'elle peut ben la chanter, sa toune, si elle veut. Pour lui dire que je m'excuse d'avoir été un frère pourri. De l'avoir ignorée pis envoyée chier à tour de bras depuis des années, pis jusqu'au bout. Même l'autre soir, quand elle m'a flatté le front pour faire comme Francine pis que je lui ai dit *Touche moi pas !* à la place de *J'ai mal au cœur*.

Je voudrais lui dire que je suis désolé. Désolé pour vrai. Que je l'aime dans le fond. Que je suis juste en crisse contre la vie, pas contre elle. Lui dire que c'est correct, si je meurs. Que tout va bien aller pareil, pis que si elle veut, je vais penser à elle, des fois, si quelque chose de moi existe encore après. Je pousse du plus fort que je peux pour ouvrir ma mâchoire, pour dire quelque chose, je sais pas trop quoi. N'importe quoi qui pourrait la consoler. Mais ça sert à rien. Tout ce qui sort de ma bouche, c'est un chiâlement dégueulasse d'orignal qui vient de se faire tirer. Mon silence à moi, c'est une trahison.

•

J'suis où ?

C'est pas ma chambre, ça... J'ai encore mal au ventre, mais je suis surtout fatigué. Tellement fatigué. Mes parents sont encore là, près de mon lit.

Francine arrive. Sûrement pour leur dire de me laisser dormir. Mais, c'est bizarre, personne sort. Elle met une main sur l'épaule de ma mère, se penche vers moi, me regarde dans les yeux. Elle me dit quelque chose en attendant que je réagisse, mais je comprends pas. Mes lèvres sont sèches pis lourdes comme des poches de ciment. De toutes mes forces, de toute ma face, j'essaie de lui dire *ça donne rien d'attendre, regarde-moi pas d'même*, mais elle a pas l'air de me comprendre, elle non plus.

Francine se retourne, dit quelque chose. Elle a l'air de rassurer quelqu'un, mais j'entends à peu près rien. À force de vomir de l'air, je pense que mes oreilles ont fini par se boucher. J'ai l'impression d'avoir la tête en dessous d'une cloche à gâteau. On dirait que les autres parlent au fond d'une piscine. Ma mère a l'air d'avoir senti que je suis perdu pis que j'ai la chienne. Elle se lève, s'avance vers moi, me regarde. Me regarde pour vrai. Elle me parle. Je comprends fuck all, mais ça me fait sursauter. La voix de maman. Sa voix d'avant le cancer, la fosse à tristesse pis le décompte de ma mort à retardement. Ça me traverse comme un rayon X. En dessous de mes côtes, je sens quelque chose pivoter, s'ouvrir. Une sorte de valve. Comme si mon corps s'était lui-même branché un soluté miracle. Mes jambes, mes bras, mes mains, mes poumons, mes intestins, les muscles de mon visage : tout se détend en même temps. Mon sang pétille, une chaleur se répand de mon coccyx jusqu'à mes épaules. La douleur est partie.

Pour la première fois depuis je sais plus quand, j'ai pas mal. Pas soif, pas faim, pas de nausée ni de vertiges. Je suis ben, dans les vapes, anesthésié par les ondes de ma mère, qui veulent rien dire mais qui m'enveloppent comme une grosse doudou. Sa voix me berce, m'endort. Je me sens mou comme de la guenille. Ma lèvre d'en bas a l'air de vouloir sacrer son camp. Je veux la rattraper, la remettre à sa place, mais elle non plus, elle m'écoute plus. Ma lèvre pend comme celle de Stephen Hawking, la bave me coule au menton. Ça goûte le sel. Mes larmes coulent toutes seules.

Je m'accroche à la voix de maman, je reste là, avec elle. Mes paupières referment les rideaux. Les yeux fermés, j'entends la pluie recommencer à tomber, se remettre à marteler la fenêtre de la chambre. Fort. Trop fort. On jurerait qu'il vente pis qu'il pleut *dans* ma chambre, que les gouttes frappent le plancher pis que les nuages glissent sur mon crâne.

J'entends plus du tout la voix de maman. Ni celle de personne. Même pas un écho. Rien. Mais la pluie, elle, est ploguée en Dolby Surround dans mes tympans. Signal à dix sur dix. C'est comme si j'étais chaque goutte de chaque nuage. Individuellement. En synchro. Je les entends toutes parfaitement. Se condenser, basculer, fendre l'air, exploser contre la vitre, la dévaler en slalom, s'échouer sur le rebord de métal, s'accumuler, s'accumuler, s'accumuler, former une petite flaque, s'infiltrer par une fente, dégoutter sur le plancher.

Ploc, ploc, ploc.

Ploc ! Une goutte dans ma face ! De peine et de misère, j'arrive à ouvrir un œil. La lumière blanche d'un néon me défonce la rétine comme un pic à glace. Ça me prend du temps pour m'en remettre, pour arriver à faire mon focus, mais je finis par voir un peu ce qui se passe dans la chambre, autour de moi. Pas de vent. Pas de nuages. Pas de flaques. Fenêtre fermée. Rien qui coule, rien qui dégouline, rien qui fuit. Même pas le robinet du lavabo. Mon père surgit de nulle part, se penche sur moi, prend ma main glacée. La sienne est brûlante, mais sa chaleur se rend pas jusqu'à moi. Il a un drôle d'air. Je ne l'ai jamais vu comme ça. Ses lèvres bougent pas, mais je l'entends pareil. *Je suis là. Rendors-toi.* J'essaie de faire comme mon père me dit, mais dès que je referme les yeux, ça recommence. Pas à pleuvoir. À couler. En filet d'eau, en robinet grand ouvert. De plus en plus fort, de plus en plus près. Je serre les dents, les poings, le ventre, les muscles du cou pour arriver à ouvrir les yeux, même juste un tout petit peu, mais ça marche pas. Ça marche plus. Dans ma caverne, j'entends l'eau continuer de couler. Encore plus fort, comme si une borne-fontaine venait d'éclater dans ma chambre. L'eau frappe le plancher, éclabousse les pattes de mon lit, gicle jusque sur les portes d'armoires. Le bruit change, se transforme en un glouglou de bain rempli à ras bord. Soudain, quelque chose se relâche un peu et j'arrive à entrouvrir mes paupières.

Ça se peut pas.

La pièce est vide. Y a plus personne. Plus rien. Ma famille, Francine, le docteur, les machines, les armoires, la table, le divan : disparus. Il y a déjà trois pieds d'eau à terre, pis ça monte à vue d'œil. Ça pisse de partout. Des murs troués, de la fenêtre grande ouverte, du lavabo qui déborde sur le plancher, du plafond. Non, ça vient pas du plafond. Y en a plus. On peut voir le ciel, les nuages qui défilent. Fouille-moi comment, les murs ont sacré le camp, envolés, pis je file léger, comme si je lévitais sur un tapis volant.

Je flotte.

En jaquette au milieu d'un océan lisse, aussi calme qu'un lac par un jour sans vent, je dérive sur mon matelas changé en radeau. Ça file bizarre. J'ai peur, pis vraiment pas peur en même temps. Il pleut plus, mais le ciel est encore couvert de nuages d'une blancheur luminescente, que l'océan reflète parfaitement. Mes yeux me sortent des orbites, plongent tête première dans le blanc. Ils nagent vers le large. Longtemps, sans s'épuiser. Jusqu'à la frontière, tout au bout. Rendus là-bas, en équilibre sur le fil de l'horizon, ils replongent dans le miroir, refont le chemin en sens inverse, en passant par le ciel, cette fois-ci. Mes yeux me reviennent. Repartent. Recommencent. Vers l'horizon, vers moi, vers l'horizon, vers moi, encore et encore, de plus en plus vite. L'eau et le ciel sont à l'endroit et à l'envers en même temps, tourbillonnent avec moi, et moi avec eux. Je suis tellement étourdi, ils sont tellement mêlés qu'ils se confondent, m'éblouissent en double, me traversent aller-retour, me revirent les yeux à l'envers comme des petits gants d'automne sculptés en lapins. Je vois tout, je vois rien. Je sais plus. Le blanc est total. Le blanc caresse, le blanc frappe. Le blanc est doux, le blanc est violent. Le blanc me dévore, m'enfirouape, me soigne. M'assomme, me remue, me vide. S'agite, tremble. Le blanc pulse ?

Soudain, je suis de retour sur mon matelas-radeau, étrangement froid et glissant. Irrégulier, comme s'il avait perdu des bouts. Tout autour, le miroir ondule, craque, tombe en morceaux. Le ciel et l'océan se démêlent, chacun reprend sa place. Puis, surgi de la blancheur, un petit cratère émerge, s'étire, s'agrandit, se reproduit en vibrant, se multiplie en dizaines de petits cercles concentriques. Juste sous mes yeux, un nouveau cratère, suivi de près par un autre et encore un autre.

La pluie. Elle m'a retrouvé. C'est pas long que l'averse vire à l'orage. Ça tombe tellement fort que les gouttes font des étincelles en s'écrasant dans l'océan. Des éclairs lumineux, spectaculaires, comme des feux d'artifice. C'est fucké, mais plus je les observe, plus ça me fascine, plus ça m'attire, et plus j'ai l'impression de voir des formes apparaître à travers les flammèches. Prudemment, je m'approche de la surface pour mieux les voir. Une goutte atterrit juste devant moi, me pète en pleine face. Dans le flash, une image. Une photo parfaitement claire. Surréaliste et fucked up, tellement que mon cœur prend le bord. Je recule, manque glisser en m'agrippant au rebord de mon bloc de glace. Ostie. Voyons donc. Blêmes, fatigués. Lèvres turquoise, traits fondants, yeux translucides. Jaillissant des cratères, nos visages. Celui de Kevin, ceux de mes voisins de chimio pis des autres damnés du septième. Le mien. Des météorites en phase terminale. Par centaines, par milliers, à plus savoir où donner de la tête, on éclate de partout, on s'écrase, on revole, on pleut à boire debout.

COUPLET

Pour un être sensible, la pitié, souvent, est souffrance. Lorsqu'on voit finalement que d'une telle pitié ne saurait sortir un secours efficace, le sens commun ordonne à l'âme de s'en débarrasser.

– HERMAN MELVILLE

ASSIS AU BORD D'UNE FALAISE, nous regardions la baie de Cape Cod, écoutant sans mot dire les vagues s'échouer sur la grève. Elles suivaient un rythme constant et hypnotique, méditatif. L'odeur des algues pourries nous parvenait depuis la plage en contrebas. La combinaison d'une nuit abrégée, de l'effort physique de notre randonnée matinale dans les dunes, du froid qui anesthésiait ma peau et de ma fascination pour l'horizon d'un mauve cendré m'avait assommé. Une fois affalé dans le sable mouillé, mon corps s'était subitement engourdi. Mes jambes fourmillaient, ma nuque et mon cuir chevelu étaient parcourus de minuscules frissons malgré l'épaisseur de ma tuque.

Le sommeil regagnait peu à peu du terrain, quand Sam m'a tapé sur l'épaule. Son doigt pointait droit devant nous, mais je ne voyais rien du tout, outre l'eau verdâtre, barbouillée de grands traits blancs.

— Là. Regarde.

Sa voix était à peine audible. Comme si elle craignait que l'instant s'envole au moindre bruit. J'ai finalement repéré une toute petite chose, ronde et brune, affleurer à la surface de l'eau. J'ai d'abord cru qu'il s'agissait d'un rocher moussu émergeant à marée basse. En le voyant disparaître et ressurgir quelques mètres plus loin, j'ai compris que ce n'était pas une pierre mais une tête. Celle d'un phoque qui plongeait, flottait sur le dos et replongeait. Après un certain temps, nous ne le voyions presque plus, tant il était déporté au loin par le courant. Bientôt, un autre phoque prenait sa place. Puis un autre remplaçait le précédent, et ainsi de suite. Un moment d'apesanteur, survolant la notion de temps sans même l'effleurer. À la vue de ces quelques têtes luisantes portées par les vagues, mon cœur creusait doucement ma poitrine pour s'y terrer comme dans un nid. Une grâce bouleversante émanait de cette scène. Ému, j'enviais les phoques, la lenteur de leur dérive, leur accord avec les cycles et les éléments, la simplicité de leur existence nomade. La pâleur grisâtre du ciel, drapé de pâles filaments nuageux. La délicatesse de la lumière, déposée sur la crête des vagues comme une neige légère, fraîchement tombée. À la fois empli de gratitude et gêné d'assister à un moment aussi fragile, qui aurait dû se dérouler à l'abri de mon regard, je me sentais nostalgique à l'avance, j'avais l'impression de revivre un instant qui ne pouvait être que le souvenir d'un autre, tiré d'une époque lointaine. D'un monde révolu où la nature était encore souveraine, qui ne me semblait pas pouvoir être le mien. Des larmes traçaient sur mes joues des rigoles que le vent froid freinait en cours de route, manquant de les faire geler sur ma peau.

Sam pleurait elle aussi, le nez dans son foulard jaune, le capuchon de son imperméable relevé sur ses cheveux roux, ses lunettes embuées, constellées de gouttelettes. En l'embrassant sur le sourcil, je lui ai proposé de marcher au bord de l'eau. Elle a hoché la tête en silence, m'a suivi vers un vieil escalier de bois qui descendait jusqu'à la plage. Arrivé au milieu de la volée de marches, j'ai aperçu, à une centaine de mètres du bord, un remous presque imperceptible. Un puissant jet d'eau vertical s'est soudainement élevé vers le ciel avant d'être disséminé par la brise et de s'évanouir dans un mince rideau de bruine.

— As-tu vu ça ? Là-bas ?

— Non, quoi ?

Je suis resté planté dans l'escalier un moment, attendant que cela se reproduise, que quelque chose se passe, mais n'ai plus rien vu. En marchant sur la grève, l'eau se rapprochant de mes pieds à chaque nouvelle vague, je me demandais si je n'avais pas tout bonnement halluciné.

Puis nous avons rencontré un couple, juché sur un rocher, une sorte de bloc erratique marin, observant le large à l'aide d'énormes jumelles. Une très grande femme brune aux épaules larges, le visage couvert de taches de son, et sa compagne, une petite blonde aux cheveux longs tressés, une épaisse tuque de chasse orange fluo sur la tête, les pommettes rougies par le froid. Après quelques salutations, elles nous ont demandé d'où nous venions, puis, étonnées, ce que des Canadiens pouvaient bien faire sur cette plage glaciale en plein mois d'avril. Abaissant ses jumelles, la grande brune nous a lancé en ricanant :

— *I hope you didn't forget your sunscreen.*

Sam et moi n'avons ni ri ni répondu. Il aurait fallu leur expliquer notre amour des vacances en saison morte, de l'odeur des maisons ancestrales converties en bed and breakfast, des villages fantômes, du silence, des déserts de toutes sortes, du son des gouttes de pluie s'écrasant sur le sable, des soirées dans les tavernes locales à la déco surannée, passées à épier les conversations des habitués. Je leur ai plutôt demandé ce qu'elles observaient.

— *Birds? Seals?*

— *Yes, yes... But we're mostly looking for right whales.*

— *Right whales?*

Je ne le savais pas encore à ce moment, mais c'est le surnom anglais de la baleine noire de l'Atlantique Nord, aussi appelée « baleine franche ». *Right whale.* La bonne baleine. Celle qu'il fallait tuer, éventrer, vider à l'époque de la chasse. Bien que gigantesque et d'un poids considérable, celle-ci était si grasse qu'elle flottait sur le dos après avoir été harponnée. Une simple corde attachée à sa queue suffisait pour la ramener au port en bateau. Une fois dépecée, la carcasse fournissait ensuite des quantités astronomiques de graisse, que l'on transformait en une huile épaisse, très prisée aux XVIIIe et XIXe siècles, notamment pour son utilisation dans l'éclairage des grandes villes et la lubrification des machines. Une mine d'or pour les pêcheurs de la côte Est américaine. Très lente, nageant la plupart du temps près de la surface et à proximité de la terre ferme, la baleine noire était une proie facile. Trop facile. En quelques décennies à peine, l'espèce avait été presque entièrement décimée, passant d'une dizaine de milliers à quelques centaines d'individus, jusqu'à ce qu'on en interdise la chasse au tournant des années 1930.

— *Yes. Right whales.*

— *We've seen a lot of them around here lately!*

Toujours perchées au sommet du rocher, elles nous ont raconté qu'un de leurs amis en avait aperçu plusieurs la semaine précédente, depuis les plages de Herring Cove et de Race Point, à l'ouest de la péninsule de Cape Cod. Depuis trois ou quatre ans, des groupes de baleines franches s'arrêtaient fréquemment dans la région de Provincetown pour se nourrir, en route vers le golfe du Maine et la baie de Fundy. L'année 2017 était apparemment exceptionnelle pour les observer dans la région. J'ai dit que je croyais en avoir vu une, quelques minutes plus tôt, depuis la falaise.

— *What!? Where was that?*

— *Over there...*

Leurs jumelles en mains, elles se sont aussitôt tournées vers la zone que j'encerclais grossièrement du doigt. Alors que, comme elles, Sam et moi scrutions silencieusement l'horizon dans l'espoir d'apercevoir un quelconque mouvement, le surgissement d'une nageoire ou la courbe sombre d'un dos affleurant entre les vagues, la petite femme blonde a murmuré :

— *Lucky you. There's only about five hundred of them left on Earth.*

Dans un soupir, elle a ajouté, comme pour elle-même :

— *It's a "last-of-the-dinosaurs" kind of thing.*

•

Le lendemain midi, on se réchauffait autour d'un bol de clam chowder bouillante au Squealing Pig, un petit resto-bar de Provincetown, quand je suis tombé sur un exemplaire d'un journal local, échoué sur la banquette d'une table voisine. Une série d'articles décrivant les problèmes économiques des pêcheurs de la côte Est occupait les premières pages du quotidien. Tout de suite après, en page quatre, se trouvait un long texte portant sur les fameuses *North Atlantic right whales.*

Les scientifiques avançaient qu'environ deux-cent-cinquante d'entre elles, près de la moitié de la population totale de leur espèce, étaient de passage dans la baie de Cape Cod au cours du mois d'avril. Cette fréquentation record redonnait espoir aux chercheurs interviewés, eux qui craignaient la disparition imminente de cette espèce en voie d'extinction. Le journaliste notait par ailleurs que quelques jours plus tôt, pour la première fois depuis 2014, une célèbre baleine noire nommée Couplet avait été identifiée au large de la péninsule. Son retour dans la région était accueilli avec soulagement, les femelles reproductrices représentant aujourd'hui moins de vingt pour cent de la population des baleines franches. La jeune femelle de vingt-six ans, identifiée à sa naissance par des chercheurs du New England Aquarium, avait mis au monde cinq veaux depuis 1997. Son dernier était né en 2014, et on espérait qu'elle mette bas une fois de plus cette année. Couplet était présentée comme un symbole d'espoir pour la régénération des *right whales*. Sur la photo grand format accompagnant l'article, Couplet nageait paisiblement aux côtés de l'un de ses baleineaux. En m'attardant sur l'image, je me demandais si c'était elle que j'avais aperçue, la veille, au large de Race Point. Les chances que ce soit le cas étaient presque nulles. Fatigué comme je l'étais ce matin-là, ce que je croyais avoir vu n'était peut-être qu'une illusion d'optique. Qu'une éclaboussure provoquée par le plongeon d'un oiseau pêcheur. Et, même s'il s'agissait bel et bien d'un jet d'eau, ce pouvait aussi bien être celui d'un rorqual, d'un dauphin ou d'un autre mammifère marin. J'avais beau savoir tout cela, la logique demeurait impuissante. J'avais profondément envie, besoin peut-être, d'y croire.

En rentrant de notre voyage, quand je racontais à nos proches notre promenade matinale, les dunes, l'orage, le violet cendré du ciel, la dérive des phoques, le surgissement du jet d'eau entre les vagues, l'article du journal local, je ne me perdais pas dans les élucubrations, les hypothèses ou le calcul des probabilités. C'était elle, et aucune autre, que j'avais vue, que j'avais *rencontrée* ce jour-là.

Couplet, *ma* baleine.

•

Dès notre retour à Montréal, au début du mois de mai, Sam est tombée malade. Elle a vomi trois fois la première nuit. Par chance, nous avions décidé de rentrer le samedi soir et prévu le lendemain une journée calme de lavage, de courses et de ménage avant de reprendre le travail. Elle a donc pu dormir toute la journée, rester blottie dans les couvertures et boire du bout des lèvres un bol de soupe poulet et nouilles pendant que je m'occupais de tout.

Le lundi, Sam a dû quitter le bureau dans la matinée. Étourdie et nauséeuse, elle était incapable de se concentrer. Elle m'a appelé pour me dire qu'elle vomissait encore et qu'elle rentrait à la maison.

— Je me sens drôle. Je dormirais pendant deux semaines.

Dans notre vieil appartement grinçant et mal insonorisé, il était impossible d'ouvrir la porte, de se déplacer ou même simplement d'exister sans faire de bruit. Après le travail, je suis allé prendre une bière avec un collègue au Pub Rosemont, à quelques pas de chez nous, pour laisser Sam se reposer en paix. Je suis rentré aux environs de dix-neuf heures, un peu chancelant, m'attendant à trouver Sam au lit, mais elle n'y était pas. Elle était plutôt assise au salon, dans le divan noir adossé à la fenêtre, par laquelle elle aimait regarder passer les voitures et déambuler les piétons, deux étages plus bas. Elle avait bien dû me voir arriver, sur le trottoir, m'entendre enlever mes souliers et ouvrir la porte du vestibule. Elle gardait les yeux rivés sur le boulevard. Le craquement du plancher a trahi mon entrée dans la pièce. Sans se retourner ni me saluer, elle m'a dit :

— Je pense que je suis enceinte.

Le lendemain matin, le test de grossesse lui a donné raison.

•

Notre quatre et demi du boulevard Rosemont deviendrait vite trop étroit, avec le bébé, et ses murs de carton ne suffiraient jamais à épargner les voisins d'inévitables crises de larmes nocturnes. À contrecœur, nous devions laisser aller l'appartement, avec tout ce qu'il représentait pour nous. Nous y avions emménagé cinq ans plus tôt, au début de notre relation. Nos amis avaient trouvé que c'était précipité, de nous lancer comme ça, neuf mois seulement après notre rencontre, mais Sam et moi n'avions jamais eu de doutes et ne l'avions jamais regretté. Ce petit logement presque centenaire, nous l'avions rénové et entretenu de notre mieux. Réparé, repeint, décoré, poli jusqu'à ce que les craques et les trous disparaissent sous le plâtre et la peinture, ou derrière des affiches soigneusement positionnées. Nous nous y sentions bien. À la maison, ce qu'aucun de nous deux n'avait éprouvé auparavant. Nous l'appelions « le nid », terme hautement mielleux qui correspondait toutefois parfaitement à notre expérience des lieux, à la chaleur douillette qui nous enveloppait de la tête aux pieds dès que nous passions la porte d'entrée.

Le cœur gros, gonflé par la nostalgie de notre jeunesse sans attache, nous nous sommes mis à la recherche d'un nouveau chez-nous. Une tâche simple, pensions-nous : quelques clics, quelques appels, une annonce sympathique diffusée sur les réseaux sociaux et le tour serait joué. Nous n'étions pas préparés à affronter la sauvagerie du marché immobilier montréalais. Parmi les rares appartements disponibles à l'automne, ceux qui nous plaisaient le plus ne convenaient généralement pas à une jeune famille, alors que ceux qui répondaient à nos nouveaux besoins étaient invariablement hors de prix ou horriblement mal situés. La pression de faire « le bon choix », notre désir d'accueillir notre enfant dans un environnement idéal, se sont manifestés dès le début de nos démarches, et la situation a rapidement pris une tournure inattendue. Après seulement une ou deux soirées à éplucher les logements à louer sur divers sites web de petites annonces, nous avons peu à peu sombré dans une sorte d'angoisse hyperactive. Une inquiétude d'une espèce non répertoriée, née de la rencontre fatale entre la fébrilité, l'anxiété, l'espoir candide et la peur la plus pure, entrant en collision tels des astéroïdes. Un impact d'une violence inouïe, creusant dans la vaste toile de notre univers un abysse dévorant. Un trou noir aspirant vers le néant toute trace de bon sens, ne laissant derrière que quelques microparticules de poussières obsessives et irrationnelles.

Alors que nous nous étions toujours contentés de peu, nous découvrions sous notre prétendue simplicité les empreintes profondes et tenaces de nos enfances banlieusardes, baignées dans le confort, l'abondance et la réponse matérielle immédiate à tous besoins, grands ou petits, véritables ou imaginaires. Sam et moi nous croyions affranchis de ce mode de vie, alors que nous roulions sur les mêmes autoroutes, usées depuis des décennies par des torrents de voitures identiques à la nôtre. Inconsciemment, nous retombions dans les ornières confortables de l'habitude. Les critères que notre logement devait rencontrer pour nous satisfaire, autrefois très limités, se sont multipliés à la vitesse d'une colonie de coquerelles dans les murs fissurés d'un taudis. L'époque des vieux appartements, à rabais parce qu'à l'abandon, était révolue. Il nous fallait trouver l'endroit parfait. Un nid 2.0.

Aux questions de base telles que *Quel quartier ? Combien ça coûte ? Combien de pièces ? Est-ce situé près d'une station de métro ? Y a-t-il beaucoup de travaux à faire avant d'emménager ?* et autres interrogations d'usage telles que *Gèle-t-on en hiver ? Est-ce lumineux ? Propre ? Bien divisé ? Y a-t-il de l'espace de rangement ?* s'ajoutaient des préoccupations inédites soudainement incontournables. *Combien de chambres fermées ? Y a-t-il des entrées laveuse-sécheuse ? Un lave-vaisselle ? Qu'en est-il de l'insonorisation ? À quel endroit pourrait-on ranger une poussette ? Serait-ce responsable de grimper un escalier aussi abrupt avec un bébé dans les bras ? L'escalier de secours est-il réglementaire ? Combien y a-t-il de détecteurs de fumée ? Sont-ils certifiés et fonctionnels ?* Inévitablement, de manière exponentielle, de nouvelles questions. *Le quartier est-il familial ? Sécuritaire ? Calme ? Propre ? Y a-t-il beaucoup d'espaces verts ? De services de proximité ? Un CPE ? Une pharmacie ? Un CLSC ? Chauffage électrique ? À l'eau chaude ? À air pulsé ? Quel est le taux d'humidité ambiant ? Y a-t-il des traces de moisissure dans la salle de bain ? Un système d'air climatisé ? Un purificateur d'air ? Une hotte de cuisine ? Un espace pour stationner nos vélos ? Un casier extérieur ? Un cabanon ? Une ruelle bondée d'enfants ? Et si jamais on voulait un deuxième enfant ? Ou même un troisième ? Aurait-on assez d'espace pour les accueillir ou serions-nous forcés de déménager à nouveau ? Les propriétaires vivent-ils sur les lieux ? Si oui, sont-ils gentils ? Tolérants ? Consciencieux sur l'entretien du bâtiment ? Radins ? Et les voisins ? Combien sont-ils ? Qui sont-ils ? De quoi ont-ils l'air ? Sont-ils civilisés ? Tranquilles ? Bien élevés ? Fêtards ? Tapageurs ? Musiciens ? Ont-ils eux-mêmes des enfants ?* Les unes à la suite des autres, les questions insolubles se succédaient au bord de la fosse, déversant tour à tour une pelletée de terre sur le cercueil de nos fantasmes immobiliers, jusqu'à ce que tout espoir de trouver un appartement répondant à nos attentes trouve le repos au cimetière de l'angoisse et du doute.

•

À quatre reprises, nous avons cru être parvenus au bout de notre calvaire, avoir trouvé la perle rare dans le tas de fumier.

Loyer nettement plus haut qu'annoncé sur le web, propriétaire antipathique et suffisant, photos trompeuses, murs jaunis, balcon pourri, odeurs étranges, planchers archi-croches, salles de bain insalubres ; chaque fois, l'étape de la visite nous désâmait. Au terme d'un mois et demi de démarches infructueuses, amers, fatigués et dégoûtés, nous avons décidé de prendre une pause : dix jours sans droit de recherches, durant lesquels il serait interdit de prononcer le mot « appartement ».

Les résultats n'ont pas tardé. Après quelques jours de temps mort, le stress qui nous habitait depuis des semaines s'était dissipé. Il était de plus en plus clair que notre emballement nous avait détournés de l'essentiel. Nous attendions un enfant. Un vrai. Vivant. Fragile, vulnérable. Chaud, les yeux quasi aveugles. Entièrement dépendant de nous, de nos aptitudes, de nos choix.

Parents. Nous allions être parents.

Cette idée faisait son chemin, lentement. Peut-être trop lentement. Je ne peux parler pour Sam, mais de mon côté, si cette pensée résonnait en moi, remontant à la surface de ma conscience alors que je me trouvais en pleine réunion de travail, se glissant dans mes rêves, m'empêchant de fermer l'œil ou m'éveillant au milieu de la nuit, j'avais beau *savoir* que c'était vrai, me le répéter, m'imaginer la sensation physique, le poids d'un petit être léger posé dans mes bras, l'odeur de sa peau neuve, la chaleur de sa petite tête au creux de mon coude, je ne *ressentais* pas encore tout cela comme une réalité tangible. Je ne voyais aucun lien, aucune relation logique entre le jeune homme que me renvoyait le miroir et le sens, le respect et l'importance que j'accordais au mot « père ». Le bouleversement à venir n'en était encore qu'au stade imaginaire. Rien de plus qu'une pensée abstraite, sans conséquences. Avide de transformation physique, psychologique ou spirituelle, de révélation ou de lucidité, je demeurais pourtant chaque jour le même. Immature, à peine digne du titre d'adulte.

De peur de l'inquiéter inutilement, je n'en laissais rien savoir à Sam, masquais mon incertitude en l'enfouissant sous les piles d'annonces classées, de listes d'épicerie et de tâches quotidiennes. Je me disais que la réalité finirait par s'imposer à moi. D'ici là, peut-être qu'à force de prononcer le mot régulièrement, je pourrais réussir à m'en approcher. À l'apprivoiser pour le saisir et l'apposer sur mon visage. Puis, un jour, m'y glisser tout entier, l'enfiler avec étonnement, comme un complet flambant neuf qui paraît trop étroit de prime abord, mais qui, une fois la deuxième manche enfilée de justesse, s'avère parfaitement ajusté.

Père ? Papa ? Pas encore, mais il était encore temps.

•

Nous songions de plus en plus sérieusement à demeurer dans le nid encore une année ou deux, en attendant de trouver la fameuse perle rare. Jusqu'à l'épisode de la souris. Je dis « la » parce qu'au départ, naïfs, nous croyions qu'il n'y en avait qu'une, qu'elle devait s'être faufilée par la porte patio entrouverte, un soir de canicule. Nous la surprenions de temps à autre dans le salon, en flagrant délit de récolte de miettes de nature variée, agglomérées en boulettes poussiéreuses derrière le canapé. Aussitôt qu'elle remarquait notre présence, elle détalait vers l'extrémité de la pièce et disparaissait sous la porte du placard à balais. Nous n'étions pas particulièrement préoccupés par la situation. Ce n'était pas la première fois que nous voyions une souris et, sa cachette ne contenant qu'une vadrouille, un seau de plastique, quelques boîtes de déménagement jamais déballées et un ventilateur défectueux, il n'y avait pas lieu de s'en faire outre mesure. Seule, sans rien à se mettre sous la dent, elle nous semblait inoffensive. Et puis, elle finirait bien par ressortir par où elle était entrée. Comme je le disais : naïfs.

Un matin, en empoignant une boîte de céréales, j'ai vu une souris effarée jaillir du sac. Raidi de surprise, répugné jusqu'au tréfonds de mon être par la caresse soyeuse de sa fourrure sur mon pouce, je l'ai entendue atterrir mollement sur le plancher, l'ai sentie détaler en frôlant mon pied nu. J'ai à peine eu le temps de distinguer sa forme sur le sol avant qu'elle s'évanouisse par une issue invisible. Quelques minutes plus tard, après avoir vidé le bas de l'armoire du bout des doigts, aux aguets, craignant à tout instant d'être attaqués par une souris kamikaze, nous avons trouvé un petit trou. Un tout petit trou reliant directement le placard du salon à notre garde-manger.

Au cours des semaines qui ont suivi, en dépit des trappes métalliques aux quatre coins de l'appartement, les tas de minuscules crottes noires se sont multipliées : sous le frigo, dans le placard de la salle de bain, sous les armoires de cuisine, le long des murs du salon. Le diagnostic était sans appel : infestés.

Selon l'exterminateur, nous en serions débarrassés d'ici quelques semaines, au plus tard dans quelques mois, mais il était trop tard. Le mal était déjà fait. Coquerelles, rats, fourmis : Sam et moi échangions les cauchemars de vermine. Une nuit, j'ai rêvé que des dizaines de souriceaux sans poil, la peau lisse, se glissaient dans ma gorge pendant que je demeurais paralysé, la bouche grande ouverte. Ils se mettaient ensuite à remuer dans mon ventre comme une seule et même masse visqueuse au pouls cadencé. Alors que je me transformais lentement en nid de souris, que je portais en mon ventre une sorte de rongeur mutant, composé des corps fusionnés de centaines de souris glabres, je me suis réveillé, secoué par ma copine, troublée dans son propre sommeil par mes gémissements. Redressé dans mes draps, les poings levés comme un boxeur, j'étais prêt à me battre pour ma survie, toujours oppressé par la sensation vive de suffoquer, les poumons gorgés de fantômes grouillants, chauds et griffus.

•

Le lendemain matin, au déjeuner, Sam et moi en sommes venus à la conclusion que nous avions été dépossédés. En surnombre et usant de violence psychologique, les souris nous avaient dérobé notre appartement. Nous avions peut-être renoncé à trouver le logement de nos rêves, mais nous n'étions tout de même pas suffisamment aigris et désabusés pour nous résoudre à accueillir notre enfant dans un endroit en voie de se mériter le titre d'authentique trou à rats.

Ce soir-là, nous nous sommes replongés dans nos recherches avec une ardeur renouvelée, abandonnant le marché des appartements locatifs pour celui des condos. Souvent, je me sentais étourdi en songeant à la prochaine phase de ma vie. Je prenais peu à peu la mesure, la démesure du temps et de sa vitesse folle. Il me semblait que le bruit des karaokés universitaires à La Maisonnée résonnait encore dans mes oreilles, alors que dans quelques mois à peine un enfant allait vivre sous mon toit. Dormir, pleurer, crier, chier sous mon toit. Et ce, pour les vingt prochaines années au minimum, avant qu'il ne parte lui-même en appartement et qu'il n'aille à son tour massacrer une chanson de Bon Jovi en criant dans un micro défectueux.

La roue tourne, disait souvent mon père. Pour tourner, elle tournait. Et j'avais peur, justement, qu'elle tourne trop vite. Qu'elle s'emballe, se détache de son essieu et nous fonce droit dessus. Ce ne serait plus jamais seulement nous deux, désormais. Plus jamais qu'elle et moi dans notre bulle autarcique. Cette idée me troublait. Depuis le soir de l'annonce, quelque chose d'insondable en moi se braquait, refusait d'y croire. L'étrange sentiment de nager entre deux eaux. J'étais heureux, oui, mais sous le vernis de ma joie subsistait une crainte insidieuse. La sensation *physique* de me tenir sur un fil de fer au-dessus d'un abîme glacial.

Le marché des condos montréalais n'aidait en rien à dissiper mon vertige. Apparemment, mes maigres économies menaçaient elles aussi de sombrer dans un gouffre. Les prix étaient pour ainsi dire scandaleux. Même un logement étroit, situé au deuxième étage d'un duplex des années 1950 était au-delà de notre budget. À bout de patience et d'énergie, approchant du point de rupture, il nous fallait maintenant nous rendre à l'évidence. Le temps filait. Les options manquaient. Nous y étions arrivés. Là où plusieurs couples de notre entourage s'étaient eux aussi rendus. Des couples que nous avions jugés, sans appel, pour avoir cédé à la « facilité ». Nous avions finalement touché le fond. Dépités, nous nous sommes résolus à jeter un œil aux propriétés en banlieue.

Juste comme ça. Juste pour voir.

Montréalais purs et durs, nous avions toujours affirmé vouloir demeurer dans la métropole et y élever un jour nos enfants. Nous avions tous deux grandi en périphérie de la ville. Elle non loin de Québec, moi à Laval. J'ai toujours gardé un souvenir aigre-doux du quartier de mon enfance. De la laideur banalisée, des mers de stationnements vides, de l'asphalte brûlant, des bungalows beiges et jaunasses, du Carrefour Laval comme principal lieu de culte, du concert estival des tondeuses, du mini-putt de Fabreville, aménagé sous les pylônes électriques, dont on entendait les lignes à haute tension crépiter à cent mètres de distance. Sam, elle, décrivait sa banlieue de naissance en des mots simples : terreau de désespoir, désert d'ennui, repaire d'incultes. Mouroir. Dire que nous entamions cette démarche à reculons serait un terrible euphémisme.

Toutefois, après quelques heures passées à éplucher les annonces en ligne, nous étions forcés d'admettre qu'il s'agissait, pour l'instant, de la solution à notre problème. Sam avait résumé la situation par cette formule bien connue :

— Tant qu'à jeter l'argent par les fenêtres, on le jettera par les nôtres.

•

Quelques jours à peine après avoir amorcé cette nouvelle phase de recherche, nous avons visité une petite demeure unifamiliale, à Laval-des-Rapides. La maison avait peu de cachet, mais sa façade de pierre recelait un certain charme (champêtre, disait Sam en riant) et elle comptait plusieurs atouts : un grand sous-sol, une cuisine rénovée, de grandes fenêtres neuves, une cour ombragée enveloppée d'arbres matures, un cabanon, quatre (!) chambres fermées et un as caché dans sa manche : l'accès au métro. Au métro *de Montréal*, dont le tunnel se présentait à nous comme une branche d'olivier, tendue par-dessous la rivière des Prairies en signe de pardon. La réconciliation était encore possible. Notre appréhension d'être éloignés de nos lieux de travail, coupés de nos amis, de nos adresses favorites, de la vie nocturne et culturelle bouillonnante de Montréal pour nous transformer progressivement en Lavallois pur-sang perdait un peu plus de terrain chaque fois que nous revenait l'écho des mots « ligne » et « orange ».

Au terme de la visite, l'idée de Sam était faite. La mienne aussi. Le soir même, nous avons déposé une offre en bonne et due forme. Trois jours plus tard, après de brèves négociations, le courtier nous a contactés pour nous annoncer que nous pouvions commencer à faire nos valises, puisque nous étions désormais « les très heureux propriétaires » d'une « magnifique propriété ancestrale au cœur de Laval-des-Rapides ». Laminée d'un enthousiasme feint à travers lequel perçait la lassitude, sa voix fatiguée sonnait aussi sincère que celle d'un employé de pompes funèbres offrant des vœux de sympathie standardisés aux proches d'un inconnu. Nous l'avons remercié poliment et, après avoir raccroché, nous nous sommes enlacés. Les larmes de Sam ont rapidement imbibé le col de ma chemise. Ses côtes, sous mes doigts, étaient secouées de tremblements. Je me demandais si, comme moi, Sam pleurait de vertige.

•

Nous avions deux semaines pour tout emballer et trouver des sous-locataires pour notre appartement. Aucun temps à perdre. Au moins, remplir les boîtes de déménagement me donnait l'impression d'avoir un certain contrôle sur la trajectoire de ma vie, qui m'échappait peu à peu depuis notre retour de Cape Cod.

Quand est venu le temps de vider les armoires de cuisine, je me suis rendu au dépanneur du coin acheter une pile des journaux de la veille, voués au recyclage, pour en recouvrir les verres à vin, les assiettes de porcelaine et autres objets fragiles. De retour chez les souris, je me suis mis au travail. Vidant systématiquement chacune des armoires, j'emballais chaque verre soigneusement, tout en me demandant par quel moyen nous avions pu en accumuler autant au fil des ans. Selon mes estimations, nous aurions pu recevoir environ cent personnes sans craindre d'en manquer. De l'autre côté de la table, Sam se chargeait d'empaqueter les assiettes. Comme pour tout travail manuel, elle était beaucoup plus adroite et efficace que moi. Elle avait déjà bouclé deux boîtes avant même que j'en aie rempli la moitié d'une. Exigeant une série de gestes répétitifs, ce travail machinal avait un effet étonnamment apaisant, presque sédatif. On aurait dit que, pour éviter la surchauffe anxieuse, mon cerveau avait activé les neurones équivalents aux touches CTRL + ALT + DEL, puis fermé toutes les fenêtres actives encombrant mon esprit.

Je bouclais la toute dernière boîte de vaisselle quand, du coin de l'œil, j'ai vu la main de Sam s'arrêter brusquement au milieu d'un geste, ses paupières se crisper d'une concentration aigüe. Son regard était braqué sur le comptoir, devant elle, vissé sur quelque chose que je n'arrivais pas à voir. Inquiet, comme je l'étais sans cesse depuis le début de sa grossesse, je lui ai demandé d'un ton aussi calme que possible si elle se sentait faible, si elle avait besoin de s'étendre un peu.

— Non... ça va.

— Qu'est-ce qu'il y a ?

Elle a soulevé une page de journal, l'a repliée en deux, puis me l'a tendue en me pointant un article précis. À la bande verte de l'entête, j'ai aussitôt reconnu la section environnement. Puis, la photo. Familière. La même, en fait, qui était affichée dans le journal de Cape Cod. Pourquoi parlait-on de Couplet ici, au Québec ? Avait-elle donné naissance à un autre veau ? Avait-elle été aperçue par des plongeurs, dans le golfe du Saint-Laurent ?

Une 13e carcasse de baleine noire
au large du Massachusetts.

Mon rythme cardiaque s'est accéléré. Respirant profondément, je me suis dit que la photo n'avait sûrement rien à voir avec le titre, que ce ne pouvait quand même pas être elle. Non. Les archives ne devaient pas être riches en photos de baleines franches. Ils avaient dû choisir cette image pour son esthétisme, pour le calme qui se dégageait du couple mère-fils voguant paisiblement au large de la côte Est, dans une eau d'un bleu profond. Oui, voilà. Ce devait en être une autre. N'importe quelle autre baleine. J'ai dû approcher l'article de mes yeux myopes et fatigués pour arriver à déchiffrer, en minuscules caractères italiques, sous la photo :

La femelle Couplet, à droite, accompagnée de son baleineau. Photo prise en 2003.

Couplet, ma baleine, avait été retrouvée morte l'avant-veille, à deux-cent-cinquante-huit kilomètres à l'est de la péninsule de Cape Cod. Elle dérivait lentement, sur le dos, en plein océan Atlantique, le flanc profondément entaillé. Il s'agissait du troisième décès d'une baleine noire aux États-Unis, et d'un treizième au total en Amérique du Nord, depuis le début de l'été. Sans compter, ajoutait la journaliste, que d'autres carcasses n'avaient probablement jamais été retrouvées, emportées au large par le courant, avant de se dissoudre au soleil. Loin des côtes, à l'abri des regards. Les autres décès répertoriés avaient été constatés au large de la Nouvelle-Écosse, du Nouveau-Brunswick, de l'Île-du-Prince-Édouard, ainsi que dans les eaux du golfe du Saint-Laurent, de loin l'endroit le plus meurtrier en Amérique du Nord. Charles Mayo, du Provincetown

Center for Coastal Studies, avançait dans l'article que la régénération des *right whales* était mise en danger. Cette année-là, à peine cinq petits avaient vu le jour depuis le début de la saison estivale. Il y avait donc presque trois fois plus de décès que de naissances répertoriées dans l'année en cours. Une telle situation, si elle devait se répéter, pourrait rapidement mener à l'extinction de la célèbre baleine noire de l'Atlantique Nord.

J'ai lu le reste de l'article en m'efforçant de ne rien laisser transparaître de l'angoisse qui m'enserrait la gorge. Sam me regardait du coin de l'œil. J'ai feint une déception légère, accompagnant mon haussement de sourcils d'un sourire de dépit, espérant produire une expression de saine indifférence. Une expression qui dirait : *Eh bien. C'est la vie. Qu'est-ce qu'on y peut !*

J'ai chiffonné la page en une petite boule compacte, l'ai fourrée au fond d'une tasse à café, que j'ai recouverte d'une autre feuille pour la soustraire à ma vue. Nous attendions un enfant à l'hiver. Notre déménagement aurait lieu dans moins de deux semaines. Ce n'était pas le temps de m'épancher sur le sort d'une baleine que je n'avais jamais vue.

•

Quelques jours plus tard, je flânais sur Facebook au travail, sur l'heure du midi, quand, dans mon fil de nouvelles, j'ai aperçu la photo d'une baleine noire échouée sur le flanc. Un court texte accompagnant l'image expliquait qu'il s'agissait là du cadavre d'un baleineau qu'une marcheuse avait découvert sur une plage de galets, près de Nantucket Island, au sud de Cape Cod. Depuis le choc que m'avait causé la mort de Couplet, j'avais résolu d'éviter ce genre d'article. Trop dur, trop déprimant. Mais cette fois, je n'ai pu résister. Mu par une curiosité macabre, j'ai cliqué sur le lien du reportage. Les chercheurs affirmaient qu'ils ne seraient probablement jamais en mesure de déterminer la cause exacte du décès, vu l'état pitoyable dans lequel avait été récupérée la dépouille. En marge du texte, une photo supplémentaire, que l'on pouvait agrandir d'un clic, offrait un plan rapproché du cadavre, la gueule flasque grande ouverte, l'orbite vidée de son œil, la chair blanchâtre dénudée. Des lambeaux de la peau noire qui recouvrait autrefois tout le corps de l'animal dessinaient sur ses flancs de curieux archipels. De petites îles difformes, pourries, qui seraient bientôt pelées une à une par le temps, le sel et la décomposition. Cette image m'a levé le cœur et coupé l'appétit. Je n'ai plus mangé du reste de ma pause dîner. J'ai tout de même poursuivi ma lecture jusqu'au bout. Arrivé au bas de la page, j'ai cliqué sur le lien d'un autre article. Puis, une fois ma lecture achevée, sur un autre, et encore un autre, jusqu'à la fin de mon heure de lunch.

En rentrant du travail, au lieu de continuer à remplir des boîtes de déménagement tel que prévu, j'ai profité du fait que j'étais le premier arrivé à l'appartement pour poursuivre mes recherches. Je sentais bien qu'il y avait là quelque chose de malsain, mais je ne pouvais plus m'arrêter, je continuais de m'enfoncer en épluchant compulsivement les articles de presse détaillant l'hécatombe. À ce moment-là, quatorze cadavres de baleines noires avaient été repêchés. Outre quelques détails factuels sur la morte du jour et sur l'endroit où elle avait été retrouvée, les reporters dépêchés sur place répétaient les mêmes faits, citaient les mêmes spécialistes à chaque décès. Ceux-ci étaient tous, sans exception, causés par des activités humaines. Les filets utilisés pour la pêche au homard et au crabe des neiges représentent des pièges sournois pour les *right whales*, qui s'empêtrent régulièrement dans leurs cordages lourds et coupants. La plupart des victimes de tels accidents réussissent à s'échapper, s'en tirent avec des blessures mineures, mais les moins chanceuses restent coincées et meurent étouffées. Les navires de marchandise et de croisière sont aussi fréquemment impliqués dans des incidents mortels. Contrairement à d'autres spécimens, les baleines franches ont une faible reconnaissance de ce qui les entoure, sont peu réactives au passage de bateaux, même aussi énormes qu'un paquebot commercial. Ainsi, quand un navire fonce droit vers elles ou que sa trajectoire s'apprête à rencontrer la leur, inconscientes du danger, elles gardent le cap. La majorité des baleines happées meurent au moment de l'impact, le cou cassé net ou broyées par les hélices du moteur. Les survivantes ne le demeurent que temporairement, expirent quelques jours, parfois quelques semaines plus tard, épuisées, vidées de leur sang ou rongées à petit feu par une maladie s'étant immiscée dans leur chair par une plaie béante.

Les représentants des gouvernements canadien et américain affirmaient travailler d'arrache-pied conjointement pour assurer la protection de l'espèce. Suivant les recommandations de chercheurs universitaires, ils disaient avoir « fait leurs devoirs », protégé leurs aires de reproduction connues, travaillé de concert avec les pêcheurs pour réduire le nombre d'empêtrements dans les filets, légiféré pour réduire la vitesse des bateaux circulant dans les principaux couloirs de migration. Selon les océanographes, l'échec de ces mesures était probablement lié au réchauffement climatique, la hausse de la température de l'eau dans l'Atlantique affectant le calanus, une variété de zooplancton représentant la principale source de nourriture des *right whales*. La population de calanus, en baisse constante depuis des décennies, est aujourd'hui si faible dans les aires de reproduction habituelles des baleines noires que pour en trouver en quantités suffisantes, celles-ci doivent désormais migrer vers de nouvelles régions. La baie de Cape Cod et le golfe du Saint-Laurent, par exemple, sont depuis quelques années nettement plus fréquentés par cette espèce. Malheureusement, les mesures de protection n'avaient pas suivi le déplacement des populations, déplorait un journaliste, et les zones protégées n'avaient pas été mises à jour assez fréquemment. D'où les nombreux incidents répertoriés en cette année « historiquement meurtrière » de 2017.

Le dernier article que j'ai consulté annonçait que les baleines franches approchaient « l'extinction fonctionnelle », une expression désignant l'incapacité à se régénérer d'une espèce animale dont la population est gravement réduite. Une spécialiste de la vie marine affirmait, dans un quotidien du Massachusetts, que la baleine noire était presque inévitablement condamnée à disparaître d'ici la fin du siècle. Selon elle, étant donné la lenteur de la reproduction de ce cétacé, cela pourrait survenir dans un horizon de vingt ans, au rythme où évoluaient actuellement les choses. D'après ses calculs, pour renverser la vapeur, il faudrait que survienne moins d'un décès accidentel par année. En raison de cet été catastrophique, l'espèce était déjà lourdement « endettée » en mortalité. Il faudrait, pour que ces baleines puissent survivre au XXIe siècle, qu'aucun décès accidentel ne soit répertorié durant deux décennies. Aussi bien dire un miracle.

Alors que je tentais de digérer cette dernière information, le son d'une clé, tournée puis retournée dans la serrure, a résonné entre les murs de carton de l'appartement. J'ai rabattu l'écran de mon portable d'un coup sec, le regard aussi pudique que si on venait de me surprendre en plein visionnement d'un film porno. Sam a déposé son sac sur la table de la cuisine, n'a rien dit. Moi non plus.

Je n'ai pas dormi cette nuit-là, incapable de me dépêtrer de l'image du baleineau pourri, de l'odeur boueuse et rance que lui attribuait mon imagination.

•

Deux semaines plus tard, nous étions des Lavallois. Quelques jours seulement après notre emménagement, j'ai senti que quelque chose clochait, sans parvenir à mettre précisément le doigt dessus. Notre nouvelle demeure était pourtant telle qu'on nous l'avait présentée. Quelques soirées de peinture, de bricolages mineurs et d'assemblage de meubles IKEA en avaient fait un endroit accueillant et confortable. Plus joli encore que nous ne l'avions imaginé. Le problème ne venait pas de la maison, du quartier ni du déménagement, mais de nous. Nous étions méconnaissables.

Le soir, en revenant de son travail, Sam ne parlait que très peu, elle qui avait pourtant l'habitude de me raconter en long et en large ses journées jusque dans le menu détail, ce pour quoi elle s'autoproclamait la reine des histoires sans punch. Pour ma part, je ne trouvais rien à dire de très intéressant non plus, ce qui n'arrangeait rien. Je savais bien que sa grossesse entraînerait toutes sortes de changements au sein de notre couple, mais je n'avais jamais vu venir ce silence. Menaçant, chargé comme un fusil. Par contraste avec le boucan des camions-bennes et des autobus défilant jour et nuit sur le boulevard Rosemont, le calme de la banlieue, plutôt que de nous réconforter, ne faisait qu'amplifier notre inconfort. Tout le naturel de nos conversations s'était envolé. Sans raison apparente, sans que nous nous soyons même très légèrement disputés, nous avancions maintenant en terrain glissant. Chacun notre tour, nous émettions des phrases à haut coefficient de néant, d'une niaiserie abyssale, au sujet de la fréquence de passage des métros à l'heure de pointe, de la facilité de trouver un espace de stationnement dans notre nouveau quartier, cherchant à combler le vide par tous les moyens. Mais le silence, résilient, s'en tirait sans la moindre égratignure. Non seulement était-il immunisé contre le déluge de nos mots creux, mais il y était perméable, s'en gorgeait pour se faire toujours plus dense et plus pesant. Quand il en avait fini de tout avaler, que nous n'avions bel et bien plus rien à dire, souverain, il reprenait sa place, toute la place, et nous tentions par nos regards de déterminer lequel de nous deux oserait dégoupiller la grenade. La plupart du temps, ni l'un ni l'autre ne rajoutait le moindre mot et, au bout d'un temps, lâches et fatigués, nous nous séparions. Repliés chacun de notre côté de la tranchée, à l'abri dans l'une des nombreuses pièces de la maison, nous vaquions à des occupations vaines et inutiles, évitant ainsi de réfléchir à l'accumulation des mots ravalés, obstruant nos gorges comme des strates de sédiments. Les jours passaient et le silence n'allait qu'en grandissant, étendant ses ramifications partout dans la maison. Je l'imaginais déployer lentement ses filaments sous le couvert du plancher, proliférer derrière les murs et faire friser la peinture de ses spores vénéneuses.

Que cachions-nous sans parvenir à l'exprimer ?

Le mystère demeurait entier, me tourmentait jusqu'à hanter mon sommeil. Sam me trompait, je la trompais, elle se faisait avorter en cachette, elle me laissait pour l'un de ses collègues, l'enfant était malade, difforme, mort dans son ventre, Sam était atteinte d'un cancer, l'enfant n'était pas le mien mais celui d'un de mes meilleurs amis ; chaque nuit, les hypothèses les plus épouvantables étaient mises à l'épreuve. Je me réveillais chaque fois soulagé que ce ne soient que des cauchemars, mais aussitôt l'œil entrouvert, ma conscience affleurait à la surface de mes songes et se remettait au travail, tournant et retournant la même question, sondant compulsivement les moindres recoins de mon esprit, de ma mémoire, dans l'espoir de mettre la main sur l'origine de ce silence.

Un matin, assise au bord de l'îlot de cuisine, Sam étendait distraitement de la confiture sur un bagel, le journal posé près d'elle. Elle me faisait dos, je ne voyais rien des traits de son visage, mais je percevais à des mètres de distance la tension dans son cou, la grippe de son poing serrant fermement le manche du couteau à beurre, tout comme je devinais ses sourcils froncés, ses lèvres pincées, son air agacé. Elle m'attendait.

— Qu'est-ce qu'on est en train de devenir ? Ça fait quoi, deux semaines qu'on est ici ? On dirait que ça fait un siècle. [...] On ressemble à un vieux couple sec. Chacun de son bord, assis dans sa chaise berçante, à attendre on sait pas trop quoi en regardant le temps passer lentement sur l'horloge. [...] Le temps, il passe pas lentement. Il passe pas tout court. Il fait juste mourir, ici, le temps.

Après un ample silence, qui m'a bien fait comprendre qu'elle n'avait rien à ajouter, je me suis approché pour la prendre dans mes bras. Dans un réflexe défensif, le corps de Sam s'est raidi. Ce n'était jamais arrivé auparavant. Ce soubresaut m'a fait l'effet d'un coup de poing dans l'estomac. Le souffle coupé, je me suis dirigé vers la porte. J'ai attrapé mes clés, mon portable. Avant de sortir, je suis parvenu à murmurer :

— Je t'aime.

J'ai attendu une réponse quelques secondes, en vain, puis je suis sorti.

•

Sur l'heure du midi, la boule qui m'obstruait la gorge depuis le semblant de conversation du matin ne m'avait pas encore quitté. J'avais désespérément envie d'appeler Sam, mais j'avais peur que ça ne fasse qu'envenimer les choses. Laisser la poussière retomber était sûrement une bonne idée. Après tout, les vieux couples semblaient avoir besoin de se laisser un peu d'espace de temps à autre, du moins si je me fiais à ceux de mon entourage. C'était peut-être simplement une journée de distance, de recul. De toute manière, je ne savais pas précisément quoi dire, par où commencer, et n'étais au fond vraiment pas d'humeur à bavarder. C'était d'ailleurs pour cette raison précise que je mangeais à mon bureau plutôt que dans la salle des employés, où je jugeais le risque de m'enliser dans des discussions insipides largement trop élevé. Au lieu de téléphoner à Sam, je me suis plongé dans les journaux en ligne pour meubler le temps. Je le faisais habituellement en déjeunant, mais les circonstances en avaient voulu autrement ce matin-là. Pendant que la page du *Devoir* se chargeait lentement sur mon vieil ordinateur, je me demandais si des développements avaient eu lieu dans le dossier des baleines noires. Rien à ce sujet à la une. J'ai cliqué sur l'onglet *Environnement*. En marge, un titre m'a happé sournoisement, comme une gifle décochée depuis un angle mort.

Une 11e baleine meurt
dans le golfe du Saint-Laurent.

La dépouille d'une jeune femelle en âge de se reproduire avait été repérée dans les eaux du golfe quelques jours plus tôt, lors d'un vol de surveillance. Elle venait d'être remorquée jusqu'à Miscou, au Nouveau-Brunswick, où des spécialistes procéderaient bientôt à une nécropsie. À première vue, des équipements de pêche semblaient être responsables de son décès. Les photos montraient des cordages encore prisonniers de la chair de l'animal, presque entièrement dépouillé de sa peau. Sa bouche était profondément entaillée par la corde, comme si la baleine avait tenté de s'en défaire avec ses dents sans y parvenir. Un casier de crabe des neiges était même encore attaché à la carcasse quand on l'a ramenée au rivage. Après quelques minutes d'absence, je me suis rendu compte que je ne lisais plus vraiment. Distrait et détaché, je regardais les lettres, me perdais dans le flou des signes barbouillant la page sans rien y déchiffrer. J'ai refermé le navigateur pour me remettre à l'ouvrage.

S'il y avait une seule chose qui ne m'avait jamais trahi quand venait le temps de nier la douleur, c'était bien le travail.

•

Ce soir-là, William, un collègue que je déteste, un fendant qui se plaint de sa femme comme d'une maladie incurable, avait organisé un cinq à sept dans un petit bar branché du centre-ville. J'aurais habituellement menti, prétexté avoir rendez-vous ailleurs, mais pour une rare fois depuis que j'avais rencontré Sam, je n'étais pas pressé de rentrer à la maison. On ne s'était pas écrit un seul texto de la journée. À dix-sept heures, au moment de ramasser mes affaires et de quitter le bureau pour le week-end, j'étais paralysé. Après avoir mijoté à feu doux et gonflé, petit à petit, au fil des minutes et des heures de la journée, ma peur semblait avoir soudainement implosé, puis s'être subdivisée en d'innombrables microparticules de terreur courant dans mon sang, prenant ma chair d'assaut avec une force décuplée.

Peur.

De ne pas trouver les mots ou de choisir les mauvais. D'être maladroit. De perdre le souffle. De bafouiller. De pleurer. De figer, muet, ou de parler, parler, parler pour dire n'importe quoi sauf ce qu'il faut. D'être abrupt, orgueilleux, sur la défensive. De me mettre en colère, de lever la voix. Mais, surtout, peur de ce qui se cachait derrière ce qu'elle m'avait lancé le matin. Derrière le silence à perte de vue.

L'idée d'un cinq à sept avec l'équipe du bureau ne m'avait donc jamais paru aussi séduisante. Je n'aurais qu'à éviter William et ses théories aux relents misogynes sur les relations de couples, et m'accouder seul au bar, idéalement en silence, pour m'envoyer quelques bières en attendant que mon esprit s'apaise un peu. Dans le pire des cas, je pourrais sûrement tolérer une petite séance de small talk avec le secrétaire personnel de ma patronne. Une vraie pie, celui-là, mais somme toute agréable et très divertissant. Je me disais que, dans l'état dans lequel je me trouvais, un résumé des derniers rebondissements d'*Occupation Double* pourrait certainement me détendre. Me permettre de ne penser à rien, d'évacuer mes craintes et d'apaiser l'étouffement, le temps de rassembler assez de courage pour affronter la conversation qui m'attendait patiemment, au bout de la ligne orange.

•

Lorsque j'ai franchi la porte, un peu soûl, vers vingt heures trente environ, la maison était silencieuse. Pas de souliers dans l'entrée, aucune assiette sur la table, lumières éteintes. Vide. L'angoisse menaçait de me percer l'estomac quand j'ai trouvé un post-it bleu, collé sur la porte du frigo avec un renfort de ruban adhésif.

Partie souper sur
le Plateau avec Caro x

Au moins elle ne m'avait pas abandonné pour refaire sa vie au Mexique. Pas encore. L'effet de l'alcool s'est légèrement estompé et je me suis rendu compte que j'avais complètement oublié de souper. Le stress avait dû me couper l'appétit. Je me suis préparé un sandwich au jambon, que j'ai avalé sans plaisir en l'arrosant d'une bière traînant sur la première tablette du frigo. Au début de sa grossesse, j'avais dit à Sam que j'arrêterais de boire par solidarité.

— C'est fin, merci, mais l'alcool me manquera pas tellement.

Regrettant l'époque de cette conversation, deux ou trois mois plus tôt, alors que tout allait bien entre nous, je me suis allongé sur le canapé du salon et j'ai allumé la télévision. Une énième série policière américaine, traduite en argot parisien, diffusée sur l'une des nombreuses chaînes offertes en cadeau par le câblodistributeur et dont je n'avais même jamais entendu le nom. Trop fatigué pour suivre les rebondissements de l'enquête, je m'endormais de temps à autre, mais monter à l'étage pour atteindre mon lit me semblait un défi titanesque. Entrecoupé de petits sommes, l'épisode s'est déroulé à toute vitesse. Malgré un visionnement distrait, j'avais deviné le dénouement. La mère de la victime, un toxicomane notoire, l'avait assassiné pour préserver l'honneur de la famille. Son sourcil gauche vaguement froncé m'avait vendu la mèche dès la première minute. J'ai zappé nonchalamment pour m'arrêter sur le téléjournal du soir. Curieux, j'ai patienté un moment : aucune nouvelle des baleines noires.

Incapable de nier la fatigue plus longtemps, je me suis résolu à monter me coucher. De peine et de misère, j'ai gravi l'escalier et me suis traîné jusqu'à la chambre.

Englouti par le réconfort moelleux du matelas, je me suis endormi tout habillé.

Une demi-heure, peut-être une heure plus tard, un bruit répétitif m'a réveillé. *Toc, toc, toc*. Une sorte de battement creux contre de la porcelaine ou de la céramique. Quelque chose de dur, du moins, que je n'arrivais pas à reconnaître depuis la chambre. *Toc*. Intrigué, je me suis redressé, le corps lourd. Traversée par une douleur lancinante, ma tête pulsait violemment, comme un cœur essoufflé. À ma gauche, le lit était vide. Sam n'était pas rentrée. Je ne lui avais pas écrit, n'avais pas pris de ses nouvelles de la journée. Quel partenaire décevant. *Toc*. De l'autre côté de la porte entrouverte, l'obscurité n'était troublée que par un faible rayon de lumière triangulaire, dont la pointe effilée, tournée vers moi, tranchait en deux le plancher du couloir. *Toc !* Le son s'intensifiait, semblait provenir d'une autre pièce, à l'étage. Remontant le corridor à pas chancelants, j'ai bien failli perdre pied et m'étaler de tout mon long, mais me suis rattrapé de justesse en m'appuyant contre le mur. Étais-je en train de me transformer en un autre de ces zombies, de ces monstres de lassitude, déconnectés de leur vie et du monde qui les entoure ? En un de ces hommes distants que le travail, l'alcool et la télévision intéressent davantage que leur famille ? *Toc !* Je m'étais pourtant juré que je serais différent de mon père et de son père avant lui. Deux salauds d'indifférence. Il me faudrait me secouer. Corriger le tir au plus vite.

Le rai de lumière m'a mené droit à la salle de bain, dont le plafonnier était resté allumé. J'ai poussé la porte. Personne. Les pieds plantés sur la céramique froide, je me suis mis à scruter attentivement chaque coin, chaque recoin de la pièce, à la recherche de la source du bruit étrange. *TOC*. Il m'aurait semblé logique que ce soit une fuite d'eau, mais de la bouche des robinets ne ruisselait pas la moindre goutte, ni dans le bain ni dans le lavabo. Le son continuait de retentir, un peu plus fort parce que de plus en plus près, sans que je parvienne à en cerner la provenance. *TOC !* Cela provenait peut-être de la toilette. J'ai soulevé le couvercle du réservoir, jetant un œil au mécanisme, au bouchon tout au fond, à la chaîne attachée au clapet de la chasse. J'étais presque déçu de constater que tout fonctionnait normalement. Après avoir remis le couvercle en place, j'ai figé. *TOC !* Le bruit s'intensifiait de plus belle. *Tu brûles*. Soudain, ça m'a frappé. Imbécile ! J'avais regardé partout, sauf dans le bol de toilette. *TOC !* Même si je ne voyais pas ce qui pouvait bien s'y cacher et que je doutais qu'un rat d'égout s'y soit introduit, j'ai soulevé la lunette de plastique avec précaution. Aussitôt, une éclaboussure a jailli, couvrant mes vêtements de gouttelettes. Rouges. À l'intérieur de la cuvette, l'eau était écarlate, agitée par des vagues minuscules, mais violentes. On aurait dit que s'y déchaînait un ouragan microscopique, réduit à petite échelle sans avoir rien perdu de sa brutalité. *TOC !* La peau blanchâtre, en état avancé de décomposition, un fœtus flottait sur le dos, les bras en croix, sa peau rosée couverte de balafres, ses yeux noirs fixant le plafond, grand ouverts. Malmené par la tempête furieuse, le corps inerte, en proie à un obscur ressac, martelait la porcelaine de son crâne difforme, boursouflé de callosités roses et purulentes, avec la cadence d'un métronome. Les poumons vides, comprimés par une force insondable, je n'arrivais ni à reprendre mon souffle, ni à crier, ni à émettre le moindre son, ne serait-ce qu'un râle étranglé. Les pieds embourbés profondément dans la céramique, je demeurais interdit, suivant malgré moi le mouvement régulier du fœtus mutilé, soulevé et recraché par les vagues, faisant mes adieux muets à mon enfant. Au père que je ne serais jamais.

•

Désorienté et confus, les jambes empêtrées dans mes couvertures moites, baignées de sueur, je me retrouvais dans la même position qu'au moment où je croyais m'être réellement réveillé, quelques minutes plus tôt. D'une main moite et tremblotante, j'ai allumé ma lampe de chevet, pour constater que, comme dans mon cauchemar, Sam n'était toujours pas à mes côtés. Les pensées concernant ma négligence me sont revenues aussitôt et je me suis assis au bord du lit, les pieds posés sur le plancher, la tête entre les mains. Ce songe en était-il vraiment un ? L'anxiété, l'horreur, le cataclysme dans la cuvette, l'odeur âcre du sang, la répulsion à la vue du petit cadavre, les palpitations, la crispation de mes muscles étaient encore vifs et tangibles. Le mal de tête ne m'avait pas quitté, lui non plus.

Je suis descendu à la cuisine. Un verre de lait. Mon truc pour chasser le stress, la peur ou les pensées sombres, les nuits d'insomnie. Vu l'état dans lequel je me trouvais, je m'en suis versé un grand verre et l'ai bu d'un seul trait. Le froid du liquide enrobant mon œsophage m'a calmé. J'ai rangé la pinte de lait dans le frigo, puis j'ai remarqué, dans le salon, mon téléphone, resté tout ce temps sur la table à café. L'écran n'affichait que quelques notifications insignifiantes. Aucun nouveau texto. Aucun appel manqué. Tout ça commençait à m'inquiéter. L'image du fœtus flottant dans un bain de sang, la détresse, la culpabilité et l'angoisse m'ont de nouveau submergé. C'est à cet instant-là, alors que j'étais seul, debout au milieu du salon en pleine nuit, nauséeux, avec à la bouche un goût de lait mêlé de bière fade et au revers des paupières l'image d'un effroyable petit cadavre blanchâtre, que j'ai compris, que j'ai su que je le voulais, cet enfant. Que j'ai su, avec une absolue certitude, que je ne pourrais jamais tolérer qu'il arrive malheur à Sam, ni durant la grossesse ni après. Qu'elle était tout pour moi. Que je voulais fonder une famille avec elle. L'aimer de mon mieux.

Soudain, en provenance de la salle à manger, une série de bruits saccadés. Je n'étais pas seul à la maison.

Un cambrioleur ? En deux temps trois mouvements, j'ai saisi le plus large manche émergeant du bloc à couteaux sur le comptoir et j'ai tendu l'oreille, aux aguets. Le couinement sec d'une chaise en bois, le martèlement creux, plastique, des touches d'un clavier, une série de clics rapides.

Sam.

De peur de la faire sursauter, je me suis avancé vers la salle à manger à pas feutrés. À l'autre bout de la pièce, elle me faisait dos. Prostrée au-dessus de son portable, les épaules voûtées, elle était visiblement trop absorbée par la tâche pour remarquer ma présence. Je me suis rapproché et j'ai tendu le cou, curieux de voir sur quel dossier urgent elle pouvait bien travailler à une heure pareille. Sur l'écran, plutôt qu'un fichier Word ou un tableau Excel, une page web. Dans le coin supérieur gauche, une image. Sans dire un mot, je me suis avancé vers Sam. Elle avait dû m'apercevoir dans un reflet, sur l'écran, parce qu'elle n'a ni sursauté ni crié, gardant les yeux rivés sur un baleineau, échoué parmi les galets. Cette fois, Sam ne s'est pas dérobée quand je l'ai prise dans mes bras, quand je me suis blotti dans son cou. Elle ne pleurait pas, mais c'était tout comme. Sa voix filtrait par secousses, frêle, plus faible qu'un murmure. Je ne l'aurais jamais entendue si mon oreille ne s'était pas trouvée si près de ses lèvres.

— Penses... Penses-tu que ça...

— ...

— Que ça se peut encore… un enfant… Un enfant, dans ce monde-là ?

ÉTRANGER

JE NE ME RAPPELLE PAS ÊTRE SORTI DU BAR. Simplement j'y étais et, l'instant d'après, je n'y étais plus. La barmaid, Tanya, une connaissance de l'époque du secondaire, m'a dit que je suis resté encore longtemps après le départ de mon ami Stéphane. Que j'enchaînais les blagues sans punch pour essayer de la faire rire, mais que j'avais l'air tellement triste qu'elle en était incapable. D'après ce qu'elle m'a raconté, vers minuit, accoudé au bar, j'ai vidé d'un trait le fond du pichet de bière tiède que mes amis avaient laissé derrière. Quand elle a tenté de me convaincre de boire un verre d'eau et de ralentir la cadence, j'ai calé la pinte de Coup de Grisou qu'elle venait de servir à mon voisin de comptoir avant de prendre la porte en coup de vent, sans me retourner ni payer ma facture.

Durant quelques heures embrouillées, je ne sais plus où j'ai bien pu traîner ma carcasse imbibée jusqu'aux cheveux. Ce que je sais, par contre, c'est que je suis arrivé à l'intersection des rues Prieur et Berri vers deux heures du matin. J'ai vu le bus s'arrêter au coin, une cinquantaine de mètres devant moi.

Il venait de passer. Vu la tournure récente que prenait ma vie, une malchance de plus me semblait probable. Logique. Pas la peine de courir pour l'attraper. Mais le chauffeur m'a aperçu dans son rétroviseur, a levé la main pour signifier qu'il m'attendait. J'ai trottiné aussi vite que me le permettaient mes jambes alourdies. Dès que j'ai mis le pied sur la plateforme, la porte s'est refermée, et le bus s'est remis en mouvement. J'ai manqué m'étendre de tout mon long sur le plancher. Au terme de fouilles archéologiques laborieuses, j'ai enfin retrouvé ma carte de transport, enfouie dans les profondeurs de mon portefeuille entre une liasse de cartes de plastique, un tas de factures chiffonnées en voie de sédimentation et un vieil emballage de pastille pour la toux. J'ai appliqué ma passe sur le lecteur en me cramponnant fermement au boîtier de la machine de l'autre main. Le voyant s'est allumé. Vert. Soulagé, j'ai remonté l'allée centrale en me propulsant d'une tige métallique à l'autre, style « Tarzan vire une brosse », puis me suis laissé choir dans le premier siège libre que j'ai trouvé. Échoué sur le banc, mon menton appuyé mollement contre mon sternum, j'ai ressenti des picotements affluer dans mes jambes depuis mes orteils et mes talons, mon sang pétiller dans les veines de mes avant-bras. Le sommeil m'a englouti.

•

J'ai été réveillé en sursaut par mon propre ronflement, la tête renversée vers l'arrière, par-dessus le dossier du siège. En soulevant les paupières, j'ai aperçu au plafond le mince écran déroulant, sur lequel dérapaient des lettres floues indiquant le prochain arrêt. Mon arrêt ! J'ai actionné frénétiquement la clochette tout en me redressant avec la grâce d'un orignal en patins à roulettes. Il n'y avait que peu de passagers à bord, mais tous se régalaient du spectacle de ma déchéance, me dévisageaient sans même se cacher. Difficile de les blâmer, avec mon t-shirt cerné de sueur, ma démarche claudicante et ma dégaine d'ivrogne de classe mondiale. J'aurais sûrement fait pareil à leur place.

Le bus s'est finalement immobilisé, la porte accordéon s'est ouverte et je suis sorti en baissant les yeux, honteux, esquivant les regards de pitié semés derrière moi. Fixer le sol ne m'a toutefois pas empêché de rater la marche. J'ai amorti ma chute de justesse en atterrissant sur les mains. Les paumes brûlantes, éraflées au sang par des résidus de gravier et de sel déglaçant, je me suis relevé, me suis traîné jusqu'à un banc public, sur lequel je me suis affalé lourdement. Obnubilé par l'affiche criarde de Doritos apposée sur le flanc de l'autobus, toujours immobilisé à l'intersection, il m'a fallu un moment pour remarquer que tout autour de moi oscillait comme un bateau de pêche dans l'œil d'un ouragan. Soudain, de chaque côté des chips géantes, les petites lumières latérales carrées se sont ébranlées, puis étirées lentement, comme un filet de caramel, peignant de longs traits orangés sur la toile liquide et agitée du paysage. Mes yeux grand ouverts ont absorbé chacun de ces filaments lumineux, imprimant leurs silhouettes sur ma rétine. Ébloui, j'ai refermé les yeux. Les lignes subsistaient, dérivaient sur l'intérieur de mes paupières closes à la manière de plaques de glace, flottant sur une rivière d'encre. Au fil des secondes, leurs formes s'évanouissaient sans toutefois disparaître, changeaient peu à peu de couleur, mêlant progressivement leur teinte à celles de mon sang et des lampadaires, qui m'observaient avec dédain, du haut de leur cou de girafe métallique.

Recroquevillé sur un banc, la tête entre les jambes, je tentais péniblement de recouvrer mes esprits. Au bout d'un moment, j'ai dégueulé entre mes pieds, éclaboussant mes souliers de gouttelettes brunes translucides. Les ingrédients composant cette crêpe difforme étaient méconnaissables, à l'exception des shooters de Jägermeister et des miettes de chips BBQ gratuites du Über Cafbar. Un petit vomi. J'avais probablement été malade une première fois après avoir perdu le nord à la sortie du bar. Un goût d'huile à moteur en bouche, les boyaux contorsionnés et l'œsophage à vif, éraflé par la bile brûlante, je me suis remis sur pied, prêt à regagner mon lit.

C'est seulement à ce moment-là, alors que j'imaginais la caresse soyeuse de mes draps m'envelopper, que j'ai compris que je ne me trouvais pas, tel que je le croyais, au coin de la rue de Castelnau, mais plutôt à l'angle de Berri et Legendre. Par automatisme, j'étais descendu au mauvais arrêt. Au pire arrêt possible, à quelques centaines de mètres de la maison que j'avais habitée durant plus de sept ans, et dont j'avais été chassé six mois plus tôt par ma femme. Ma femme qui, par ailleurs, ne le serait bientôt plus, une fois mon éviction de son existence officialisée par la paperasse légale. Sarah m'avait remplacé par un homme mature, accompli, plus performant et plus fortuné. Un bellâtre à la mâchoire carrée, exsudant l'équilibre mental et physique, le végétarisme et le yoga, summum de la croissance personnelle. Selon ses profils Facebook et LinkedIn, qui permettaient d'apprécier sous divers angles l'hipsterisme savamment dosé de sa chevelure grisonnante, après une carrière en comptabilité, Grégoire Duchamp avait fait fortune comme entrepreneur en marketing numérique. En plus d'être pressenti pour occuper un siège lors de la prochaine mouture de l'émission *Dans l'œil du dragon*, il offrait depuis bientôt quatre ans des formations aux « jeunes professionnels en quête d'épanouissement », les aidant à « trouver leur X ».

C'est lors d'une de ces conférences que Sarah et monsieur Duchamp se sont rencontrés. Ce soir-là, en rentrant, elle m'avait raconté sa séance de coaching avec enthousiasme, décrivant ses enseignements comme autant d'illuminations. Étonné par tant d'engouement (ce n'était pas dans ses habitudes de s'emballer ainsi), je m'étais réjoui pour elle, soulignant l'étincelle retrouvée dans son regard sans me douter le moins du monde qu'elle venait de le trouver, son fameux « X », et que celui-ci ne se tenait pas devant elle, mais l'attendait dans une luxueuse chambre d'hôtel du centre-ville.

Ma femme est devenue mon ex (le mot me roule dans la bouche), et notre maison, sa maison. Pas étonnant. Sarah n'avait jamais eu les deux pieds dans la même bottine. Ce n'était certainement pas une vulgaire crise de la quarantaine qui allait y changer quelque chose. La connaître par cœur n'a toutefois aucunement atténué la violence de la gifle quand, une semaine (une toute petite semaine) après mon déménagement, venu récupérer un carton de vieux livres oubliés dans la bibliothèque du sous-sol, je me suis débattu avec la serrure de longues secondes avant de comprendre de quoi il retournait.

Tu n'es plus chez toi, ici.

J'ai chassé le souvenir de cet après-midi d'hiver, mais celui de sa souffrance persistait, encore frais à la mémoire de ma chair. Un souffle froid m'a parcouru l'échine. Les yeux irrités et encore larmoyants d'avoir tout juste vomi, j'ai consulté l'horaire du bus en m'appuyant d'une main sur son poteau, qui ne m'avait jamais paru si chancelant. Il m'a fallu un temps pour déchiffrer les petits caractères dans la pénombre. Après vérification et contre-vérification, j'ai dû me rendre à l'évidence : le 361 ne reviendrait pas avant au moins une heure. Plus tôt, en passant mon portefeuille au peigne fin pour en extraire ma carte de transport, j'avais déjà constaté que les cent dollars retirés au guichet, en chemin vers le bar, s'étaient volatilisés. Ou plutôt transmués par alchimie en une variété de liquides semi-précieux aux reflets d'or et de bronze et, qui sait, en je ne sais quelle autre activité floue qui a pu s'être déroulée entre mon départ précipité du Über et mon naufrage dans le bus. Ce que je ne savais pas encore, et que j'ai appris à cet instant, c'est que j'avais également réussi, en une seule soirée, à perdre ma carte débit *et* ma carte de crédit. Ne voyant aucune autre solution, j'ai téléphoné à Simon, mon dernier ami célibataire et sans enfants à habiter Ahuntsic.

Vous avez rejoint la boîte vocale de cinq... un... quatre... cinq... trois...

Tabarnaque. Pas de bus, pas de taxi, soûl comme un cochon, nulle part où aller, personne vers qui me tourner.

Glorieux, champion.

Alors que je réfléchissais à une issue à ma mésaventure, des taxis en maraude ralentissaient de temps à autre à la vue de ma misérable silhouette prostrée, espérant que je les hèle, inconscients de ma mauvaise fortune. Une fraîcheur humide commençait à imprégner ma peau. Au-dessus de ma tête, le ciel était sans nuages, et sa noirceur, souillée du halo jaunâtre de l'éclairage qui auréolait la nuit d'une couronne diffuse et fatiguée. Une légèreté s'est développée dans ma poitrine. Une tendre éclosion. Un courant d'air frais, de ceux qui submergent les pièces de la maison et se glissent entre les orteils au premier jour du printemps. À bien y penser, ma situation n'était pas si mauvaise. Marcher une petite heure pour rentrer chez moi. Prendre congé du travail. Dormir jusqu'à midi. Jouer à NHL 2020 tout l'après-midi en cuvant ma bière. Une once de liberté pour quarante litres de lourdeur : un ratio de sirop d'érable. Sur cette pensée loufoque, ma frustration s'est évaporée, mon corps s'est relâché, et mon état d'ivresse s'est changé en combustible. En une inexplicable conviction.

D'un bond, je me suis levé, toujours ivre, mais, disons, plus fonctionnel, et me suis élancé vers l'ouest sur la rue Legendre, plutôt que de prendre la direction de mon appartement. Cela m'apparaissait maintenant clairement. Il était temps de rentrer à la maison. *Maison.* Le mot, désormais, sonnait creux. Des mois après mon déménagement, j'étais toujours incapable de l'employer pour désigner mon deux pièces sombre dans Villeray, et je savais que ça n'arriverait jamais. Le mot ne s'harmonisait ni au sentiment ni à la sensation émanant de cet espace. Ses meubles étaient sans histoire. Ses murs n'étaient que des murs, que du plâtre trop lisse, sans la moindre égratignure, la moindre tache de sauce spaghetti sur le dosseret de céramique de la cuisine, le moindre trait du crayon feutre errant d'un enfant en phase barbot. Des murs comme n'importe quels autres, sans une empreinte d'amour, de soin ou de souvenirs. Sans âme ni décoration ni trous. C'était à peine si le mal-être qui irradiait autour de moi parvenait à casser le blanc immaculé de la dernière couche de peinture. Dans l'ensemble, il se dégageait de ce demi-sous-sol aux fenêtres étroites, d'une propreté sinistre, une énergie glauque et marécageuse aux effluves de formol. Il ne manquait qu'un parfum de lys blanc pour me confirmer que j'avais consenti à louer, pour la modique somme de neuf-cents dollars par mois, le plus spacieux cercueil du Grand Montréal.

Depuis la rue Legendre, j'ai emprunté la ruelle menant à l'arrière de la maison en marchant sur la pointe des pieds. S'il y avait bien une chose que je souhaitais éviter, c'était d'être aperçu dans cet état, errant derrière chez mon ex-femme en pleine nuit, complètement ivre, les vêtements souillés de transpiration, le cœur en bouillie, et ainsi devenir la vedette hebdomadaire des potins du voisinage. Je n'étais pas encore revenu dans le quartier depuis l'incident de la serrure, l'hiver dernier. La honte. La crainte des regards désolés semés dans mon sillage, et celle, pire encore, d'apercevoir dans les yeux d'autrui mon misérable reflet. Celui d'un homme lamentable, d'un sans-colonne que l'on peut aisément jeter à la rue du jour au lendemain, comme un chien galeux, sans que personne ne s'y objecte. Je serais prudent, parfaitement silencieux, ne jetterais qu'un petit coup d'œil à la cour, au potager, avant de quitter les lieux en toute discrétion. Quelques minutes, et puis au revoir. Ni vu ni connu.

Alors que je remontais lentement la ruelle, chacun de mes pas époussetait un nouveau fragment de mémoire, déterrait les pièces d'un casse-tête enseveli sous le ciment. Il me semblait que ce décor, que j'avais habité durant près d'une décennie, m'était redevenu étranger. Qu'il y avait le long des clôtures deux fois plus de parterres de fleurs, que les arbres, même les plus matures, avaient connu une fulgurante poussée de croissance, et que les jouets d'enfants, abandonnés çà et là sur le sol, s'étaient multipliés par dix. Je percevais chaque chose avec une acuité et une sensibilité presque inquiétantes. Aucun détail n'échappait à mon œil aviné, soudainement affûté comme un couteau japonais. De la haie fraîchement taillée des Turcotte à la toiture neuve des Suzuki jusqu'aux achillées colonisant le ciment craquelé, tout me percutait avec une force absurde. J'en tremblais, les organes secoués d'une onde intraveineuse s'intensifiant à mesure que je me rapprochais de ma destination. Le dehors et moi entrions peu à peu en résonance, accordant nos rythmes en une seule et même pulsation. L'un dans l'autre, l'un avec l'autre, l'un à travers l'autre, dans un obscur échange vibratile.

Soudain, la brique de la maison s'est matérialisée à travers le feuillage de l'érable des Rahbi. Attaché à la clôture, une trentaine de mètres devant moi, le tricycle de Naomi, la fille de mon troisième voisin. Tout autour, un tas d'objets disparates jonchaient la ruelle, probablement délaissés dans la précipitation par des enfants devant rentrer pour souper. Un ballon essoufflé, décoloré, à l'effigie de Dora l'exploratrice. Une balle de tennis rose humide et imbibée de suie. Une brouette Fisher-Price rouge pompier. Une pelle et un moule à château de sable en plastique jaune, pâlis par des années de soleil de plomb et d'intempéries. Un élastique incrusté de crasse et d'une poignée de cheveux frisés. Une minuscule chaussette à pois bleus, jadis blanche. Devant moi, un champ de mines hypersensibles m'explosait au visage avant même que j'y pose le pied, projetant dans la déflagration des éclats d'images et de sensations d'une étonnante vivacité. Un sourire large dégoulinant de jus de fruits. Le poids, la chaleur d'une main minuscule au creux de ma paume. L'odeur d'une chevelure perlant de sueur. Une canine ensanglantée dans un mouchoir chiffonné en boule. La moiteur d'un baiser sur ma joue rêche. Une paire de petits bras doux enserrant ma nuque. Clopinant comme un animal blessé, je poursuivais ma route, chaque objet rencontré engendrant une nouvelle détonation, décochant un nouveau coup de couteau aux entrailles du père que je savais porter en moi et qui ne verrait vraisemblablement jamais le jour.

Distrait par ces pensées volatiles, aussi vives qu'insaisissables, je n'ai jamais vu le trou. Un nid-de-poule montréalais haut-de-gamme, étroit mais profond. Mon pied droit y a basculé à moitié, j'ai perdu l'équilibre, et ma cheville a chaviré. Un craquement sec, sonore, suivi d'un élancement fulgurant. La douleur s'est propagée à la vitesse d'un feu de forêt australien, enveloppant mes orteils, mon pied et l'arrière de mon mollet d'un brasier se propageant au rythme de mon pouls. Ce n'était malheureusement pas ma première entorse de la cheville. Rien qu'au son, au claquement de doigts produit par mon articulation, dont la réverbération était parvenue à mes oreilles depuis l'intérieur de mon corps, le diagnostic était sans appel : ligament déchiré. Par expérience, je savais que je regretterais amèrement chacun des pas qui me séparaient de mon lit et d'une poche de glace. En transférant mon poids sur ma jambe opposée, j'arrivais à me tenir debout, mais chaque fois que je posais, ne serait-ce que légèrement, le pied droit au sol pour me rattraper, la sensation était celle d'un clou chauffé à blanc, enfoncé au centre de ma malléole. Bref, j'étais incontestablement dans la merde.

Je me suis laissé glisser par terre pour retirer mon soulier droit. Au-dessus de l'articulation, l'enflure s'installait déjà. La moindre palpation de ma cheville, le moindre semblant de rotation du pied avivaient aussitôt la douleur. Sans tarder, j'ai remis ma chaussure, ficelé mon pied comme un rosbif en attachant les lacets aussi fermement que possible, puis je me suis relevé en m'appuyant sur une clôture. J'ai respiré par le nez tout en me mordant l'intérieur des joues pour ne pas attirer l'attention avec un gémissement bruyant. Aucune chance, aucune, de rentrer chez moi à pied dans cet état.

Ça y est. Après des mois d'attente, mesdames et messieurs, la voici. La cerise. La cerise sur le sundae de ma vie de marde.

C'en était trop. J'ai craqué et je me suis mis à pleurer comme quelqu'un qui n'a pas pleuré depuis des années : sans trop savoir comment. Le visage gonflé et perlant de sueur, les lèvres tordues dans une grimace pénible. Les poumons dégonflés. Hoquetant de colère et de tristesse, captives depuis si longtemps qu'elles avaient oublié le chemin à suivre pour s'échapper.

Quand j'ai enfin réussi à retrouver mon calme, je me sentais un peu mieux, mais épuisé. Vidé. Comment avais-je pu en arriver là ? Comment avais-je pu vieillir si vite, mais demeurer aussi stupide, aussi irresponsable qu'à dix-sept ans ? Contrairement à celle de Sarah, qui conjuguait impeccablement optimisation de performance, croissance personnelle et ascension professionnelle, ma quarantaine ne semblait pas en voie de me réussir. Du moins, elle ne m'empêchait pas de me comporter avec l'immaturité d'un adolescent assoiffé de nouvelles expériences ayant récemment découvert la cachette d'alcool fort de ses parents.

Rien de tout cela n'était le fruit du hasard. Je n'avais que ce que je méritais. Une claque. Un camion-citerne rempli à ras-bord de claques en pleine face, tirées à bout portant avec un boyau de pompier. Le message était limpide : *réveille, tabarnaque !* Surnageant à peine, emporté malgré moi par le flot des malchances et des imprévus, j'ai franchi les derniers mètres me séparant de la cour arrière en titubant. Hissant mon bras par-dessus la clôture, j'ai soulevé doucement le loquet. La porte n'étant pas à niveau – je n'avais jamais réussi à la redresser –, elle s'est entrebâillée d'elle-même, n'émettant dans sa course en arc-de-cercle qu'un infime grincement, assurément inaudible depuis l'intérieur de la maison.

Craignant de réveiller Sarah en la refermant, j'ai laissé la porte ouverte derrière moi, puis j'ai boitillé jusqu'au pavillon extérieur, que j'avais aménagé trois ans plus tôt avec mon beau-père. Plateforme de bois surélevée, fauteuils, canapés sectionnels, parasol, hamac, poufs, boîtes à fleurs encastrées. La dorure du vernis avait perdu de son lustre, mais, pour le reste, la structure tenait toujours le coup. Contrairement à moi, notre patio avait toujours fière allure. Je m'y suis étendu de tout mon long.

Au-dessus de ma tête, quelques étoiles éclatantes. Une dizaine, tout au plus. Des étoiles, à Montréal. Sept ans à vivre en ces lieux et je n'arrivais pas à me rappeler les avoir observées une seule fois. D'un coup, ça m'a frappé. L'immense frêne des voisins surplombait autrefois la cour de ses branches tortueuses, agissait comme un paravent. Jusqu'à l'automne précédent, peu avant notre séparation. La scène, épiée depuis la fenêtre du salon. Les émondeurs dans leur nacelle, le grondement du moteur de la scie à chaîne, la respiration sifflante des feuilles accompagnant la chute des branches en rafales de craquements secs, semblables au crépitement d'un feu d'artifice lointain, au moment où elles s'écrasaient au sol. Soixante, soixante-dix, peut-être même quatre-vingts années de vie, réduites à néant en un battement de cils. L'opération a duré moins d'une heure. Ramassage et déchiquetage des débris inclus. Je croyais que l'agrile du frêne avait fait une nouvelle victime. Je me trompais. C'est que Francis, mon voisin, en avait ras-le-bol de ramasser les feuilles mortes qui s'accumulaient dans ses plates-bandes, tachaient les dalles couleur crème de son pavé uni, bouchaient le sac de sa tondeuse et le filtreur de sa piscine hors-terre. Et puis, après tout, sa copine et lui se disaient qu'il serait bon pour leur apport en vitamine D d'enfin pouvoir s'étendre sur une chaise longue pour bronzer, en été.

Même en pleine nuit, des mois après l'assassinat du frêne, je percevais encore aisément ses racines massives, ayant conquis notre côté de la clôture bien avant que Sarah et moi achetions la maison, qui sillonnaient les feuillages des hostas géants. J'imaginais l'air scandalisé de Francis, les remords qu'il n'oserait jamais avouer quand leur cour serait épouvantablement défigurée, transformée en une gigantesque crevasse boueuse, et leur sacro-sainte pelouse recouverte d'une fine couche de sciure de bois. Dessoucher un tel mastodonte causerait sans aucun doute des dégâts monstrueux, qui leur feraient assurément regretter les feuilles mortes.

— *Karma's a bitch*, les chums !

La phrase m'a échappé, éclaboussant de sa vulgarité tonitruante la toile de bruit blanc de la ruelle. Une main plaquée sur la bouche, j'ai tenté d'étouffer un fou rire, que je sentais sur le point d'exploser comme un geyser bouillonnant. Me contraindre de la sorte ne faisait que renforcer mon envie d'éclater de rire. Comme un écolier déballant le petit papier que lui glisse discrètement une amie pour y découvrir un vilain dessin de pénis, j'étais doublement hilare, parce que condamné au silence. Soudain, la musculature de ma retenue s'est relâchée. Je ne pouvais plus m'arrêter de rire. Bien vite, je ne savais plus du tout pourquoi je riais, submergé par un enivrement euphorisant, la poitrine secouée de spasmes, les abdominaux tendus, presque douloureux, les larmes ruisselant jusqu'à mes lobes d'oreilles. Le fou rire a tout anesthésié : ma cheville tordue, la tournure de la soirée et celle de ma pitoyable existence. Effacées. La conscience vacante, je me suis endormi sur le patio.

•

À l'aube, accablé par un mal de tête carabiné, frissonnant dans mes vêtements humides, je me suis réveillé alors que le soleil commençait tout juste à teinter l'horizon de lueurs violacées. Ma boîte crânienne me semblait sur le point de se fendre en deux, comme la chair d'un fruit trop mûr dont la pelure fleurit de la moisissure qui le ronge. Mon haleine puait le fond de tonne. Ma salive était rance et pâteuse, ma langue sèche comme une feuille de papier sablé. Priorité : boire de l'eau. Des litres et des litres d'eau fraîche, au plus sacrant.

En me redressant péniblement, je me suis appuyé sur mon pied droit. Ce n'est que sous le coup de l'élancement que me sont revenus le nid-de-poule et ma cheville en éruption. À pas craintifs, je me suis traîné jusqu'au boyau d'arrosage, enroulé sur le suspensoir accroché au mur de brique. Je me suis abreuvé à même le tuyau, mes lèvres si près de l'embout métallique que je pouvais en savourer toute la saleté et la corrosion. J'en ai profité pour nettoyer grossièrement mes mains. Au contact de l'eau, mes éraflures souillées de calcium, apaisées par le sommeil, ont repris feu. Le parfum subtil et délicat de la terre, des arbustes et des fleurs gorgées de rosée, dont je raffole depuis l'enfance, s'est immiscé dans mes narines. Plutôt que de me détendre comme à son habitude, l'odeur m'a retourné l'estomac. J'allais payer le prix pour chaque verre, chaque shooter avalés la veille et, avec le taux d'intérêt, l'addition était loin d'être réglée.

Après avoir dégueulé généreusement dans la platebande de fines herbes, sous la fenêtre de la salle de bain, je me suis dirigé vers la porte de la cour, toujours grande ouverte. En passant devant mon lit de fortune, j'ai vérifié que je n'avais rien laissé derrière. Dans mes poches, mon téléphone, mon portefeuille, les clés de mon cercueil locatif. Tout y était. Sur la plateforme, il n'y avait plus qu'une petite tache humide. Une mince flaque de bave. Pour un œil innocent, ç'aurait tout aussi bien pu être l'effet de la rosée ou une empreinte de chat de gouttière. J'ai tenté de l'effacer de la pointe de ma chaussure, ne réussissant qu'à l'étendre davantage, avant de reprendre la direction de la ruelle en boitant. Je me comptais déjà chanceux que Sarah ne m'ait pas trouvé inconscient sur le patio en descendant à la cuisine pour se préparer un café ; je n'allais certainement pas m'éterniser.

Alors que je franchissais la clôture, un mouvement brusque et furtif a griffé mon champ de vision, loin à ma droite. Figé, aux aguets, j'ai inspecté les alentours. Rien d'inhabituel, à première vue. Puis, un bruit reconnaissable entre mille. Entrechoquement de bouteilles de verre, carton déchiré, froissement d'emballages de plastique : des sacs poubelles lacérés, éventrés par un animal affamé. Une trentaine de mètres plus loin, le long d'une clôture, un grand tas d'ordures, dont une quelconque bestiole était en train de piller les trésors pourris. À en juger par le tremblement important du monticule, probablement un raton-laveur en train de se régaler d'os de poulet, de bœuf avarié, de lait caillé ou de pelures de légumes pourris. Soudain, émergeant au-dessus du vallon de déchets, un dos arqué, recouvert de poils courts, gris, noirs et blonds. Un cou large, surmonté d'une tête allongée à la mâchoire imposante. Une tête tournée vers moi. Pendant une seconde, j'ai cru à un chien errant, une sorte de grand bâtard crasseux, haut sur pattes. Mais quand nos regards se sont rencontrés, quand ses deux grands yeux jaunes, luisants dans la pénombre, se sont braqués sur moi, le doute s'est estompé. Sans jamais rompre notre contact visuel, j'ai reculé lentement, sur la pointe des pieds, ignorant les hurlements de douleur de ma cheville. Lentement, je me suis replié dans la cour et, dès que je l'ai pu, j'ai refermé la porte. CLAC !

Merde. Merde ! Le con. Non, mais quel ostie de con !

Toute mon attention tournée vers la fenêtre de notre chambre, au deuxième, j'ai attendu. Anxieusement. Une longue minute. Aucun signe de mouvement. Aucune lumière. Aucun son. Échappé belle. Le soulagement n'a duré qu'une milliseconde, ma conscience me ramenant aussitôt au museau fuselé, au pelage grisonnant, aux yeux brillants, au port de tête altier, à l'attitude conquérante.

Un coyote.

Je n'en avais encore jamais vu, mais j'en avais entendu parler souvent. Très souvent même, au cours des dernières années. On plaisantait parfois entre voisins, spéculant sur ce que chacun d'entre nous ferait s'il tombait face à face avec une telle bête. Cet exercice me replongeait chaque fois dans la prime enfance, me renvoyait le souvenir du chien de garde de mon grand-père, un berger allemand légèrement désaxé, qui m'avait un jour sauté dessus sans avertissement et m'avait mordu la cuisse. Quand arrivait mon tour, dissimulant ma vulnérabilité sous le couvert de la blague, je répondais invariablement :

— Moi, c'est pas compliqué. Il me regarde, pis je meurs. Pow ! Crise cardiaque.

Le déchaînement des pulsations de mon cœur confirmait que je n'avais pas tout à fait tort.

•

Depuis quatre ans, peut-être un peu plus, des coyotes étaient fréquemment aperçus dans la métropole, et tout particulièrement dans l'arrondissement Ahuntsic, causant toutes sortes de problèmes à la communauté de notre quartier. Les biologistes affirmaient qu'ils étaient parmi nous depuis longtemps, mais que jusqu'alors, nous ne les voyions pas. Depuis des décennies, ils se multipliaient à l'abri des regards, loin des humains et des machines : dans le trou de l'ancienne carrière de calcium.

Je me souviens du jour où, après avoir racheté le terrain, la Ville a fait sauter les cheminées jumelles de la cimenterie Miron. Dans le temps, les deux grandes tours étaient des monuments du nord de Montréal. Les quartiers Ahuntsic et Saint-Michel au grand complet s'étaient rassemblés le long des clôtures de sécurité du chantier, les voitures stationnées partout, les enfants sur les épaules de leurs parents ou à cheval sur une branche d'arbre pour s'assurer de ne rien manquer du spectacle. Aux nouvelles, Bernard Derome disait qu'on était plus de cinquante-mille à s'être déplacés pour y assister. Mon père et moi, on s'est assis dans la boîte de son vieux Ford Ranger. En silence, comme à la pêche. C'est en attendant la démolition, que j'imaginais se conclure en un immense champignon de flammes tout droit sorti d'un film de James Bond, que j'ai pris ma toute première gorgée de bière. Une lampée de Molson Ex, atrocement amère, avalée en grimaçant. Puis juste après, la première explosion. Un mélange de fumée et de poussière est sorti de la base de l'une des deux cheminées, mais celle-ci est restée sans broncher. Quinze minutes après, deuxième détonation. Toujours debout. Au troisième essai, une heure plus tard, la cheminée avait enfin cédé. Oscillant d'abord lentement, elle avait ensuite fendu le ciel comme l'aiguille d'une horloge détraquée avant de s'écraser lourdement au sol, soulevant un nuage de suie sous les applaudissements et les cris de joie de la foule en délire. La démolition de la seconde cheminée devait avoir lieu le même soir, mais après deux autres essais infructueux, elle était demeurée imperturbable. Le responsable du dynamitage, perplexe, a annoncé le report de l'opération. La seconde tour de la cimenterie est tombée quelques semaines plus tard, sans faire d'histoires.

Au début des années 1990, le terrain de la carrière Miron s'est donc retrouvé quasiment abandonné. La Ville avait amorcé le réaménagement du site, à commencer par l'ancien dépotoir municipal. Une fois recouvert de terre, l'ex-site d'enfouissement ressemblait presque à une plaine. Un champ au look quasi extraterrestre, transpercé de tuyaux métalliques disposés à intervalles réguliers, dans lesquels circulent les émanations de méthane produites par la décomposition des ordures ensevelies. C'est dans cet endroit des plus étranges que les coyotes de Montréal avaient trouvé refuge. Au fond du trou. Débrouillards, dotés d'une prodigieuse capacité d'adaptation, ils y ont longtemps vécu en autarcie, se nourrissant de ce qui leur tombait sous la patte : rongeurs et animaux de petite taille, fruits, légumes, végétaux, détritus. Durant près de trente ans, les coyotes ont occupé la crevasse de l'ancienne carrière sans déranger personne, quasiment invisibles même s'ils ne vivaient qu'à quelques centaines de mètres de quartiers résidentiels densément peuplés.

En 2017, dans le cadre des célébrations entourant son trois-cent-soixante-quinzième anniversaire, la Ville de Montréal a accéléré le processus de réaménagement de ce secteur névralgique du Centre environnemental

Saint-Michel, rebaptisé Parc Frédéric-Back pour l'occasion. Les travaux ont rapidement envahi et perturbé l'habitat des coyotes. Trop de bruit. Trop d'action. Trop grande proximité des humains. Terrain de chasse transformé en chantier. Gibier apeuré en cavale. Stress. Difficulté à se nourrir. Les coyotes ont été forcés de délaisser l'ancien dépotoir pour se trouver un nouvel abri. L'étalement urbain ayant pris d'assaut la périphérie de leur territoire, ils n'avaient désormais nulle part où aller. C'est là que les choses ont commencé à mal tourner.

L'été suivant, trois jeunes enfants ont été attaqués par une même bête au parc des Hirondelles, à quelques jours d'intervalle. Comme on peut l'imaginer, le chaos et la panique se sont emparés des résidents d'Ahuntsic. Des témoins affirmaient avoir vu un coyote rôder autour des aires de jeux, surveiller les enfants de loin, le regard affamé. Comme des proies. Il avait fallu près d'un mois pour qu'un trappeur engagé par la Ville règle le cas de l'animal fautif. Mais les gens n'étaient en rien rassurés. Et avec raison. Les incidents s'étaient multipliés au cours de l'automne. Plusieurs joggeurs s'étaient fait griffer ou mordre les mollets, pris en chasse alors qu'ils couraient aux abords de la rivière, d'un parc ou d'un boisé. Un homme racontait, dans un statut Facebook partagé des centaines de fois sur les réseaux sociaux, qu'un coyote s'était approché à moins d'un mètre de sa fille de trois ans alors qu'elle jouait tranquillement dans la ruelle, derrière chez lui. Il avait d'abord pris l'animal pour un chien-loup domestique, avant de réaliser que son enfant était en danger. Il avait réussi à lui *sauver la vie* en dévalant les marches de son balcon, armé d'un bâton de hockey et de sa rage de père terrifié. Une vieille dame avait quant à elle assisté avec impuissance au meurtre barbare de son shih tzu, égorgé en plein sentier du parc de la Visitation. Le surlendemain de l'incident, elle pleurait la mort de son compagnon au téléjournal de vingt-deux heures, devant un journaliste indigné par l'imprévisibilité des coyotes, *hors de contrôle, sauvages et sournois.* Selon lui, après vérification auprès d'habitants, de vétérinaires et d'intervenants du domaine environnemental de l'arrondissement, le tragique événement n'était pas isolé : depuis le printemps, de nombreux propriétaires de chiens de petite taille avaient dû emmener leur compagnon aux urgences vétérinaires à la suite d'attaques similaires. D'autres, moins chanceux, avaient vu leur chien être « kidnappé », disparaître dans les fourrés en hurlant de détresse, happé par la gueule d'un coyote. Julie, une voisine, affirmait que des étudiants du collège Ahuntsic, dont son fils aîné, avaient récemment été traqués à leur sortie des cours du soir. La rumeur voulait que dans le Boisé-de-Saint-Sulpice, à l'arrière des bâtiments du collège, les coyotes étaient désormais si nombreux que l'on pouvait raisonnablement parler d'une meute. Un article dans le *Journal des Voisins*, mythique organe de presse ahuntsicois, recommandait d'ailleurs d'éviter d'emprunter la rue Émile-Journault en solitaire après la tombée du jour, jusqu'à ce que la situation soit de nouveau sous contrôle.

La crise des coyotes était telle que la Ville avait dû organiser un point de presse d'urgence. Sur un podium, accompagnée de la mairesse, une charismatique porte-parole envoyait à gauche et à droite des sourires bienveillants. D'un ton posé et rassurant, elle expliquait que les coyotes ne représentent, en théorie, aucun danger pour les êtres humains, qu'ils en ont habituellement peur. Selon les spécialistes consultés, la multiplication des attaques était l'œuvre de quelques individus malades, et principalement celle d'individus humanisés. Habitués à notre présence et à nos activités, de plus en plus familiers avec l'environnement urbain, parfois nourris intentionnellement, les coyotes voyaient peu à peu leur crainte instinctive des humains se dissiper. Ainsi, certains rôdaient maintenant dans les parcs et les ruelles en plein jour, sans montrer aucun signe de nervosité ni se sauver lorsqu'on tentait de les effaroucher. La porte-parole enjoignait aussi les gens à cesser de prendre des selfies avec les coyotes fréquentant les parcs, cette pratique ayant donné lieu à quelques incidents regrettables, en plus de contribuer à instaurer une proximité indésirable avec ces animaux qui, même s'ils ne tuaient pratiquement jamais d'êtres humains, demeuraient imprévisibles et dangereux. La porte-parole a bouclé son point de presse en expliquant que, si la Ville prenait des mesures vigoureuses pour contrôler les populations de coyotes et capturer les individus menaçant la sécurité des citadins, les Montréalaises et les Montréalais devraient apprendre à cohabiter avec cette espèce. Un même phénomène avait été observé dans plusieurs grandes villes américaines, dont Chicago, Denver et San Francisco, et après d'innombrables tentatives de relocalisation de ces bêtes, les agents de la faune des quatre coins des États-Unis étaient unanimes : les coyotes étaient là pour rester. Pour toute question n'ayant pas trouvé réponse, il était possible de s'entretenir avec un spécialiste de la faune sept jours sur sept via la ligne Info-Coyotes.

Cette nuit-là, alors que j'étais prisonnier de la cour de ce que je considérais encore *ma* maison, le phénomène n'était plus un fait divers, mais une créature de chair et d'os, dont l'aura de menace transperçait sans peine les planches de la clôture à laquelle j'étais adossé. En proie à une terreur irrépressible, viscérale, je sentais les décharges d'adrénaline gorger mes muscles au rythme des pulsations irrégulières de mon cœur. Soudain, je ne ressentais plus ni les effets de l'alcool, ni le mal de bloc, ni la fatigue, ni ma cheville endolorie. Mes sens étaient sur le pied de guerre, et mon attention, entièrement focalisée sur le coyote, sur son énergie et sa présence. Je ne l'entendais plus fourrager dans les ordures. Le silence épais de l'aube ne faisait que décupler mon angoisse. Que pouvait bien faire la bête ? Me jaugeait-elle patiemment, intriguée, en attente de ma réaction ? S'approchait-elle de moi à pas feutrés ou, au contraire, avait-elle déjà décampé, effrayée par mon apparition ?

En grimpant du pied gauche sur une de ses planches transversales, j'ai hissé ma tête par-dessus la clôture. Le coyote était toujours là, à une quinzaine de mètres. Immobile, la tête penchée sur une masse sombre qu'il coinçait fermement sous l'une de ses pattes avant. Il n'était pas tout à fait silencieux, en fin de compte. En prêtant l'oreille, je pouvais entendre la mastication baveuse de l'animal, semblable à celle d'un molosse mâchonnant ses croquettes, entrecoupée de couinements étouffés. Le coyote s'affairait à déchiqueter une petite masse gisant au sol. Difficilement identifiable, la chose se définissait lentement, à mesure que ma vision s'ajustait à la pénombre ambiante. Une boule. Une boule grisâtre, sous laquelle s'écoulait un liquide sombre. Une patte rose, une longue queue. Un rat. Un rat fraîchement capturé. Dépecé et dévoré vivant.

À l'horizon, le ciel s'éclaircissait progressivement, se parant d'accents de rose et de pêche. Le temps était venu de déguerpir. Je suis descendu maladroitement de la clôture, essayant en vain de préserver ma cheville blessée. Pris d'assaut par des élancements renouvelés, j'ai attendu que la douleur s'apaise en fixant la porte close, devant moi. J'ai scruté longuement les rainures profondes des planches de cèdre, espérant surmonter ma paralysie par le biais de cette méditation improvisée. Trouver le courage de fuir avant que le soleil ne se pointe à l'horizon. *Il ne m'attaquera pas. Lui aussi a peur de moi. Il ne m'attaquera pas. Voyons. Les coyotes ne tuent pas les humains. C'est connu. Scientifiquement prouvé.* Rien à faire. Je tenais fermement le loquet, sans toutefois parvenir à le soulever, tétanisé par l'anticipation des morsures et des lacérations, par la férocité vicieuse de ce genre de bête sauvage. Faible, peureux. Impuissant.

Finalement, c'est la réverbération entêtante de ce mot, *impuissant, impuissant, impuissant*, qui m'a poussé à faire le saut. Clic ! Croyant pouvoir profiter de la diversion offerte par le rat pour m'échapper en douce, je me suis glissé dans la ruelle le plus silencieusement possible, mais deux pas boiteux, et le mal était fait. Sa tête s'est redressée, ses yeux dorés se sont plantés droit dans les miens, croûtés et cernés de larmes séchées. Durant une fraction de seconde, nos regards se sont entrelacés et je l'ai reconnue. Cette expression épuisée. Sa lassitude, son affliction, son usure, étrangement familières. Pris d'effroi, mon cœur s'est enfargé, vacillant, un ventricule en chute libre et l'autre en apesanteur.

Puis le coyote s'est retourné, a jeté un œil furtif vers l'extrémité opposée de la ruelle, avant de s'élancer vers moi d'un grand bond. J'ai échappé un cri aigu, fermé les yeux et protégé mon visage par réflexe. Son grognement sourd, son souffle accéléré, ses enjambées agiles, le sillage de sa foulée énergique, le frôlement de son corps contournant agilement mon genou, le son feutré de ses larges pattes coussinées sur le ciment : je n'ai rien vu, mais je l'ai senti détaler, se volatiliser en même temps que le sentiment fugace d'une connivence.

Stupéfait, je suis resté là un temps, cloué bêtement sur place au milieu de la ruelle, ne sachant trop comment réagir, avant de me ressaisir. J'ai refermé doucement la porte de la clôture et commencé à marcher vers le sud, posant péniblement un pied devant l'autre en prenant soin, cette fois, d'éviter les trous et les aspérités défigurant le chemin.

Quelques minutes plus tard, derrière moi, un léger crissement. Le grommellement sablonneux de pneus mordant poussière et cailloux à basse vitesse se rapprochait tranquillement. Je me suis tassé du chemin, mais plutôt que de poursuivre sa route, le conducteur a immobilisé sa voiture et a brusquement allumé les phares de nuit. Aveuglé par leur lumière vive, d'une blancheur bleutée et incisive, je n'ai d'abord vu qu'une main s'agiter, hors de la fenêtre.

Un voisin. Forcément, ce devait être l'un de nos voisins.

Clopinant pour me rapprocher du véhicule, j'ai tenté de reconnaître un visage à travers les doigts de ma main tendue en pare-soleil. Progressivement une silhouette s'est dessinée. Blanche. Dodge Charger. Propre, récent. Sur la portière, un dessin. Un emblème, surmonté de quatre lettres. SPVM. Malgré ma crainte instinctive de la police, je suis resté calme. *Rien fait de mal. Rien à cacher. Rien à craindre.* Arrivé à la hauteur de la portière du conducteur, mon éblouissement s'est estompé. Deux jeunes femmes sont descendues de la voiture, exécutant chaque geste à l'unisson, avec la grâce et la fluidité de plongeuses synchronisées. Elles m'ont abordé en chœur d'un cordial *Bonjour monsieur*, avant de se planter côte à côte devant moi. La chute soudaine de l'adrénaline a laissé place au retour de mon ivresse. Considérant leur salutation chaleureuse comme une invitation à m'expliquer, la langue assouplie par l'alcool, je me suis mis à déblatérer, prenant à peine le temps de respirer entre chaque salve de phrases relâchées.

— Heille ! Je suis assez content de vous voir. Y a quoi, dix minutes, je sors de la cour, pis bam ! Qu'est-ce que je vois ? Un coyote !

— Monsieur...

— ... à peu près haut comme ça ! La face méchante. J'ai rarement eu la chienne de même !

— OK, mais on ...

Bavardant sans discontinuer, je répondais à mes propres questions, rebondissais sur mes propres constats et réflexions, relatais dans le menu détail mon expérience, sans oublier d'exposer ses répercussions sur ma perception de la fragilité inhérente de l'existence humaine, avant d'enfin m'arrêter, constatant sur le tard que les deux policières attendaient de moins en moins patiemment que j'en finisse avec mon fait divers digne d'une page trois du *Journal de Montréal.*

— Excusez-moi. Je parle, je parle... En tout cas, merci. Je sais pas ce que j'aurais fait, sans vous. Vous m'avez un peu sauvé la vie...

Ni l'une ni l'autre des deux femmes n'avait sourcillé à l'écoute de mon récit. Jamais elles n'auraient été effrayées par un pauvre coyote. Un pincement familier au creux de la poitrine. Une honte supplémentaire épinglée à mon tableau de chasse. Constatant qu'enfin le silence perdurait, la plus grande des deux policières a repris là où je l'avais interrompue :

— D'abord, monsieur, on vous remercie pour... toute... toute cette information, sur le coyote.

— Ça peut nous être utile.

— Oh ! Eh bien tant mieux, je...

— Oui, oui, c'est ça. Merci beaucoup, monsieur... ?

— Samuel. Samuel Légaré.

— Monsieur Légaré, ex-conjoint de madame Sarah Bénard ?

La question. Le piège refermé. À l'extrême droite de mon champ de vision, derrière la fenêtre de la chambre, un subtil frémissement des rideaux. La nervosité de sa collègue, la tension des muscles de son visage, attendant la réponse que mon silence lui avait déjà offerte. Aucun d'entre nous n'était là pour une histoire de coyote.

FEU DOUX

LOUIS, C'EST NOTRE CANARD BOITEUX. Notre petit génie à la patte cassée.

Le quatrième de la famille, le bébé surprise. Imprévu, mais accueilli à bras ouverts. Lui et moi, on n'a pas vraiment grandi ensemble. À sa naissance, j'avais déjà huit ans. Notre relation a toujours été ambigüe. Mes deux sœurs cadettes, Sophie et Maude, je les aime. Énormément. Mais avec Louis, ce n'est pas pareil. Je n'ai pas choisi de l'aimer plus que les autres. Ça s'est fait naturellement.

Mon père se démenait comme un forcené pour joindre les deux bouts, travaillait souvent plus de douze heures par jour. Il n'était pas très présent, terminait tard le soir. La plupart du temps, quand il était à la maison, il croulait de sommeil, s'endormait sur le divan avant l'ouverture du téléjournal de vingt-deux heures. Ma mère se tournait donc vers moi, l'aîné, quand elle avait besoin d'aide avec Louis. Je supervisais ses devoirs, l'emmenais au parc, lui préparais à manger. Les soirs où ma mère devait elle aussi effectuer des heures supplémentaires, c'est moi qui me chargeais de lui donner le bain, de lui faire la lecture et de le border. Louis, c'est avant tout mon petit frère, mais aussi quelque chose comme mon fils.

Les lundis et les mercredis, c'est moi qui allais le chercher au service de garde, après l'école. En marchant vers la maison, mon frère me racontait rarement sa journée, ne s'intéressait presque jamais à la mienne. Le train-train quotidien, ce n'était pas sa tasse de thé. Il préférait, et de loin, me bombarder de questions. Tous les enfants s'émerveillent, se questionnent, interrogent le monde qui les entoure. Mes sœurs étaient comme ça. Ma fille est comme ça. Mais avec mon frère, comme toujours, c'était différent. Louis n'était pas simplement curieux, il était insatiable. Son avidité et sa vivacité étaient extrêmes. Il enregistrait l'information quasi instantanément, tissait des liens logiques d'une étonnante pertinence à une vitesse presque effrayante, proprement extraordinaire pour un garçon aux dents de lait encore bien en selle. Tous les sujets, des plus complexes aux plus triviaux, le fascinaient. L'astronomie, la géologie, la biologie, les mathématiques, la mécanique, l'histoire, l'ingénierie, le hockey, l'aéronautique, la botanique, l'amour, l'océanographie : tout y passait. Une question donnait inévitablement naissance à une autre, qui en engendrait aussitôt une autre, dont découlait, logiquement, une autre, puis encore une autre. Le monde était pour Louis une fascinante poupée russe aux strates infinies, une série de merveilleuses révélations. C'en devenait quelquefois étourdissant. Surtout que je n'avais souvent aucune réponse à lui offrir. En toute honnêteté, j'étais parfois si agacé par ses interrogations en rafale que j'avais besoin de tout mon petit change pour me retenir de lui hurler par la tête, de l'implorer à genoux de se la fermer et de me laisser marcher tranquille en silence ne serait-ce que deux minutes, une fois de temps en temps. Mais je ne l'ai jamais fait. Pas une seule fois. L'idée de son petit corps tremblotant, frissonnant comme une feuille morte au bout de sa branche quand il était triste, m'en empêchait. Louis a toujours été plus fragile.

— Sensible, rectifiait ma mère.

De peur de le blesser, je m'efforçais de demeurer calme et à l'écoute. Cela paraît banal, mais si ses mille et une questions testaient déjà amplement ma patience, elles s'accompagnaient en plus de mille et un rêves et projets de grandeur. À la sempiternelle *Qu'est-ce que tu aimerais faire dans la vie ?* Louis offrait une nouvelle réponse tous les mois, sinon toutes les semaines. Cuisinier, chimiste, agriculteur, vétérinaire, enseignant, pompier, médecin, peintre, avocat, ingénieur, journaliste, jardinier, architecte, ébéniste, électricien : à ses yeux, tous les métiers du monde étaient non seulement utiles, honorables et intéressants, mais incroyablement emballants. Remplis de promesses. Chaque fois, son engouement était tel que l'on en venait à penser : *Ça y est, c'est la bonne !*

Mais nous savions bien qu'une nouvelle vocation viendrait inévitablement déloger la précédente. À l'âge de dix ans, Louis devait avoir changé de plan de carrière une cinquantaine de fois. Ma mère le taquinait affectueusement avec ça.

— Bon, bon... Une autre affaire. Qu'est-ce qu'on va bien pouvoir faire avec toi, hein ?

Tout le monde riait, Louis y compris. Archétype du premier de classe, il était doué, travaillant, discipliné, doux, allumé, adoré de chacune de ses enseignantes. Il avait du charme, beaucoup de charme. Tout pour réussir. Tout le temps devant lui.

•

Au secondaire, Louis est allé à l'École internationale. Mes parents n'avaient pas l'argent pour l'inscrire dans un collège privé, mais refusaient catégoriquement qu'il *perde son temps avec les drogués de la polyvalente*, une préoccupation compréhensible vu la réputation peu enviable de l'école publique de l'arrondissement, mais qu'ils n'avaient jamais éprouvée pour mes sœurs et moi.

Un soir, le recruteur principal du programme international avait téléphoné à la maison, à l'heure du souper : Louis avait obtenu les meilleurs résultats dans chacun des tests de l'examen d'admission. Il avait jugé important d'appeler mes parents directement au lieu de se contenter de leur faire parvenir une lettre, comme pour les autres. Ce serait un *grand privilège* pour l'établissement d'accueillir dans ses rangs *un jeune homme d'exception*. Quand il a appris la nouvelle, fidèle à lui-même, Louis a souri humblement, sans mot dire. Si le compliment ne l'avait pas atteint, lui, il avait tout de même fait mouche. En plein cœur de l'orgueil parental. Ma mère et mon père se sont pavanés pendant des semaines, se réjouissant haut et fort des grandes espérances de leur petit dernier. Dans les réunions de famille, à l'épicerie, au parc ou sur les trottoirs du quartier, ils ne parlaient que de ça, claironnant à qui voulait bien l'entendre que leur dernier-né était doté d'aptitudes *exceptionnelles*. Ils le vouaient à un brillant avenir, espérant secrètement qu'un jour, il deviendrait *quelqu'un*, et que l'aura de sa célébrité rejaillirait sur eux.

— *Sky's the limit*, répétait ma mère.

Durant ses années à l'Internationale, Louis était, encore et toujours, Louis. Triés sur le volet aux quatre coins de l'Île-Jésus, ses camarades de classe lui offraient une bien meilleure opposition que les élèves généralement médiocres de Sainte-Rose, mais loin d'être intimidé par la compétition, mon frère semblait s'en nourrir. Il figurait au sommet de sa cohorte dans toutes les matières, hormis la musique et l'art plastique, où ses performances étaient excellentes plutôt qu'extraordinaires. Lorsqu'on abordait le sujet de ces disciplines, mon père s'empressait de défendre le génie de son garçon en les discréditant du revers de la main :

— Le théâtre, la musique… Ça compte pas. C'pas des vraies matières ! Pas besoin d'être un grand artiste quand on veut devenir astronaute.

Je me suis évidemment fait un plaisir de lui remettre sa remarque sous le nez, quelques années plus tard, lors de la diffusion des premières images de Chris Hadfield grattant sa guitare en apesanteur.

— Voyons, mon homme ! Cette vidéo-là fait juste prouver mon point. L'as-tu vraiment écoutée ? Pas besoin d'avoir l'oreille absolue pour comprendre que ce gars-là, c'est pas un *grand* artiste.

Imperturbable, trimestre après trimestre, année après année, Louis accumulait les honneurs et les distinctions, tant pour ses résultats scolaires épatants que pour son comportement exemplaire, son implication extrascolaire, et même ses qualités athlétiques (comme si ce n'était pas suffisant, il récoltait annuellement une ribambelle de récompenses aux olympiades scolaires régionales). À seize ans, sa collection de méritas, de rubans, de plaques et de trophées était déjà trois fois plus imposante que celle que mes sœurs et moi avions constituée conjointement, (majoritairement composée de médailles de métal recyclé peintes en « bronze » à l'aérosol soulignant la participation à des tournois de hockey, de soccer ou de volleyball récréatifs). Nos parents étaient aux anges :

— Vous pourrez pas dire que je vous l'avais pas dit, *sky's*…

— *the limit*... Oui oui, maman.

Devant l'intérêt démesuré que nos parents portaient à mon petit frère, mes sœurs et moi aurions pu être agacés, mais nous savions bien qu'il n'y était pour rien. Il n'avait rien demandé. Non seulement Louis ne se vantait-il jamais de ses prouesses, mais il n'en faisait même pas mention. Mes parents s'en chargeaient à sa place, l'ensevelissaient sous les éloges auxquels il répondait par un sourire timide, fixant le fond de son assiette avec insistance en attendant que quelqu'un détourne le projecteur de son siège. Dès que c'était fait, on voyait ses épaules se relâcher, sa tête se redresser. Mes sœurs et moi n'étions pas jaloux de ses exploits. Sa maturité, son humilité et sa timidité étaient désarmantes. Vers l'âge de seize ans, mon petit frère était déjà une sorte de sage. Un moine tibétain réincarné dans un corps adolescent.

•

À partir du passage de Louis au cégep, les années ont défilé en avance rapide. Si cette période m'a semblé si accélérée, si chaque événement de la vie de mon frère me paraissait si soudain et inattendu, c'est sûrement parce que je le côtoyais alors beaucoup moins souvent. Mes sœurs et moi avions tous trois complété nos études universitaires et déménagé à Montréal, dans de petits appartements à faible loyer nous permettant d'épargner de l'argent, question de pouvoir un jour devenir nous-mêmes propriétaires. Sophie et Maude étaient respectivement devenues infirmière praticienne et orthopédagogue au primaire, et moi, à la surprise générale (et à la mienne aussi), comptable dans l'une des plus grandes firmes de Montréal. À l'époque, ma carrière s'amorçant à peine, je redoublais d'ardeur au bureau, accumulant les heures supplémentaires (tels parents, tel fils) pour me faire remarquer de mes supérieurs. Aussi, je venais tout juste de rencontrer Audrey, qui deviendrait, six ans plus tard, mon épouse. Au rythme où défilait mon existence, sanglée fermement au tapis du convoyeur de la vie adulte, l'espace-temps privilégié que je partageais depuis toujours avec Louis s'est retrouvé irrémédiablement altéré.

Quand je tente de me remémorer cette période de sa vie, les fenêtres de ma mémoire s'embuent. Ce dont je me souviens toutefois parfaitement, c'est qu'après avoir achevé ses études collégiales (un triple DEC combinant arts et lettres, sciences humaines et sciences naturelles) avec mention d'honneur, mon frère s'est inscrit en droit à l'université McGill. La prestigieuse institution avait remporté le « derby Louis » en multipliant les offrandes : bourse à l'entrée, chambre payée en résidence étudiante et couverture complète des frais de scolarité pour toute la durée de ses études.

Comme on pouvait s'y attendre, à dix-huit ans, Louis n'était toujours pas fixé sur son choix de carrière.

Toutefois, il considérait l'étude du droit comme un beau défi intellectuel et une excellente porte d'entrée dans le monde du travail. Après tout, une fois terminé son bacc, si ce milieu ne lui convenait pas, il pourrait facilement bifurquer vers un autre domaine. Je revois son visage, à l'automne de sa première session à McGill. Gonflé à bloc, rayonnant d'une joie s'élevant bien au-dessus de la monstrueuse tour de briques de codes et de lois (en anglais, par-dessus le marché) qu'il avait à absorber en quelques semaines à peine. Nous anticipions depuis sa prime jeunesse que l'université serait l'endroit idéal pour que mon frère s'épanouisse et puisse déployer pleinement son intellect. Lorsqu'en son absence nous spéculions en famille sur ce que lui réservait l'avenir, nous l'imaginions décrocher un financement postdoctoral à l'issue d'un parcours riche et diversifié. Louis côtoyant au quotidien des sommités mondiales dans leur domaine, les *grands de ce monde* et la future *élite de la société* : rien de plus cohérent, rien de plus naturel.

Une fois mon frère installé en résidence et ses études subventionnées par l'université McGill, mes parents ont enfin pu souffler un peu. Toutes ces années de dur labeur, de surtemps, de dévouement, de sacrifices, n'avaient pas été vaines. Ils irradiaient de fierté. Leurs quatre enfants, des universitaires. Leur petit dernier, un génie en devenir. Chacun avait trouvé sa voie. Chaque chose avait trouvé sa place.

•

Après avoir complété son droit et réussi l'examen du Barreau avec son aisance et son panache habituels, Louis a pris tout le monde par surprise en décidant de mettre son ascension fulgurante sur pause pour partir en voyage. Modeste et assidu au travail tout au long de ses études, il avait mis de côté un bon montant d'argent, qui lui permettrait de vivre confortablement pendant plusieurs mois à l'étranger. Il désirait *dégager l'espace et le temps nécessaires* pour réfléchir à la suite des choses, à ses objectifs personnels, préférait prendre un *moment de recueillement* plutôt que de se lancer tête première dans les études supérieures ou encore d'intégrer l'un des nombreux cabinets de renom intéressés à le recruter.

Mes parents étaient sidérés par cette décision. Incapables de cacher leur déception, ils estimaient sa démarche puérile pour un jeune homme *de sa trempe*. Ils en avaient longtemps bavé, remplissant boulot minable sur boulot minable sans jamais se plaindre. Que mon frère balaie du revers de la main de telles occasions d'avancement et d'enrichissement leur paraissait d'une irresponsabilité obscène. Aussi, je crois qu'ils se montraient d'autant plus sévères envers Louis que sa maturité et sa discipline ascétique faisaient oublier qu'il n'était âgé que de vingt-trois ans.

Pour ma part, je m'étais rangé derrière mon petit frère. Même s'il n'en laissait jamais rien paraître, il se mettait énormément de pression sur les épaules. Être condamné, pratiquement depuis la naissance, à tenir le rôle du jeune premier, à être perçu comme le petit génie de service, semblait l'avoir persuadé qu'il était investi d'un plus grand devoir social. Il me fallait parfois lui rappeler qu'il ne devait rien à personne, qu'il ne revenait pas à lui seul de sauver le monde. Un changement de décor et un brin de liberté ne pouvaient que lui faire du bien. Il voulait voyager ? Qu'il voyage et qu'on le laisse tranquille, pour une fois. Heureux de le voir emprunter un chemin différent du mien, j'éprouvais son enthousiasme et sa joie par procuration.

Au travail, mon rendement, ma constance et mon acharnement avaient rapporté. Je gravissais les échelons à vitesse grand V, me voyais confier de plus en plus de responsabilités. Je percevais désormais un salaire dans les six chiffres et décrochais annuellement des bonis de performance plus que généreux, grâce auxquels nous venions de nous faire bâtir une maison sur mesure à Boisbriand. Peu de temps avant que Louis nous dévoile ses intentions de partir en voyage, Audrey m'avait déclaré que, selon elle, nous étions rendus *là*, c'est-à-dire à un certain niveau de confort et de stabilité, assez bien établis professionnellement et financièrement pour fonder une famille. Tout ça, ce contexte, ce contraste, n'était probablement pas étranger à la fougue avec laquelle j'avais défendu le projet de Louis lorsque mes parents avaient tenté de lui saper le moral par leurs sermons sur le *vrai monde* et la *vraie vie*.

Vers la fin du printemps, n'étant plus inscrit à l'université, Louis devait libérer sa chambre en résidence. Audrey et moi nous étions portés volontaires pour l'aider à déménager. Dix minutes. C'est tout ce que ça nous a pris. Outre son ordinateur portable, ses possessions se résumaient à trois boîtes de livres, une lampe de travail, une plante verte et un sac de gym de vêtements. Le coffre de mon VUS ne m'avait jamais paru aussi vaste. Je me souviens lui avoir dit, ne plaisantant qu'à demi :

— Quand tu reviendras de voyage pis que t'auras trouvé un nouvel appart', je vais t'emmener faire un tour chez IKEA. Ça doit pas être évident, manger, s'asseoir, travailler, dormir sur des courants d'air.

— C'est gentil, Cédric, mais je préfère voyager léger.

Je n'avais pas pensé grand-chose de sa réplique à ce moment-là, si ce n'est que je ne connaissais et ne connais toujours personne qui soit capable d'émettre naturellement une répartie aussi pleine d'esprit et d'élégance.

•

Le surlendemain de son déménagement, mon frère prenait l'avion avec pour unique bagage un petit sac à dos de toile. Son plan initial : parcourir en trois mois une partie de l'Asie du Sud-Est. Vietnam, Thaïlande, Cambodge, Laos, Myanmar, dans un ordre dont je ne me souviens plus aujourd'hui. Quand je l'avais interrogé sur la raison derrière le choix de cette région du monde, il m'avait déballé sans hésiter une réponse admirablement réfléchie et élaborée dont lui seul a le secret. Si certaines idées plus abstraites m'avaient partiellement échappé, j'en avais retenu l'essentiel : son voyage serait avant tout une aventure spirituelle.

Dans les premiers temps de son périple asiatique, mon frère m'écrivait presque tous les jours. Même s'il était désormais plus grand et plus costaud que moi, je ne pouvais m'empêcher de me faire du souci pour lui. Je lui avais fait promettre de me donner des nouvelles au minimum une fois par semaine, ce à quoi il avait consenti en se moquant de mon caractère surprotecteur de père-poule, visiblement plus développé que celui du nôtre, lui qui avait catégoriquement refusé de se joindre au reste de la famille pour accompagner Louis à l'aéroport, se contentant de lui souhaiter sèchement de bonnes *vacances* par téléphone.

Les messages de mon frère, de vrais bijoux d'écriture, évacuaient systématiquement les banalités et les aléas de son quotidien. Il y dévoilait plutôt ses sentiments et ses réflexions, décrivait avec emballement ses découvertes, ses rencontres et ses échanges, le choc culturel qu'il éprouvait jour après jour et dont il se régalait. Fasciné, bouleversé, stimulé, bousculé : Louis était manifestement comblé.

Un mois et demi de correspondance soutenue ont été suivis de trois semaines de silence radio. J'en étais à un cheveu de lancer un avis de recherche auprès d'un organe de police internationale quand mon frère est enfin ressorti de la brume. Il s'excusait sincèrement pour le souci que sa disparition temporaire devait m'avoir causé. Il venait, disait-il, de vivre une expérience renversante : douze jours de méditation, de yoga et de trekking (j'ignorais qu'il s'adonnait à l'une ou l'autre de ces activités) au cœur de la jungle birmane. Son courriel était expansif. Une fébrilité tangible en exsudait, traversait mon écran. À la toute fin de son message, en postscriptum, Louis m'annonçait qu'il avait connu un instant de profonde lucidité. Alors qu'il marchait dans la boue au beau milieu de nulle part, le visage fouetté par le feuillage de plantes géantes, il en était arrivé à une réalisation qui, aussitôt surgie, lui était apparue comme une évidence : peu importe ce qu'en disait son agenda, son voyage ne tirait pas à sa fin ; il ne faisait que commencer. Dès qu'il avait renoué avec la civilisation et retrouvé accès à un réseau Wi-Fi, il avait reporté son retour au Canada. Il prendrait plutôt la direction de l'Inde dans les semaines à venir. Où et quand, exactement ? Aucun détail. Au terme de la lecture de ce message, je me suis surpris à craindre que, tel que le présumaient mes parents, mon prodige de petit frère soit bel et bien *parti sur une dérape*, avant de me raisonner. Cela ne lui ressemblait pas d'agir sur un coup de tête, de prendre une décision irréfléchie et sans fondement. Sa logique ne m'était peut-être pas apparente, mais il devait y en avoir une. Après tout, on parlait ici de Louis. Et puis, quelques semaines de voyage de plus ou de moins, quelle différence ? Il rentrerait bientôt à la maison, et la vie se chargerait bien assez vite de reprendre son cours normal.

Or, au fil des humeurs et des intuitions presque mystiques de Louis qui, si je me fiais à sa correspondance, semblait de plus en plus persuadé qu'il était sur le point de trouver *quelque chose* ou d'arriver *quelque part* sans y être encore parvenu, ses trois mois de voyage en sont devenus six, douze, quinze, dix-huit. Petit à petit, le temps séparant chacun de ses messages s'accroissait. Ses phrases se faisaient de plus en plus poétiques, opaques et indéchiffrables. Je ne comprenais absolument rien, ni à ses histoires ni à ses réflexions philosophiques. Je n'en dégageais que les noms de villages, de cours d'eau et de pays, qui me permettaient de le situer géographiquement sur la mappemonde. À l'Inde, qu'il avait explorée en train, d'est en ouest, pendant près de quatre mois, ont succédé la Mongolie, l'Indonésie, les Philippines, le Japon, la Nouvelle-Zélande et enfin, durant les six ou sept derniers mois, l'Australie, d'où il ne décollait plus. Il était fasciné par ses déserts, ses plages, ses marais, ses animaux bizarres, ses insectes meurtriers et ses arbres aux troncs blancs, semblables à des spectres, enracinés en bord de mer depuis des siècles. Il s'était tout particulièrement épris de l'Australie occidentale et de la culture aborigène, ému par leur *relation symbiotique et amoureuse* avec le territoire.

L'état de la santé mentale de Louis commençait à me préoccuper sérieusement. Il avait, depuis l'enfance, une propension naturelle à l'emballement, mais il me semblait déceler dans ses lettres récentes une légère pointe d'exaltation. Un jour, sans crier gare, me sont revenus ces mots de mon professeur de biologie de secondaire trois :

Le génie frôle toujours la folie.

Une phrase anodine qui, si elle m'avait laissé indifférent à l'époque, avait manifestement implanté dans mon esprit une crainte latente qui germait depuis peu. En relisant ses derniers messages, je me demandais si, au gré de ses tribulations, Louis n'en était pas venu à perdre l'équilibre.

•

Durant les derniers mois de son voyage, Louis ne m'écrivait pratiquement plus du tout. Je m'étais presque résigné à l'idée qu'il ne nous reviendrait pas. Il s'installerait de façon permanente je ne sais trop où au fin fond de l'Australie occidentale et je ne le reverrais tout au plus qu'une fois par an, si bien sûr je parvenais un jour à prendre deux semaines de congé consécutives (depuis son départ, j'avais obtenu deux nouvelles promotions, pour décrocher un poste de cadre). Mes sœurs se faisaient un sang d'encre pour notre petit frère. Contrairement à moi, qui tentais de respecter son rythme de correspondance, elles lui écrivaient chaque semaine plusieurs courriels inquiets, auxquels elles n'obtenaient (quand elles en obtenaient) que des réponses brèves, allusives et insaisissables. Mes parents, eux, n'en pouvaient plus. D'inconcevable, la situation était devenue urgente, intenable. Ils étaient si anxieux à l'idée d'avoir failli, d'avoir échappé *leur* petit prodige en le *laissant partir* (comme si c'était de leur ressort), que le *trip de hippie* (une formule si souvent martelée qu'elle était en voie de devenir une appellation contrôlée) de Louis était officiellement un sujet tabou, à éviter à tout prix en présence de mes parents.

À notre grand soulagement, mon frère est finalement rentré au bercail, peu avant Noël 2013 (de cela, je me souviens précisément : le Noël suivant, Audrey était enceinte de Laure). Alors que nous appréhendions de le retrouver légèrement *altéré*, Louis était toujours, sans aucun doute, Louis. Certes, il arborait désormais une barbe épaisse et un bronzage marqué, portait les cheveux mi-longs (ce qui contribuait à consolider certains préjugés de mes parents), comptait quelques rides de plus au coin des yeux et semblait avoir perdu quelques kilos, mais hormis ces quelques signes de transformation physique, il semblait être demeuré le même.

Lors de notre traditionnel souper de Noël, il s'était montré assez loquace (considérant son introversion innée), acceptant de répondre sans rechigner à nos nombreuses questions, de nous parler des moments marquants de son voyage et des gens qu'il avait rencontrés, de nous montrer quelques photos, de décrire les paysages, la nourriture, la faune de chacun des pays qu'il avait explorés, qu'aucun de nous n'avait encore visités. À l'écouter, on constatait aisément toute la signification que cette expérience prenait pour Louis. Je me réjouissais pour lui.

En fin de soirée, il a entrepris de se racheter auprès de mes parents en nous annonçant que les dernières semaines qu'il avait passées en Australie occidentale, au cours desquelles il avait vu parmi les plus belles merveilles naturelles du monde, mais aussi découvert des territoires complètement défigurés par des projets miniers d'une sauvagerie sans nom, étendant leurs crevasses tentaculaires jusque dans la cour arrière des habitants du coin, lui avaient fait prendre conscience qu'il était temps pour lui de renouer avec le droit. Il avait d'ailleurs déjà décroché un poste d'avocat au CQDE.

— Où ça ?

— Au CQDE. Le Centre québécois du droit de l'environnement. Je commence bientôt. Quasiment tout de suite, en fait. Vers la mi-janvier.

Il m'est impossible de décrire à quel point j'étais apaisé et heureux de revoir Louis parmi nous. Mon petit frère était de retour pour de bon. Tout rentrait enfin dans l'ordre. La vie pouvait reprendre son cours normal.

•

À partir de son retour au Québec, Louis s'est immédiatement plongé dans son travail. Il suivait en parallèle des cours de maîtrise en droit de l'environnement, à temps partiel. La combinaison des dernières théories et de la pratique concrète lui donnait le sentiment d'apprendre trois fois plus de choses trois fois plus vite. Il semblait avoir trouvé un domaine suffisamment vaste pour combler son appétit intellectuel. De prime abord, son choix de l'un des rares postes d'avocat doté d'un salaire « communautaire » m'avait étonné, et même, pour être honnête, presque déçu. Toutefois, après réflexion, cet engagement pourrait être un atout très payant à long terme, vu son apport important à l'aspect « altruisme » de son curriculum vitæ. Mon frère pourrait s'en servir comme d'un levier s'il souhaitait un jour, comme il semblait y être prédestiné, faire un saut en politique.

Durant les quinze mois qui ont séparé le retour d'Asie de Louis de la naissance de Laure, mon frère et moi avons rattrapé le temps perdu en nous rencontrant régulièrement autour d'une bière. Chaque semaine, il me faisait découvrir une nouvelle microbrasserie montréalaise. Louis était toujours aussi réservé, mais j'insistais systématiquement pour qu'il m'initie à son travail. Une fois lancé, il était intarissable. J'adorais l'entendre aborder les dossiers chauds du moment, exposer les tenants et aboutissants de telle ou telle cause environnementale dont je n'aurais jamais même soupçonné l'existence. Grâce à ses talents de vulgarisateur, des principes extrêmement compliqués, tout en détails et en nuances, devenaient à la fois accessibles et captivants. L'écouter discourir était pour moi une expérience fascinante qui me donnait parfois l'impression d'espionner un univers parallèle par le biais d'un œil-de-bœuf. Je ne comprenais pas tout, ne voyais ni très loin ni très bien, et les formes que je parvenais à saisir dans l'obscurité se trouvaient assurément déformées par mon regard néophyte. Toutefois, même limité, l'accès à cette autre réalité me permettait de m'aventurer au dehors de ce qu'Audrey appelle communément ma « bulle comptable », loin, très loin de l'assainissement des eaux du Saint-Laurent, de la protection des territoires des caribous forestiers du Saguenay ou de la sauvegarde des grenouilles de La Prairie. Désormais, de nous deux, c'était Louis qui en savait plus long sur le monde. Je me reposais donc dans le rôle de l'apprenant, et ce renversement me comblait de bonheur. J'en venais enfin à partager le plaisir intellectuel de mon frère, qui ne cessait de m'impressionner par l'étendue et la richesse de ses connaissances. À ma demande, semaine après semaine, pinte après pinte, il me familiarisait avec la sauvagerie des promoteurs - immobiliers, pétroliers, gaziers - et l'absence de scrupules de leurs avocats aux tarifs faramineux. Au fil d'une série d'histoires abracadabrantes aux innombrables rebondissements, Louis me dévoilait les stratagèmes classiques, les ruses et les coups fourrés des grandes multinationales (dont plusieurs dans lesquelles je détenais à l'époque de nombreuses actions en bourse) et de lobbys hyperpuissants. Ceux-ci semblaient avoir dans leur sac une inépuisable source de tours de passe-passe lorsque venait le temps de soudoyer les politiciens avec élégance, de contourner agilement les règlements municipaux et les lois gouvernementales, de remettre en question leur constitutionnalité ou de faire abroger quelque clause dans l'espoir d'étirer, ou mieux, de déchirer les mailles d'un filet que des gens comme mon frère s'échinaient à tisser pour freiner les saccages de leur avarice.

— Le nombre de crosses que ces gens-là sont capables d'inventer, mon gars... Ça dépasse tout ce qu'on peut imaginer.

Heureusement, Louis était aussi chargé d'effectuer de la recherche fondamentale, de creuser des questions telles que la protection des milieux agricoles, la gestion des ressources naturelles, la tarification du carbone, la santé des écosystèmes en milieux humides ou encore l'organisation du développement immobilier en région. Il adorait *décloisonner des savoirs* issus de divers champs d'études habituellement circonscrits, pour dresser des portraits complets et sophistiqués de problématiques débordant du seul domaine juridique.

Depuis son embauche au CQDE, mon frère suivait en parallèle des cours universitaires en éthique environnementale en tant qu'auditeur libre, assistait à une multitude de conférences ultranichées, regardait tous les documentaires portant sur la crise écologique qui lui tombaient sous la main, replongeait dans ses briques de sciences naturelles du cégep, empruntait au hasard des revues scientifiques, des ouvrages d'écologie, de géographie, d'hydrologie et de toutes sortes d'autres sujets complexes à la Bibliothèque nationale. Ce foisonnement extrême de matière, qui aurait probablement aliéné quatre-vingt-dix-neuf pour cent des êtres humains, ravissait Louis, qui affirmait s'y adonner par *pur plaisir*. Loin de s'en trouver stressé, accablé ou fatigué, il débordait d'énergie et de motivation.

Parfois, alors qu'il me parlait de ses dossiers, de ses recherches ou simplement de son plus récent champ d'intérêt, je laissais temporairement aller ses paroles pour l'observer attentivement, lui, mon petit frère devenu un adulte admirable. J'étais toujours épaté de constater à quel point Louis était beau, charismatique et infiniment brillant. Un peu comme mes parents à la suite de l'appel du recruteur de l'Internationale, je sentais alors une décharge de fierté me monter droit au cœur. Louis, mon presque-fils, m'apparaissait plus que jamais comme ce qu'il avait toujours été : un être d'une étoffe rare, doté d'une sensibilité et d'un esprit hors du commun. Le genre de personne inspirante qui, contrairement aux gens comme moi, pourrait un jour transformer le monde par son œuvre, ses réflexions, ses idées.

Cela n'allait pas jusqu'à m'inquiéter, pas vraiment, mais je trouvais surprenant, presque inconcevable, qu'avec tous ses atouts, Louis soit toujours célibataire. Audrey s'interrogeait parfois sur son orientation sexuelle, qui ne lui paraissait *pas claire-claire*. Je n'en disais rien, mais je commençais à penser qu'il était peut-être asexué, tant sa vie sentimentale et amoureuse était systématiquement occultée. C'était apparemment le seul sujet dénué d'intérêt à ses yeux. Si cet aspect de sa vie ne me regardait nullement, j'espérais seulement qu'il ne se sentait pas trop seul, qu'il finirait par trouver quelqu'un avec qui partager sa vie.

•

Vers la fin du mois de mars 2015, un peu plus d'un an après le retour de Louis, ma fille Laure est née.

J'avais droit au congé de paternité, mais Soraya – ma patronne, dont le visage émacié pourrait illustrer le terme « workaholic » dans le dictionnaire – m'avait bien fait comprendre qu'une entente tacite liant les cadres de la firme nous interdisait de nous absenter du bureau plus de trois semaines consécutives, et ce, seulement dans des circonstances extraordinaires, dont même l'accueil d'un nouveau-né ne faisait pas partie. En dépit de la promesse que j'avais faite à Audrey d'être plus présent que mon père dans la vie de notre enfant, j'ai fini par céder au harcèlement psychologique de Soraya, qui m'ensevelissait d'une avalanche quotidienne de courriels, de textos et d'appels sans se soucier du silence que je lui offrais pour réponse. J'ai repris le travail à temps plein dès le seizième jour de la vie de Laure. Comme tout homme qui se respecte, j'ai rapidement ravalé ma peine, baissé la tête et repris le boulot sans rechigner. L'enregistreuse s'est automatiquement replacée en mode avance rapide, et les jours ont recommencé à défiler sans que je puisse les discerner ni en saisir le sens. Personnage central, secondaire ou simple spectateur – aucune différence : j'étais invariablement dépassé par les événements, déconnecté de ma propre existence.

À l'automne, constatant à quel point Louis me manquait, je l'ai convié à un cinq à sept à Ma Brasserie, son bar préféré, dans un entrepôt reconverti du quartier industriel de Rosemont : notre première bière en tête à tête depuis la naissance de ma fille, six mois plus tôt. Après m'avoir écouté me lamenter en long et en large à propos de ma situation de jeune père de famille à mi-carrière, Louis m'a interrompu, chose hautement inhabituelle. Il avait une nouvelle importante à m'annoncer : il quittait officiellement le CQDE et abandonnait ses études à la maîtrise. Persuadé que mes oreilles bourdonnantes de fatigue m'avaient joué un tour, je lui ai demandé de répéter.

— Je lâche l'université, ma job. Le droit en général.

— Pardon ?

— Tout. Je lâche tout.

— Pourquoi ? Qu'est-ce qui s'est passé ?

— Voyons, Cédric ! Tu le sais...

— Non. C'est quoi, cette histoire-là ? Ça sort de nulle part, ton affaire...

— De nulle part ? Ça fait six mois que je t'en parle...

Le choc de cette réplique. Sans mots, ne sachant trop comment me déprendre des tentacules de la confusion, j'étais pétrifié sur mon siège. C'est en essayant de remettre de l'ordre dans le fouillis du temps que j'ai pris conscience de l'ampleur de mon somnambulisme. Ce soir-là, reconstituer les événements plus ou moins récents, du dernier mois, de la dernière semaine, ou même simplement de l'avant-veille, revenait à essayer de récolter le sable artificiel d'une plage mexicaine armé d'une passoire. J'ai honte de l'admettre, mais mon état de « somnolence fonctionnelle » était si profond qu'encore à ce jour je n'ai pas une seule image mentale distincte de Laure lors de ses six premiers mois d'existence. Tout ce qu'il me reste comme souvenir de cette période de sa vie, c'est le jour de sa naissance : son petit visage fripé, rougi, le front empreint d'une tache blanche, émergeant de la grande serviette blanche posée au creux des bras d'Audrey. Puis, jusqu'à cette soirée au bar avec mon frère, plus rien. Pas même un Polaroid surexposé, dans les profondeurs duquel on pourrait deviner quelques silhouettes fantomatiques. Rien de rien sur fond de rien. Ses premiers babils, son premier sourire, sa première promenade en poussette, sa première nuit complète : exits, dissous. À un point tel que, même en me penchant le plus sérieusement du monde sur la question, il m'est impossible de distinguer les moments envolés auxquels j'ai participé de ceux dont j'étais absent et qui m'ont été racontés par Audrey. Tous ces instants tenaient, et tiennent toujours pour moi, de la fiction.

Tout ce que j'ai retenu de cette époque trouble, inscrite dans ma chair comme une cicatrice dissimulée au revers de ma peau, c'est la violence absolue de la répétition. La reproduction du même, de jours indissociables, fades et insipides. Le sentiment d'être constamment frôlé par une lame tranchante, et mes mains. Mes mains comme celles d'un autre, dans les couches souillées, sur mon clavier d'ordinateur. Mes mains tenant mon cellulaire, posées sur le volant de la voiture, aspergeant mon visage, agrippant la rampe de l'escalier. Mes mains brandissant ma carte de crédit à la caisse de l'épicerie, de la pharmacie, de la station-service, d'un café ou d'un restaurant de la foire alimentaire, sous nos bureaux. Mes mains tenant mon enfant ? Vaguement. Pas vraiment.

Toujours est-il que ce moment était on ne peut plus réel, que Louis était bel et bien là, devant moi. Au moment où j'ai réintégré la conversation, mon frère disait avoir constaté une impasse. Depuis son entrée en fonction au CQDE, il estimait n'avoir pratiquement rien accompli. Peu à peu, le doute qui l'habitait s'était mué en une certitude : le droit n'était pas la voie à emprunter pour opérer le *renversement radical* dont l'humanité avait urgemment besoin pour faire face au *spectre d'une sixième extinction.*

— La loi, ça met des bâtons dans les roues. Ça tape sur les doigts. Ça encadre, ça redresse. Mais c'est rien d'autre qu'un pansement. Un petit *plaster* ridicule, à peine bon pour couvrir une piqûre de moustique, sur le corps épluché d'un grand brûlé.

Accompagnée du souvenir olfactif d'une plaie suintante de pus, l'image m'a révulsé.

— Le saccage des dernières forêts primaires, la surexploitation des ressources naturelles, le massacre de la biodiversité, les milliers d'autres comportements humains autodestructeurs : il faut s'en occuper, y mettre fin, punir les responsables. Mais aussi grave que ce soit, tout ça, ce ne sont rien de plus que des symptômes. Des manifestations d'un mal plus vaste, plus pernicieux.

Tant qu'on ne va pas s'attaquer à la source, à la *culture et aux idéologies* qui les engendrent, les encouragent et les justifient, y a rien qui va changer. On va continuer de se suicider à feu doux.

Se suicider à feu doux ? Qu'est-ce qu'on peut répondre à quelque chose comme ça ?

— Hum hum... Je t'entends. Mais, écoute, Louis, tu... C'est pas un peu exagéré, tout ça ?

— C'est sûr que ça peut avoir l'air intense, mais bon... J'y ai pensé. Repensé. Je médite là-dessus depuis des mois. Ça se jouera pas en cour.

— Ça va se jouer où, d'abord ?

— Dans la relation.

Cette fois, je n'ai pas pu réprimer une contorsion faciale subite, marquée, crachant involontairement au visage de mon frère une grimace au scepticisme arrogant. Essuyant impassiblement cette injure maxillo-faciale, Louis a pris une courte respiration, avant de reprendre la parole sans relever mon impolitesse.

Son explication, je crois, allait environ comme suit :

— Notre relation au monde. Notre manière d'interagir avec lui, de l'habiter et de l'accueillir. De le sentir, de le concevoir. Notre habileté à le lire, à le percevoir avec acuité. À le comprendre, à en reconnaître la complexité et les mystères insolubles. La valeur intrinsèque, non monétaire, qu'on y accorde, aussi. Notre façon de l'envisager. Le respect qu'il nous inspire. Le sens du devoir moral de protéger la nature, qui se développe en parallèle à cette relation-là. [...] Je te dis, Cédric. Ça sert à rien d'essayer de sauver la planète, les océans, la forêt amazonienne ou les koalas. Ce qu'il faut sauver... ce qu'il faut rétablir, soigner, rapiécer, c'est notre relation au monde dans lequel on vit trop souvent en surface, sans y être vraiment. Sauver notre relation à la nature, au vivant, parce que tout le reste en dépend. Tu me suis ?

Il a poursuivi avec une suite de conclusions logiques (pour lui), enchaînées rapidement comme si elles relevaient de l'évidence. Un charabia qui sonnait à peu près comme :

— C'est simple, OK ? Pas de connaissances, pas de reconnaissance. Pas de reconnaissance, pas de lien. Pas de lien, pas d'amour. Pas d'amour, pas de sollicitude. Pas de sollicitude, pas de respect. Pas de respect, pas de sens du devoir moral, pas d'instinct protecteur. Voilà. Simple comme ça. Il faut reprendre du tout début. Partir de la relation.

J'étais bouche bée, pris de court. Ambivalent, surtout, tiraillé entre l'impression d'avoir tout saisi d'une explication simpliste, indigne du génie de mon frère, et celle d'avoir conclu que l'explication était simpliste par manque de finesse intellectuelle.

Pour ramener la discussion vers des considérations plus terre-à-terre, je l'ai interrogé sur l'aspect plus pragmatique de sa démission. Que comptait-il faire de sa peau, cet automne ? Que prévoyait-il pour l'hiver ?

Comment allait-il réussir à demeurer à flot financièrement sans les revenus de son emploi au centre ? Quelles étaient ses projections budgétaires pour les prochains mois ? Ses objectifs financiers à court et à long terme ? Comment entrevoyait-il les deux, trois, cinq prochaines années au point de vue professionnel ? Après avoir livré machinalement cette série de questions, qui n'étaient pas sans me rappeler celles que j'adressais quotidiennement à mes clients, j'ai compris à l'expression faciale de mon frère qu'il avait anticipé mon interrogatoire. J'aurais dû m'en douter. Louis a toujours deux à trois coups d'avance sur ses adversaires. Nous étions repartis pour un autre tour de manège poético-énigmatique.

— La suite ? Descendre de ma tour d'ivoire. Sortir de l'école, de mon bureau, de mes recherches, de mes livres, de ma tête. Dehors. Sur terre. Revenir au monde. À hauteur d'homme. Tout en bas. Au plus près des choses vivantes.

— OK, c'est bien beau tout ça, mais comment ? C'est quoi, le plan ?

— Reprendre racine. Le plan, c'est reprendre racine.

Pour que mes sourcils puissent s'élever plus haut dans mon front, il aurait fallu pratiquer une incision tout autour de la base de mon scalpe, détacher doucement la peau de mon visage de ma chair et la faire glisser manuellement vers ma nuque. Ma perplexité était totale. Ma crainte que mon frère ait perdu la carte remontait soudainement en flèche. Tous les voyants d'alarme clignotaient furieusement sur le panneau de contrôle de ma centrale de surveillance interne. Prenant mon silence pour une invitation à poursuivre ses explications, mon frère s'est remis à parler, avec une ferveur et une intensité presque agressantes.

Muet de sidération, je m'efforçais de réprimer une autre grimace d'effroi pendant que mon frère m'ensevelissait sous une thèse philosophique qui, sans aucun doute, cette fois, m'était résolument indéchiffrable. Témoin ébloui d'un argumentaire stellaire tirant dans toutes les directions, j'écoutais Louis en serrant les dents, avec la curieuse sensation de contempler une éclipse sans boîte à chaussures. Il faisait tantôt allusion à l'anticapitalisme et au patriarcat, tantôt au postcolonialisme, à l'écoanxiété et à la masculinité toxique, mariait des mots incompréhensibles tels que « solastalgie », « communauté biotique », « symbiocène », « anthropocentrisme » (oui, bien sûr que je les ai googlés) tout en faisant continuellement référence à une poignée d'intellectuels et d'écologistes soi-disant célèbres (Naomi Klein, Glenn Albrecht, Vandana Shiva, et cætera) sans juger bon de me mettre en contexte, tenant pour acquis que j'étais familier avec leurs idées. Pour un esprit de son niveau, ses théories entrecroisées, brodées et agencées avec la délicatesse aérienne d'une toile d'araignée, devaient s'ériger en un chef-d'œuvre architectural inédit, tout en souplesse et en équilibre. Toutefois, avec mon cerveau englué de jeune père privé de sommeil depuis six mois, chaque nouvelle phrase me décontenançait davantage que la précédente, venait complexifier d'autant plus l'indémêlable nœud gordien de sa démonstration. Pour être franc, son discours sonnait à mes oreilles comme une charade du Père Fouras, mais je feignais de tout comprendre, autant de peur de lui paraître stupide que pour éviter d'attiser la flamme de son interminable exposé.

— Reprendre racine... Hum hum. C'est intéressant. Mais... Qu'est-ce que tu vas *faire*, pour... Je veux dire... concrètement ?

— Je sais pas trop. Pas encore.

— Voyons, Louis, tu...

— Faut pas t'en faire pour moi, Cédric. OK ? Il y a tellement de possibilités, tellement de pistes, de portes, de choses à apprendre, à comprendre. Tellement de compétences, de savoirs et de pratiques à dépoussiérer, à développer, à réactiver. Peu importe par où je vais commencer, j'en aurai pour un bout.

Il s'est mis à rire. Je me suis fait violence pour rire avec lui. Littéralement. J'en ai ressenti un point à l'abdomen. Puis on a trinqué aux recommencements, pris chacun une grande gorgée de bière. Louis pour fêter un nouveau départ. Moi pour noyer un mauvais pressentiment.

•

Au cours des trois années tumultueuses qui ont suivi sa démission du CQDE, Louis était frénétique. Éparpillé, inconstant. Comme le globe blanc d'un pissenlit éventré par une bourrasque sournoise, mon frère semblait en voie de se disséminer aux quatre vents. Malgré tous nos efforts, ni mes sœurs, ni mes parents, ni Audrey, ni moi, ni personne à ma connaissance n'arrivait à suivre simultanément les parcours de tous ses petits parachutes, emportés par un tourbillon imprévisible.

Rien pour pallier ma confusion, je voyais mon frère de moins en moins souvent. À vrai dire, je nous sentais même encore plus éloignés qu'à l'époque du grand silence australien. Nos soirées en tête-à-tête, après s'être progressivement espacées, étaient devenues des événements exceptionnels. Ne circulant plus qu'à vélo (il faisait désormais partie de ces gens-là), Louis ne nous rendait visite à Boisbriand que de manière très ponctuelle, soit lorsqu'il avait un moment libre et que les rares voies cyclables rattachant Montréal à la Rive-Nord étaient praticables. Autrement dit, très rarement.

De plus, mon frère ne se présentait plus aux soupers de familles qu'une fois sur quatre, si ce n'était pas encore moins souvent. Un peu comme un trottoir en proie à la rudesse du cycle gel/dégel, sa relation à mes parents, fragilisée par son voyage prolongé puis ressoudée par son retour à la vie normale, s'était terriblement détériorée quand il a quitté le cabinet. On aurait pu s'attendre à ce que le temps fasse son œuvre et apaise les tensions. Or il les nourrissait. Mes parents étaient aigris. En particulier ma mère, qui avait, semblait-il, épuisé son réservoir de tolérance en pardonnant à Louis son année de *vagabondage*. Elle éprouvait ce dernier revirement de situation, qu'elle considérait comme une trahison, de manière physique. Selon ses dires, ma mère avait vu ses épisodes de reflux gastrique monter en flèche depuis la démission de mon frère. Unissant sa voix à celle de mon père, elle qualifiait Louis *d'ingrat* et *d'effronté*, jugeait ses choix irresponsables et son mode de vie d'*enverdeur grano anti-automobilistes*, carrément disgracieux.

Contrairement à mes parents, mes sœurs, Audrey et moi faisions de notre mieux pour éviter de perdre le fil de l'existence abracadabrante de mon petit frère. Pour éviter qu'il nous devienne étranger, nous mettions ponctuellement en commun ce que nous avions appris et compris de ses derniers projets. Mais il y avait tellement d'éléments, tellement de pistes, tellement de facteurs d'indétermination que ces exercices ne faisaient, plus souvent qu'autrement, que nous dérouter davantage, amplifiant le foisonnement jusqu'au carambolage.

Qu'est-ce qui se passe avec Louis ? Que fait-il exactement de ses journées ? Il semblait que la réponse à cette dernière question était à la fois *tout* et *rien*.

De ce que j'ai réussi à saisir, Louis a œuvré pour une dizaine d'organisations différentes en l'espace de trois ans. L'été suivant sa démission-éclair, il a été embauché chez Alvéole, une compagnie d'apiculture urbaine. Ça, je m'en souviens bien. Il posait des ruches sur des toits de hangars, récoltait du miel, flattait des abeilles. Ce genre de choses. Il me semble que c'est aussi cet été-là qu'il a coordonné un projet d'aménagement de ruelle verte derrière son bloc appartement. Le résultat était, je dois l'avouer, rien de moins qu'époustouflant. Le plan qu'il avait créé (il avait, semble-t-il, d'excellentes compétences en design 3D) comportait un réseau géothermique permettant de chauffer des logements adjacents, un ingénieux système de récupération de l'eau de pluie, des panneaux solaires, des toits de cabanons verdis, un potager suspendu, des cabanes d'oiseaux et d'autres expressément conçues pour les insectes, un refuge à chats de gouttière (une maisonnette confortable, isolée avec de la laine minérale), une ruche posée sur le toit d'un garage, de nombreuses nouvelles plates-bandes et la plantation de centaines de fleurs, d'arbres et d'arbustes.

Ce projet incroyable (qui n'avait pour défaut que d'être bénévole) l'avait *profondément ému*. Surtout, cela lui avait confirmé qu'il adorait le travail physique, passer de longues heures à l'extérieur, plonger les mains dans la terre. Ainsi, il avait décidé de suivre une série de formations en botanique, en herboristerie, en agriculture bio et en permaculture. L'été suivant, il a travaillé sur une ferme, quelque part en Estrie, avec des gourous du bio-extrême. Bio intense ? À ce que disait mon frère, sur un tout petit terrain, ils réussissaient à faire pousser une prodigieuse quantité de légumes. Je ne sais pas exactement comment ça fonctionnait, mais Louis parlait souvent de « mimétisme ». Si j'ai bien compris, sur sa ferme, ils tentaient d'imiter la nature en répliquant des écosystèmes à petite échelle. En faisant cohabiter des plantes avec des poules et des lapins, qui fertilisent les cultures en chiant partout, par exemple. À travers toutes ces péripéties, je ne l'avais pratiquement pas vu, l'année de la ferme bio. Il était aux champs presque tous les jours, du matin au soir, du mois d'avril au mois d'octobre. Novembre, même, si je me souviens bien. À son retour en ville, il m'avait fait goûter à des *carottes d'hiver*. Minuscules, savoureuses, sucrées. Les meilleures que j'aie jamais mangées.

Jusqu'ici, l'horaire de Louis est hyperactif, mais relativement compréhensible. Le facteur de confusion principal ? En marge de cet incessant tourbillon d'activités, Louis s'impliquait dans toutes sortes d'organismes comme Équiterre, Nature Québec, l'Association québécoise Zéro Déchet et la Fondation David Suzuki, dans des fonctions qui nous échappaient totalement. Y était-il bénévole ? Employé à temps partiel ? Collaborateur occasionnel ? Consultant ? Aucune espèce d'idée. Ce que je me rappelle, par contre, c'est que durant cette période, ma boîte de courriels était constamment polluée de messages à saveur pré-apocalyptique censés susciter ma pitié, débordait de pétitions, d'incitations à visionner des documentaires alarmistes et, surtout, à effectuer des dons en argent. Des messages que Louis me relayait systématiquement (même si je l'implorais d'arrêter) jusqu'à ce que j'achète la paix d'esprit en signant un chèque de cinq-cents dollars destiné à je ne sais plus lequel de ces organismes (n'ayant pas le temps de les lire tous et de soupeser leur importance, j'avais choisi au hasard).

Enfin, question d'achever de brouiller les pistes, mon frère suivait à temps perdu (lequel ?) une panoplie de formations pratiques dans des entrepôts de hipsters du Mile End. Il m'est impossible de faire une liste exhaustive des cours auxquels il s'est inscrit, mais voici quelques sujets dont je me souviens : ébénisterie, poterie, cueillette de champignons sauvages, construction de bâtiments écologiques, fabrication de papier, pêche, couture, survie en forêt, confection de teintures naturelles, reliure de livres à la main. Il avait aussi pris, à mon grand étonnement, un cours de chasse au gros gibier à Joliette, ainsi qu'une formation d'un week-end sur la trappe de petits animaux, au terme duquel il s'était fait un plaisir de m'expliquer la manière d'installer un piège à collets, ainsi que la technique la plus efficace pour dépecer rapidement un lièvre (suspendu par les pattes).

Fidèle à mes principes de grand frère tolérant, je m'efforçais de me montrer enthousiaste envers chacune de ses nouvelles bulles au cerveau, de lui exprimer mon soutien inconditionnel en le félicitant pour son esprit d'initiative, en l'encourageant à poursuivre ses rêves, à s'accomplir et à se réaliser en forgeant son propre chemin. Ces belles phrases, probablement tirées de l'un des calendriers de croissance personnelle que Soraya m'offrait annuellement en cadeau à Noël, il m'était plus facile de les servir à mon frère que d'en ressentir la validité. Avec le temps, à force de les répéter, faute de savoir quoi dire d'autre, ces phrases me semblaient de plus en plus creuses, me roulaient dans la gorge comme des morceaux de viande fatigués, caoutchouteux et insipides une fois réchauffés au micro-ondes. Dissimuler ma déception devant ses choix loufoques, prétendre que je ne prenais pas son refus de rentrer dans le rang comme une attaque ou un désaveu de ses origines me coûtait un peu plus à chaque nouvel épisode du feuilleton *Louis cherche un sens à sa vie*.

Sans que mon frère n'ait jamais émis un seul commentaire ou un seul jugement, aussi anodin soit-il, sur ma carrière, ma maison de banlieue, ma voiture neuve ou mon style de vie, j'avais le sentiment persistant qu'un insondable reproche planait entre nous, nous englobant dans une atmosphère malsaine, irrespirable. Peut-être était-ce la manière dont il crachait systématiquement sur l'argent, ses remarques acerbes sur l'ultracapitalisme et le fameux un pour cent, la sauvagerie du néolibéralisme et la religion de la surconsommation. Le ton imperceptiblement moralisateur qu'il employait pour parler du *monde de demain* dans lequel grandirait Laure, comme si ce monde n'existait pas déjà et que le nôtre était un enfer invivable. Son existence traitée comme un exercice de relations publiques continuel. Ou encore ses idées révolutionnaires qui, si elles étaient simples en théorie, ne s'appliquaient en pratique qu'à une personne végane célibataire habitant un appartement à faible loyer à distance raisonnable de son lieu de travail. Une personne humble, sans ambition ni désirs, prête à ne manger que des biscuits secs sans gluten, à voyager par les vertus miraculeuses de la méditation et à trouver que de regarder les nuages glisser dans le ciel par une fenêtre est une source de divertissement suffisante. Aussi bien dire, des principes idéalistes, inatteignables pour quiconque n'est pas l'égal de Gandhi ou de Laure Waridel.

Toujours est-il que, même si les discours de mon petit frère ne me visaient jamais directement, je me sentais de plus en plus souvent insulté en sous-texte. Comme s'il en venait, par ses choix, à renier notre famille et à me renier, moi, son propre frère. Mais, évidemment, je ne disais rien, ne le confrontais jamais et veillais à ne jamais laisser transparaître mon irritation. Je me sentais dans l'obligation de redoubler d'ouverture et d'accueil envers Louis afin de compenser le rejet et le mépris que lui servaient mes parents. Ainsi, quand nos conversations prenaient un tournant trop gauchiste à mon goût, je me murais derrière un silence opaque, souriais bêtement en attendant que ça passe. Pour garder mon calme, je ressassais intérieurement :

Vivre et laisser vivre, vivre et laisser vivre.

•

Durant cette période frénétique, Audrey avait évoqué à quelques reprises la possibilité que Louis soit un survivaliste. À l'époque, je n'étais pas familier avec le terme. Après m'être renseigné, j'ai constaté que ce mouvement de préparation à l'apocalypse n'était pas tout à fait un Club Optimiste. D'après les survivalistes, c'est inévitable : nous n'aurons bientôt ni électricité ni technologies, avant de perdre progressivement les moyens modernes de nous chauffer, de nous éclairer, de voyager, de communiquer, de conserver la nourriture. À la première lecture de cette définition sur Wikipédia, mon corps a été parcouru d'un frisson. Les récents agissements de Louis semblaient correspondre parfaitement avec une telle mentalité. J'ai bien essayé de ne rien faire, de ne rien dire, de me mêler de mes affaires et de ne pas céder à mes instincts surprotecteurs de frère-poule. Mais après plusieurs jours à tourner et retourner la question dans ma tête, j'ai donné rendez-vous à mon frère sous un prétexte bidon, simplement pour m'assurer qu'il n'était pas en train de sombrer dans un extrémisme maniaque.

C'était la première fois que je me rendais chez lui depuis qu'il avait quitté le CQDE. Entretemps, il avait déménagé deux ou trois fois, jusqu'à aboutir dans cet appartement de Côte-des-Neiges. En me stationnant devant un vieux bloc d'une dizaine de logements aux murs incrustés de poussière, j'ai revérifié l'adresse. J'avais peine à y croire. C'était précisément le genre de bâtiment dont la photo illustre l'article de presse annuel sur l'invasion de punaises de lit dans la métropole. Si ce n'était de mon besoin pressant de voir mon frère, je n'y aurais jamais mis les pieds.

La porte principale, défectueuse, n'était pas barrée. Je suis entré sans m'annoncer (le bouton de sa sonnette était coincé), avant de grimper l'escalier jusqu'au quatrième et dernier étage. Sa porte, la 10, était légèrement entrebâillée. Je l'ai poussée en regardant prudemment à l'intérieur. Mon frère était là, assis en indien, les yeux fermés, les mains posées sur les genoux. En entendant le plancher couiner sous mon poids, il a soulevé une paupière en souriant doucement, puis l'a refermée aussitôt.

— Tu peux entrer, Cédric. J'ai bientôt fini.

D'abord, j'ai été frappé par l'espace. Il m'avait parlé d'un deux et demie, mais je n'avais sous les yeux qu'une seule pièce aux dimensions fort modestes (le terme le plus poli que je puisse trouver), dans laquelle il n'y avait, pour ainsi dire, ni meubles ni objets. Un esprit frivole oserait peut-être parler d'un studio, mais ça me semble encore trop proche d'une idée de raffinement ou de confort, ce dont l'endroit était dénué. À l'opposé de la porte d'entrée, deux fenêtres étroites laissaient passer un peu de lumière. Dans le coin gauche de la pièce, une cuisine (un comptoir blanc moisi, un lavabo au robinet corrodé, des armoires sans portes presque vides, un four et un frigo antiques au revêtement jauni), une petite table carrée, tassée contre le mur, et deux vieilles chaises de bois dépareillées, dans un état si piteux qu'elles semblaient avoir été récupérées au bord d'un trottoir, juste avant la collecte des ordures. Dans le coin droit, à quelques mètres à peine de l'espace cuisine, un matelas simple sur une base de bois (le lieu était si nu que le fait qu'il ne dorme pas par terre paraissait presque un luxe), une petite bibliothèque murale, un pouf orange brûlé aux motifs orientaux, un tapis tressé, une antique lampe sur pied et une plante verte aux longs bras flasques (de celles qui décorent les cafés de hipsters au design épuré, style « bois brut et ampoules nues »). C'était tout. Aux murs, aucune photo, aucun cadre, aucune affiche. Pas de divan, pas de commode, de table de chevet, de télévision, de bureau, d'ordinateur, de four micro-ondes, ni même de rideaux aux fenêtres, par lesquelles on pouvait aisément contempler le mur de briques brunes du bloc adjacent, ainsi qu'une toute petite parcelle de ciel, d'un bleu livide en ce jour de fin d'automne.

En me voyant m'avancer dans la pièce, mon frère s'est levé de son coussin de méditation pour me prendre dans ses bras. Le choc de la surprise, la chaleur de son étreinte, additionnés à mon anxiété et à ma crainte d'émettre involontairement un commentaire blessant sur son appartement, m'ont fait oublier la raison de ma visite. Ne sachant trop où me mettre, je demeurais immobile, sans mot dire, implorant Louis de me tendre une perche, n'importe laquelle, tant qu'elle me permette de m'extraire des eaux vaseuses de mon malaise grandissant. Méprenant mon hésitation pour un commentaire sur la faible teneur en sièges de son domicile, mon frère m'a pointé le pouf :

— Oui, je sais... Mais, tu peux t'asseoir là-dessus. C'est plus confortable qu'une chaise.

— Non merci, ça va. C'est... gentil.

Pendant que l'on se toisait mutuellement (moi de plus en plus nerveux, Louis souriant doucement, tout à son aise dans le silence), la discussion téléphonique animée de sa voisine nous parvenait clairement, à peine étouffée par les simili-murs en carton. Au bout d'un moment, j'ai fini par me lancer :

— Louis... J'sais pas trop comment te dire ça...

— Je t'écoute.

— Je... Faut pas que tu le prennes mal, OK ? Mais on se demandait, Audrey pis moi... Tous les cours que tu prends, là... Tes affaires de chasse, de champignons, de survie dans le bois. Non, laisse faire, c'est con...

— Non non, voyons. Aucune gêne à avoir.

— Es-tu un « survivaliste » ?

Mimer des guillemets aériens. Utiliser le « langage hip-hop » des « jeunes d'aujourd'hui » pour être dans le coup. Un vrai fossile. La honte. Après une fraction de seconde de stupeur, son visage est devenu rouge, ses lèvres se sont tordues. Subitement, Louis a éclaté, secoué par un rire sismique et continu, à peine entrecoupé par quelques respirations laborieuses, comme s'il frisait la noyade. Un fou rire interminable, que j'ai subi sans rien dire, muet d'humiliation.

Une fois son calme retrouvé, mon frère s'est excusé pour sa réaction. Il ne voulait pas me manquer de respect, vraiment. C'est que je l'avais pris de court. *Désolé, Cédric, vraiment.*

Puis il s'est expliqué. Sa démarche n'avait rien à voir avec le survivalisme. Il ne croyait ni à l'apocalypse chrétienne ni à la fin du monde, ne se préparait ni pour le déluge, ni pour une tornade, un tremblement de terre, une catastrophe nucléaire ou une troisième guerre mondiale. Il décrivait les survivalistes, grossièrement, comme une bande de rednecks américains paranoïaques, souvent armés jusqu'aux dents, se bâtissant des bunkers sous la pelouse de leur cour arrière pour canaliser leur peur de mourir un jour. Des gens du même acabit que les conspirationnistes, les pro-vie et les anti-vaccin.

— Disons que ma façon de penser et la leur, c'est le jour et la nuit.

Mon frère disait plutôt adopter une philosophie se rapprochant de la simplicité volontaire, dans une visée de décroissance. Il ne prônait ni plus ni moins qu'un « retour aux bases ».

— Aux bases... ?

— Pas de fla-fla, pas de bébelles, pas de show de boucane. Le minimum. La base.

C'est alors que j'ai craqué.

— C'est pour ça, ça ?!?

« Ça », accompagné d'un geste de la main enveloppant son appartement d'un mépris condescendant. Sans que je puisse dire pourquoi, sans crier gare, le presto a sauté. Avant cet instant précis, je n'avais pas pris la pleine mesure de mon amertume et de ma tristesse, du stress et de la colère engrangés dans ma chair au fil des ans. J'étais inconscient de l'ampleur de mon inconfort face à sa situation, de la profondeur de la déception que me suscitait en moi sa trajectoire qui, d'une promesse d'ascension glorieuse vers les plus hauts sommets de la hiérarchie sociale, s'était changée en une pente glissante et à pic. En une falaise meurtrière vers laquelle mon frère semblait foncer sciemment.

Jamais, de toute ma vie, je n'avais encore accédé à un tel degré de colère. À ce stade, il ne s'agissait plus d'une émotion, mais d'une nouvelle dimension. Hors de moi, j'ai déchargé sur Louis des années d'angoisse accumulée. Tout, sans exception, s'en est retrouvé sali : son attitude hautaine, son parcours professionnel échevelé, son logement miteux, son énergie pseudo-bouddhiste, son amour du vélo et même son célibat. Tant qu'à péter un câble, j'en ai profité pour lui cracher au visage une panoplie de saloperies mesquines, l'accusant de fuir l'argent comme un anarchiste de l'UQAM, de manquer de sérieux et d'ambition, d'agir en bébé gâté, de laisser pourrir son talent, d'être incapable de s'engager à long terme dans quoi que ce soit et, enfin, de faire honte à notre famille, le tout par des mots cruels et cinglants, que je suis incapable de me remémorer. Probablement parce que je n'en pensais aucun. Aujourd'hui, je réalise que cette engueulade, ce discours, cette colère, n'étaient pas les miens, appartenaient à ma peur. C'est elle qui a pété un plomb, ce jour-là. Ma peur de voir mon petit frère trébucher, se saboter. Gâcher sa vie au nom d'un vœu de simplicité enfantin et naïf.

Quand j'en ai eu terminé avec ma montée de lait, ma poitrine était comprimée, en manque flagrant d'oxygène, ma voix était éraillée par les cris et mes yeux larmoyaient, se déchargeant à leur façon de la rage, de la fatigue et de la honte. Tout au long de ma crise de nerfs, Louis était demeuré impassible, sans pour autant paraître détaché ni désintéressé. Après un long moment de silence, il a répondu :

— Je suis désolé pour la souffrance, Cédric.

Ni cri ni colère ni argumentation. *Désolé pour la souffrance.* C'est tout. Incapable de tenir une minute de plus dans cet appartement étouffant, à peine plus spacieux qu'une cage à perruches, j'ai tourné les talons, dévalé les escaliers quatre à quatre et suis sorti du bloc.

En route vers chez moi, je me suis repassé la dernière phrase de Louis des dizaines de fois, comme un vieux disque qui saute. Il avait bien dit « la », et non « ta ». La souffrance. Cela avait réveillé chez moi une sorte de mal insoupçonné, lancinant. À un coin de rue de la maison, songeant distraitement à la tournure catastrophique de ma visite chez Louis, j'ai bien failli heurter un jeune garçon qui traversait la rue à la ligne d'arrêt. J'ai freiné juste à temps, m'excusant d'un signe de main molasse à sa mère, qui m'a crucifié du regard avant de s'éloigner en empoignant le petit par la main.

Une fois la voiture stationnée, j'ai senti ma tête se mettre à tourner. Je suis descendu de la voiture et me suis affalé dans le gazon sur le côté de la maison, à l'abri des fenêtres. J'ai pleuré un bon coup avant de parvenir à me ressaisir. Pas le temps de m'effondrer. C'était à mon tour de préparer le souper.

•

En soirée, quand je l'ai appelé pour m'excuser, Louis n'a pas décroché. Pour me déculpabiliser, je me suis dit qu'il devait avoir éteint la sonnerie de son téléphone. J'ai rappelé une dizaine de fois, toutes les demi-heures. Pas de réponse, pas de boîte vocale. Rien d'autre qu'une éternelle sonnerie, arrogante, attisant mes remords de son infatigable ressac. Vers minuit, découragé, j'ai abandonné. Ce silence était peut-être pour le mieux. Il était peut-être bon, en fin de compte, de laisser la poussière retomber avant de revenir sur l'incident. Oui, voilà, je le rappellerais le lendemain, m'excuserais, puis tout rentrerait dans l'ordre.

La semaine suivante, j'ai été submergé de travail, au bureau. En plus des centaines de tâches quotidiennes habituelles, déjà suffisamment nombreuses pour m'engloutir, l'un de mes clients les plus importants menaçait de rompre notre relation d'affaires après que j'ai commis une erreur d'inattention banale, dont les conséquences atteignaient toutefois les cinq chiffres. À la maison, ce n'était pas tout à fait la mélodie du bonheur non plus. Un plombier venu réparer un problème mineur avait provoqué un gigantesque dégât d'eau, inondant notre sous-sol. Des dizaines de milliers de dollars en dommages, donnant lieu à de cordiaux échanges légaux entre notre assureur et celui du pauvre plombier. Le lendemain, les portières de mon camion (les cinq, incluant le hayon arrière) ont été rayées à la clé au milieu de la nuit, dans notre stationnement. Six-mille dollars pour les retouches de peinture. Enfin, question de tester les limites de l'élasticité de ma carotide (j'aurais assurément échoué un test de tension artérielle), j'avais toutes les difficultés du monde à agencer notre routine de jeunes parents avec mon horaire de travail déjà surchargé. La culpabilité m'empêchait de l'admettre auprès d'Audrey, mais la parentalité m'angoissait. La dynamique sommeil pourri-réveil-déjeuner zombie-trafic-boulot-clients-stress-dîner-réunion-stress-trafic-couches-biberon-dodo-souper-comptines-couches-dodo-stress-pleurs-biberon-coliques-pleurs-couches-sieste-réveil s'apparentait pour moi au supplice de la goutte d'eau et réduisait à néant tout espoir de repos. L'amour incommensurable, la plénitude, les *petits bonheurs quotidiens* et les fameux *moments inoubliables* promis par les jeunes parents de notre entourage : une fumisterie de première.

Un matin, en chemin vers le travail, la vue d'un cycliste un peu fêlé roulant dans la voie d'accotement de l'autoroute m'a fait penser à Louis. Ça m'est tombé dessus comme une douche glaciale : deux semaines. Deux semaines s'étaient écoulées depuis l'incident, et je n'avais toujours pas rappelé mon frère pour m'excuser. Étranglé par la honte et la culpabilité, je ne savais trop que faire pour me racheter, à ce stade-là. Était-il désormais trop tard pour lui téléphoner ? Devrais-je lui donner rendez-vous dans un café ? Lui envoyer un courriel ? Un texto ? Incapable de trancher, je me suis rabattu sur la forme de lâcheté la plus commune : laisser au temps le soin d'arranger les choses.

•

Lors du souper de Noël, quelques semaines seulement s'étaient écoulées depuis *notre petit accrochage* (ainsi que j'avais décrit l'incident à ma famille). Je redoutais le moment où je reverrais enfin Louis, craignant avoir creusé entre nous une tranchée infranchissable. Alors que je roulais vers chez mes parents, je me sentais vulnérable et minuscule. Comme un modèle réduit de moi-même, replié tout au fond de ma poitrine, prêt à agiter le drapeau blanc au premier signe de danger. Mon niveau de remords était à son paroxysme, emplissait mon thorax comme de l'hélium. Il s'en serait fallu de bien peu pour qu'éclate la fragile enveloppe de ma contenance et que je fonde en pleurs de nouveau. J'avais tout gâché. Perdu sa confiance et son respect. Il ne me pardonnerait jamais. Notre lien précieux était rompu.

J'avais, une fois de plus, entièrement tort.

À son arrivée, avant même de saluer qui que ce soit (et d'enlever ses bottes incrustées de gadoue brunâtre), Louis s'est avancé vers moi pour me serrer fort dans ses bras, sous le regard courroucé de mon père, qui avait récuré les planchers pour l'occasion. J'ai à peine eu le temps d'ouvrir la bouche qu'il se dégageait pour planter ses yeux dans les miens.

— C'est correct. Je sais. Moi aussi, je t'aime.

La gorge nouée, je ne suis pas parvenu à formuler ce que je voulais lui dire, mais je voyais bien, à son regard pacifique et bienveillant, qu'il aurait de toute manière été inutile d'ajouter quoi que ce soit. Un poids considérable s'est ôté de mes épaules. Mon cœur et mes poumons se sont assouplis.

— J't'aime, Louis.

Je garde de ce 24 décembre un souvenir d'allégresse et de joie ardentes. Excepté le léger froid causé par le refus obstiné de Louis de donner ou de recevoir quelque cadeau que ce soit, la soirée s'est déroulée rondement, sans accroc. Tout au long de la veillée, j'ai essuyé une déferlante d'émotions douces-amères, la bonne entente et la bonne humeur générales ressuscitant les souvenirs de l'époque où mon frère était encore notre petit prodige, où les soirées familiales n'étaient pas truffées de pièges, de crevasses, de non-dits, de sous-entendus et d'une réprobation à peine voilée. Je nous revois encore, tous ensemble au salon, peu avant les douze coups de minuit. Mes parents, mes sœurs et leurs copains, assis autour du foyer, bavardant de choses et d'autres, égayés d'ivresse. Audrey et moi, debout, adossés au mur, un verre de vin à la main, feignant la détente et l'abandon aux festivités tout en gardant un œil nerveux sur notre fille ; Laure, rampant à quatre pattes sur le plancher, frôlant dangereusement le coin d'une table basse en verre de son front blanc encore immaculé. Enfin, seul et silencieux à l'extrémité de la pièce, assis en indien dans le fauteuil de lecture de mon père, Louis.

Ce n'est qu'aujourd'hui que je parviens à lire dans son œil l'éclat vitreux de la nostalgie, le soupçon de tendresse mêlé de chagrin. La limpidité particulière d'un regard à cheval entre le songe et l'éveil. L'indescriptible étincelle de qui détient un secret, une vérité si indéniable qu'elle vous réchauffe de l'intérieur.

•

Quelques semaines plus tard, vers la mi-janvier, j'avais rendez-vous chez un client, à Westmount. Au sortir de ma rencontre, plutôt que de retourner directement au bureau, j'ai décidé de faire un saut chez Louis. J'avais pris la résolution, au tournant de la nouvelle année, de multiplier les efforts nécessaires pour me rapprocher de mon frère. Ce petit geste, bien qu'anodin, me semblait un bon point de départ.

Comme la dernière fois, la porte principale était débarrée, et je suis entré sans m'annoncer. Au sommet de l'escalier, j'ai frappé deux coups à la porte de Louis, de nouveau entrouverte, avant d'entrer. Deux pas, et j'ai fait le saut. Une frayeur totale. Statufié, un visage difforme : celui d'un inconnu, surgi de la salle de bain sans crier gare, insouciant, un pinceau et un pot de peinture blanche à la main, des écouteurs aux oreilles. Une fois écoulée cette seconde hyperélastique, nous avons tous deux reculé d'un pas en nous tenant la poitrine, frôlant la crise cardiaque en synchro.

— Excusez-moi, monsieur !

— Non non, ça va ...

— Je voulais pas vous faire peur. Je venais juste voir mon frère.

— Louis ?

— C'est ça.

— Il vit plus ici. Vous saviez pas ?

Louis avait quitté les lieux début janvier. L'homme, qui était en fait le propriétaire de l'immeuble, préparait l'appartement pour les nouveaux locataires, qui emménageraient quelques jours plus tard. Il ne comprenait pas mon étonnement. Mon frère lui avait fait part de ses intentions dès le mois de septembre. Alors que son propriétaire faisait l'éloge de Louis, qu'il décrivait comme *bien plus qu'un bon locataire* en racontant comment il avait transformé le terrain vague en face de l'appartement, *un trou de bouette rempli de vidanges éventrées par les ratons*, en un petit jardin collectif, je ne l'écoutais que d'une oreille, me demandant comment je pouvais n'être au courant de rien de tout ça; comment ce type pouvait en savoir plus long que moi sur les plans de Louis. Lui aussi avait l'air de se demander quel genre de frère j'étais; à moins que j'aie capté sur son visage neutre le reflet de ma propre question.

Je me suis excusé une fois de plus de mon irruption impromptue, avant de redescendre vers la rue en me traînant les pieds, désorienté. J'ai appelé Louis. Cette fois, plutôt qu'une sonnerie infinie, un drôle de son, suivi d'une réponse par voix automatisée :

U-M-1.

Le numéro que vous tentez de joindre n'est pas en service.

Il devait y avoir une erreur. J'ai rappelé des dizaines de fois dans les jours suivants. Encore et toujours, *U-M-1*. Où donc était passé mon frère ? Bien qu'un tel geste soit tout à l'opposé de sa nature et de son tempérament, une petite voix fielleuse me suggérait qu'il s'était peut-être enlevé la vie. Son comportement inconstant des dernières années trouvait peut-être sa source dans un désespoir habilement dissimulé. Cette pensée abjecte me donnait le tournis, mais l'hypothèse du suicide, loin d'être farfelue, expliquait bien des choses.

Cela peut paraître étrange, mais malgré les tourments et l'inquiétude, je me refusais à contacter la police ou à avertir ma famille de la disparition de mon frère. Une intuition m'intimait d'attendre, de patienter encore un peu.

Des jours et des nuits durant (je ne dormais presque plus, m'allongeais au salon pour ne pas déranger le sommeil d'Audrey, qui par ailleurs m'en voulait de rester sans rien faire), je ressassais mes dernières conversations avec Louis en essayant d'y trouver quelque indice, quelque information qui pourrait me permettre d'élucider le mystère obsédant de cette fuite tout aussi inexpliquée qu'inexplicable. Sans succès.

Heureusement pour ma santé cardiovasculaire, la solution m'est finalement arrivée un matin par colis postal, dix jours après ma découverte de son départ de Côte-des-Neiges. Une petite boîte cubique contenant quelques objets disparates, que j'ai immédiatement reconnus comme appartenant à Louis, ainsi qu'une lettre. Avant de la décacheter, craignant ce que je pourrais y trouver, je me suis assis seul au salon. J'ai respiré profondément, repris le contrôle de mes mains, dont les tremblements faisaient vibrer la feuille au point de m'empêcher d'y lire un seul mot, puis je me suis lancé.

Cher Cédric,

Commençons par l'essentiel : je vais bien. En fait, je me sens mieux que jamais. Libéré.

Je m'excuse de ne pas t'avoir averti de mon départ de Montréal. Je savais que si je te dévoilais mon plan, tu essaierais de me convaincre d'y renoncer, de rester auprès de vous, peut-être même de me faire interner (C'est une blague !). Je craignais que tu me demandes, comme les parents le font depuis des années, de cesser mes enfantillages. De me trouver un vrai travail. Une vraie maison. Une blonde. De me caser. De me faire une vie. Une vie normale.

Sachant pertinemment qu'une telle conversation ne nous mènerait nulle part, que d'aucune manière tu ne parviendrais à me faire changer d'idée, j'ai décidé de nous sauver du temps, de nous éviter une énième discussion délicate qui, aujourd'hui, ne serait plus seulement difficile, mais impossible. J'espère avoir fait le bon choix. Nous avoir préservés d'un autre déchirement, d'une couche supplémentaire de souffrance. La tienne, de me percevoir sous un jour différent qui t'effraie, te torture et t'attriste. La mienne, d'être confronté à travers ton regard à mon reflet infirme, estropié, mutilé par la déception. Ceci dit, je ne t'en veux pas. Je comprends parfaitement comme ma vie peut te paraître déconcertante. Peu importe. Je t'aime et t'aimerai toujours. Je sais – je l'ai senti à Noël – qu'il en va de même pour toi.

Je repense souvent à notre enfance (quoique tu n'étais déjà plus tout à fait un enfant), du temps où je fréquentais encore l'école primaire. À la maison. À la famille. À l'heure du conte. Aux nuits d'orages et de cauchemars où tu me laissais me réfugier dans ton lit. Aux soirées que tu as sacrifiées sans jamais te plaindre, où, plutôt que d'aller faire la fête avec tes amis, tu es resté à la maison pour me préparer du Kraft Dinner, te battre pour me faire prendre ma douche, me laisser gagner une millième partie de Destin, me rassurer, me border, me veiller jusqu'à ce que je m'endorme, à l'abri des monstres, protégé par mon héros de grand frère. Cet amour, cette bienveillance sont indélébiles. Je les porte avec moi partout, comme un jeune enfant sa doudou préférée. Personne ne pourra jamais me les enlever.

Cependant, toute la nostalgie du monde ne saurait changer ma situation.

Il me faut vivre.

Ici, maintenant. Muer. Laisser aller. Me défaire de mon rôle, de mon identité, des étiquettes qui me pèsent sur le dos comme un manteau de fourrure par une journée de canicule. La destinée de grandeur, de gloire et d'artifices à laquelle vous m'avez longtemps voué n'est pas la mienne. Elle appartient à vos attentes, dont je me déleste aujourd'hui comme du reste.

Nos chemins, aujourd'hui, se séparent temporairement pour que l'existence que je me souhaite puisse advenir. Un jour, je vous reviendrai. Je te le promets. À savoir quand, toutefois, rien n'est moins sûr. Qui peut prédire la trajectoire d'un ruisseau encore à naître ?

Avant de te quitter, je tiens à marteler l'essentiel de cette lettre (je te connais : frère-poule un jour, frère-poule toujours).

Je. Vais. Bien.

Crois-moi, Cédric, tu n'as pas à t'inquiéter.

Promets-moi de ne pas en faire des nuits blanches ! J'ai un toit au-dessus de la tête. De quoi manger, me chauffer, me vêtir. Des projets, des rêves et de l'énergie. Tout ce qu'il me faut. Plus qu'assez pour vivre heureux durant des mois, des années.

Voilà. Je crois que ça suffit pour une première lettre. Première, car j'ai la ferme intention de t'en écrire régulièrement. La prochaine te parviendra très bientôt.

Passe le mot à toute la famille : je vous quitte pour un temps, mais ne vous oublie, ne vous abandonne pas pour autant.

P.S. Embrasse Audrey pour moi. Dis à Laure que je l'aime et que lui envoie un câlin « gros comme çaaaaa ». N'oublie pas de laisser traîner les « a ». Elle comprendra.

P.P.S. La boîte que tu as entre les mains, je la confie à tes bons soins. C'est le peu qu'il me reste, en dehors du sac que j'ai à l'épaule. Si le cœur t'en dit, garde ces objets en souvenir de moi. Si c'est trop encombrant, donne tout aux bonnes œuvres.

P.P.P.S. J'allais oublier ! Comme tu t'en es probablement déjà aperçu, je n'ai désormais ni téléphone cellulaire, ni adresse courriel, ni compte sur les réseaux sociaux (plutôt mourir !). Tu comprendras qu'il est donc inutile de tenter de me joindre. M'effacer, ça fait partie de l'expérience. Je t'expliquerai plus tard. Si je m'installe où que ce soit de manière un tant soit peu permanente, je t'en transmettrai l'adresse. Cela ne risque toutefois pas d'arriver de sitôt.

P.P.P.P.S. S'il te plaît, comme pour le reste, ne t'en fais pas avec ça. Un peu de nomadisme n'a jamais tué personne.

À bientôt, mon frère.

Je t'aime.

Louis

•

Au fil des dix derniers mois, j'ai reçu plus d'une vingtaine de lettres comme celle-là, qui m'ont permis de renouer avec mon frère plus intimement, de retracer pas à pas son parcours physique, son développement et son épanouissement personnels.

Le moins que l'on puisse dire, c'est qu'il n'avait pas employé le mot « nomadisme » à la légère. Du mois de février à la mi-avril, Louis a travaillé en forêt avec un ami, rencontré durant l'une de ses multiples formations. Celui-ci s'était lancé dans la reprise de la cabane à sucre de son grand-père, abandonnée depuis son décès quelques années plus tôt, et mon frère s'était offert pour lui prêter main-forte. Après avoir nettoyé les bois de ses arbres morts, remis la cabane en ordre et restauré le four à bois servant à la cuisson du sirop, ils ont bouilli de l'eau d'érable pendant des semaines. Si j'ai bien compris, Louis dormait dans une grange ou un quelconque bâtiment de ferme, non loin de la cabane. Son ami et lui récoltaient l'eau d'érable *à l'ancienne*, une chaudière à la fois, parfois raquettes aux pieds, pour rejoindre les zones plus difficiles d'accès. Leurs journées d'ouvrage étaient longues, éreintantes, mais hautement satisfaisantes.

Tout seuls en forêt, avec les érables, les sapins, les mésanges, la cabane qui sent le cèdre et le feu dans la fournaise pour nous réchauffer. Comment demander mieux ?

Quand le temps des sucres s'est achevé, mon frère a migré pour quelques mois vers la ferme biologique qu'une de ses amies lançait ce printemps-là avec son copain français, près d'un village fantôme en Estrie que Louis prenait soin de ne jamais nommer. Ce n'était pas encore le cas à ce moment, mais depuis, par l'entremise de mon frère, Mélanie et Cyril (ils ont des noms, après tout) sont devenus nos fermiers de famille. L'été, Laure ne jure que par leurs tomates cerises, qui donnent tout son sens à l'expression « goûter le ciel ». D'avril à juin, Louis a travaillé la terre, débroussaillé, semé, pris soin des jeunes plants (et probablement effectué bien d'autres tâches agricoles qui échappent au citadin que je suis). Ses lettres débordaient de joie et de sérénité. Dormir dans une tente à des températures sous zéro Celsius, avoir les pieds dans la boue toute la journée, les ongles des mains incrustés de terre noire, travailler douze heures par jour sous la pluie froide : si cela me rebute rien que d'y penser, mon frère, lui, en était ravi.

Immergé dans les cycles naturels, au plus près des saisons, des éléments, du temps insoumis à l'autorité de l'horloge humaine. Le bonheur.

Fin juin, il a quitté l'Estrie pour sauter à bord d'un minivan avec cinq inconnues (deux Québécoises, deux Néo-Brunswickoises et une Italienne). Bien que j'aie cru ce genre de voyage chose du passé, il semble que ce soit commun pour de jeunes adultes, encore aujourd'hui, de sauter à bord du Westfalia d'un parfait étranger pour traverser le pays d'est en ouest à la saison de la cueillette des fruits. Car voilà ce que Louis comptait faire de son été : récolter des cerises dans la vallée de l'Okanagan, en Colombie-Britannique. De juin à août, suivant l'impénétrable rythme de la nature, il est parti de la ville d'Osoyoos, tout au sud de la province (non loin de la frontière américaine, où les cerises mûrissent en premier), pour terminer son périple à Vernon, environ deux-cents kilomètres plus au nord. À en croire le contenu de ses lettres, ses journées de travail étaient pour le moins intenses. Il se levait vers quatre heures du matin, amorçait la cueillette vers quatre heures trente, cueillant sans relâche jusqu'aux environs de midi, le soleil à son zénith ramollissant trop les cerises pour qu'on les récolte sans les abîmer. Son quart de travail terminé, il profitait ensuite de la nature, se baladait en montagne, prenait un verre à l'ombre des cerisiers ou descendait à la plage en compagnie d'autres *cherry pickers*, venus des quatre coins du globe pour expérimenter le mode de vie des cueilleurs de la vallée de l'Okanagan. Selon Louis, cette région était un petit paradis sur terre, un lieu idyllique « d'une beauté saisissante ». Si ce n'était du fait que mon frère dormait dehors tout l'été dans une tente minuscule, qu'il devait cuisiner sa nourriture à l'aide d'un réchaud de camping et se contenter, la plupart du temps, de prendre sa douche une fois ou deux par semaine « dans les toilettes communautaires d'un camping, à quelques kilomètres seulement (seulement !) du verger », je crois que j'aurais pu l'envier.

Après la clôture de la saison de la cueillette des cerises, mon frère est allé profiter de la fin de l'été sur l'Île de Vancouver durant « quelque temps » (qui sait combien ?).

Jamais une sieste n'avait goûté si doux.

Au bord du Pacifique, il surfait, pêchait, mangeait des baies et du poisson, nageait, se laissait dorer au soleil, dormait dans un hamac. Recommençait le lendemain. J'espérais secrètement que ces vacances viennent couronner son roadtrip canadien et qu'il rentre (enfin) à Montréal à l'automne, mais non. Mi-septembre, il m'apprenait dans une nouvelle lettre qu'il se reposait sur cette île par plaisir, bien sûr, mais également en vue de se préparer à l'ouverture de la saison des vendanges, qui le ramènerait dans la vallée de l'Okanagan. Il avait cette fois déniché un boulot chez un producteur de vins biologiques d'origine québécoise, un ancien cueilleur de cerises tombé amoureux de Penticton, qui s'y était installé de façon permanente au tournant des années 1990. Le nom de cette ville, dérivé du mot d'origine autochtone « Pen-tak-Tin », qui se traduit à peu près par « là où on veut rester pour toujours », lui était apparu comme un signe du destin. Le viticulteur, un certain monsieur Clermont, s'était pris d'affection pour Louis dès le premier jour de leur rencontre, et lui avait proposé de l'héberger chez lui, dans une chambre d'amis. Mon frère avait accès à un lit confortable, à une salle de bain et à une douche chaude, des « luxes » qu'il appréciait pleinement, après en avoir été privé durant des mois. Sur le vignoble, le travail semblait, une fois de plus, assez ardu. Pas que Louis s'en soit plaint. Simplement, durant l'automne, ses lettres se sont espacées.

La toute dernière, à la fin octobre, Louis me l'a envoyée depuis Penticton. Nous approchions d'une troisième semaine de silence épistolaire, mais je n'étais étonnamment pas du tout inquiet. Plutôt curieux d'apprendre quelle surprise me réservait mon frère à l'orée de l'hiver. Audrey prédisait qu'il se rendrait à Hawaï, faire de la randonnée, du surf, ou travailler dans un centre de protection des animaux aquatiques. *Soigner les phoques, les requins, quelque chose de même. Ce serait son genre.*

Laure, qui a maintenant quatre ans, croyait qu'il irait sauver les koalas des feux de forêt en Australie : une idée conjuguant à son admiration sans bornes pour *mononc' Louis* (son idole) les images troublantes des flammes dévorant des hectares d'eucalyptus, sur lesquelles elle était tombée en ouvrant accidentellement l'application de *La Presse* sur mon iPad (elle fait depuis des cauchemars récurrents de grands brasiers et d'animaux brûlés vifs).

De leur côté, mes sœurs croyaient respectivement qu'il irait se perdre en nature au Gabon – *paraît que la jungle là-bas est magnifique !* – et qu'il prendrait la direction de l'Antarctique – *ça n'a aucun sens pour nous, donc ça doit être logique pour lui !* Quant à mes parents, ils n'en pensaient rien. Ils n'avaient pas déshérité mon frère, mais c'était tout comme. Ils ne voulaient plus adresser la parole à Louis ni même entendre parler de lui tant qu'il ne serait pas descendu de *son nuage de hippie*.

Et moi ? Je n'en avais aucune idée. Suivant le conseil de ma psy, j'avais, depuis quelques mois, réussi à me déprendre de l'anxiété en me détachant peu à peu de la situation de mon frère, laissant aller les choses en m'abandonnant au courant imprévisible de sa déambulation.

De toute manière, même si je m'étais prêté au jeu des prédictions, je n'aurais jamais pu deviner que Louis me téléphonerait hier soir d'une cabine publique pour m'annoncer qu'il était au Yukon, où il s'était rendu au volant d'un van acheté une semaine plus tôt à un cueilleur de raisins argentin qui s'apprêtait à rentrer dans son pays. Il m'appelait pour me donner de ses nouvelles une dernière fois avant de « disparaître pour l'hiver ».

— Disparaître pour l'hiver ?

— Je pars en forêt, au bord du lac Laberge, dans une cabane en bois rond qu'un gars que j'ai rencontré au BC me prête jusqu'en mai. Avec Cléo. Ah oui ! J'ai adopté un chien.

Le Yukon en Westfalia avec un chien ? Conscient de l'absurdité que devait prendre la situation à mes yeux, après un court silence, Louis a pouffé de rire. J'ai ri avec lui. Aux larmes. Jusqu'à manquer de souffle. L'appel a duré une quinzaine de minutes, tout au plus. Louis m'a raconté sommairement ses dernières péripéties, avant de m'exposer son plan de survie hivernale, douteux à plusieurs égards. Il comptait essentiellement se nourrir grâce à la trappe de lièvres, demeurer seul tout l'hiver dans une cabane décrépite sans électricité, à des dizaines de kilomètres du village le plus près, avec pour seul moyen de transport une paire de raquettes, accompagné d'un vieux chien à trois pattes qu'il avait adopté dans un refuge pour le sauver de l'euthanasie. Avant de me laisser, il a pris des nouvelles de notre famille, que je lui ai résumées vite fait, gêné de leur faible teneur en trépidations. Quand j'ai eu terminé de lui rendre compte de tous les faits et gestes récents de Laure (mon unique sujet de conversation, excluant le travail), je lui ai dit qu'elle s'ennuyait de son oncle, et un silence s'est installé. Son souffle régulier dans le combiné me faisait à lui seul un bien inexprimable. Mon cœur y répondait à sa manière, s'accordant à son rythme.

— T'es heureux, p'tit frère ?

— Oui.

— ...

— ...

— Si t'es heureux, je suis heureux. Je t'aime, Cédric.

— Je t'aime, Louis.

— ...

— Écris-moi, OK ? Quand tu pourras.

Après avoir raccroché, j'ai tenté de m'occuper. De lire, de travailler, de trouver un film potable sur Netflix, de jouer aux échecs en ligne, de m'affairer à quelque tâche domestique anodine, cherchant à me distraire de n'importe quelle façon. En vain. Impossible de chasser de ma tête notre conversation, de me défaire de la sensation qu'elle avait imprimée sur ma peau.

Un an plus tôt, si Louis m'avait dit vouloir partir seul en forêt pendant six mois, en plein hiver, avec quelques conserves de haricots et un brûleur au propane, j'aurais été incapable de fermer l'œil. J'aurais passé la nuit à me tourmenter, à me demander s'il avait finalement touché le fond, versé dans la folie pour de bon ; s'il allait mourir gelé au beau milieu de nulle part sans que je puisse me porter à sa rescousse.

Mais ce n'étaient pas là les pensées qui m'habitaient, hier soir, alors que j'errais sans but d'une pièce à l'autre de la maison, montant et descendant les escaliers sous prétexte de chercher quelque chose, m'attardant parfois un instant à une fenêtre pour observer les arbres nus, la pelouse givrée, la piscine à moitié vide, couverte d'une fine couche de glace. De moins en moins certain de savoir qui, de Louis ou de moi, se tenait du bon côté de la ligne, je me demandais plutôt si, tout ce temps, mon frère pouvait avoir compris quelque chose qui m'échappait.

FINS DU MONDE

Nous sommes pareils à des ensevelis
après que la terre a tremblé.
Nous tâchons à nous extraire
de la ruine d'un siècle. Nous
trébuchons parmi les piliers
abattus de grandes espérances.

– PIERRE BERGOUNIOUX

LA FIN DU MONDE, c'étaient quatre blocs de béton au bout d'un boulevard. Quatre blocs tout croches qui avaient l'air d'avoir été échappés, puis oubliés là. La rouille s'écoulait sur leurs parois depuis leur anse de fer, l'érosion les faisait lentement fondre et tomber en morceaux. De l'autre côté des blocs, il y avait un grand terrain vague, une sorte d'immense champ en friche parsemé de bouteilles de bières, de débris métalliques, de roche concassée et de chardons plus hauts que moi. Plus loin encore, aux confins de mon horizon d'enfant, se dressait un vieux boisé. Un restant de coupe à blanc qui me paraissait bidimensionnel, sans profondeur. Longtemps, le bois était le mur du décor, et les blocs, la limite de mon univers.

Quand on passait devant en marchant, ma mère me servait inlassablement le même speech. Il ne fallait jamais dépasser les blocs. Jamais. On ne savait pas ce qu'on pouvait trouver dans le champ, dans le bois. On ne savait pas sur quel genre de monde on pouvait tomber. Suivant ses mots, sa main moite se serrait autour de la mienne. Sa peur se concentrait dans ses doigts, bouillonnait, s'écoulait à travers les pores de ma peau, me contaminait. Quand nous laissions enfin derrière nous le cul-de-sac et son aura sinistre, mon esprit s'emballait, et je ne voyais plus rien du paysage autour de moi, trop occupé à constituer un boisé imaginaire dans ma tête. J'en faisais un endroit lugubre, humide et froid, où se terraient dans l'ombre des monstres difformes, des animaux sauvages et des humains abandonnés en marge de la société.

En vieillissant, j'ai bien sûr compris que le bois n'était pas une forêt ensorcelée ni un repaire de créatures étranges en quête de chair fraîche, mais ça ne changeait rien à la terreur que le lieu m'inspirait. J'évitais toute situation qui m'aurait obligé à m'y aventurer. Course de vélo, chasse aux insectes, partie de cachette ou de kick-la-cacanne. Hors de question. Pour rester chez moi en toute sécurité, j'allais jusqu'à inventer des punitions parentales cruelles, des corvées et des interdictions de sortie. Cette tactique a fonctionné longtemps. Jusqu'au printemps de ma cinquième année du primaire, quand mon ami Claudio m'a confronté devant tous mes chums de hockey balle. Je ne sais pas comment il a fait, mais en voyant son sourire malicieux et son air de défi, j'ai vite compris qu'il avait percé mon secret. Il devait avoir vu mon visage changer de teinte, avoir perçu la crainte étinceler dans mes yeux quand il avait proposé d'aller voir la cabane que son cousin avait construite dans un arbre. Dans le bois. Assis sur son vélo de montagne flambant neuf, ponctuant chaque mot d'un coup de tête, il m'a lancé que j'étais trop chicken pour y aller, que je chiais dans mes culottes chaque fois qu'il parlait du boisé. J'ai dit *De quoi tu parles, man ?* Il m'a répondu *Tu viens jamais !* J'ai fait *Pfff !* Il a craché *Si t'es game, prouve-le.* Deux répliques cinglantes et c'en était fait de ma diversion.

Sans que je comprenne trop comment, une quinzaine de minutes plus tard, un sourire arrogant de faux-brave-pas-chicken-pantoute accroché de peine et de misère au visage, des sueurs froides dégoulinant jusqu'au bas de mon dos, je pédalais sur le grand boulevard. Vers la fin du monde. Terrifié, je me sentais faible, mou comme de la guenille, mais j'ai quand même réussi à enlever une de mes mains du guidon, question de paraître relax. À l'approche du cul-de-sac, je me suis mis à pédaler moins vite en regardant nonchalamment aux alentours. Manœuvre subtile pour laisser passer les gars devant. Je ne savais pas par où entrer dans le bois, comment traverser de l'autre côté des blocs de béton et de la grosse chaîne rouillée qui les reliait pour nous barrer la route, et je ne voulais pas avoir l'air d'un newbie. Devant moi, Claudio et les autres ont sauté en bas de leur vélo, ont contourné la barrière par la gauche et se sont glissés agilement par un passage étroit, en tête d'épingle, le long d'une clôture Frost éventrée. Trop tard pour prendre la fuite.

Le chemin boueux, lacéré de traces de bottes et de pneus de bicycles, serpentait au milieu des mauvaises herbes, des roches, des mares d'eau cuivrée, des quenouilles et des déchets. Un miroir en miettes, une pile de boîtes de conserves calcinées, un tonneau rouillé rempli de cendres, une portière de voiture dans le talus, un soulier Converse noir encore attaché. Dans l'air flottait une odeur de terre détrempée et de moisissure, mêlée à des relents acides d'huile à moteur et d'essence. Le cœur m'a levé, mais je n'ai pas dit un mot. Un peu plus loin, à la lisière des grands arbres, on est passés près d'un gigantesque arbuste mort, dont les branches sèches m'ont égratigné le mollet. Une petite couleuvre en est sortie en rampant sur le sable, juste à côté de mon pied. Je me suis mordu l'intérieur des joues et j'ai serré mon guidon hyper fort. Mes mains étaient en feu, les motifs de losanges des poignées de caoutchouc imprimés dans ma chair. Une couleuvre. Noire en plus. Un mauvais présage.

À l'orée de la forêt, la terre était plus meuble, mais assez bien tapée pour ne pas qu'on s'y enfonce. Le sentier devenait plus large, moins rocailleux, et les débris se faisaient plus rares. Moins de risque de faire une crevaison. Claudio est remonté sur son vélo et s'est mis à pédaler en malade sans avertissement, suivi de près par les autres. J'ai fait de mon mieux pour les rattraper. À la traîne, je craignais de me perdre, seul au milieu du bois. Le cœur me débattait dans la gorge. On roulait super vite, pas de casque, sur des pistes sombres aux virages traîtres, criblées de trous, de mares de boue, de souches, de racines saillantes et de roches pointues. La chienne m'a pris. Je pensais juste à rentrer chez moi, dans le confort de mon sous-sol. J'ai bien failli freiner, rebrousser chemin, les laisser faire leurs conneries sans moi. Mais non. Fouetté par mon orgueil, j'ai serré les poings sur mon guidon, pris un grand respire et pédalé aussi vite que je le pouvais pour rejoindre les gars.

Après cinq minutes de trail, essoufflés, on est enfin arrivés. Perchée sur les premières branches d'un arbre élancé, accessible par une pseudo-échelle constituée de quelques deux-par-quatre croches cloués au tronc, la « cabane » de son cousin s'apparentait plutôt à un ramassis de restes de construction entre deux branches en Y. Quelques morceaux de plywood en décomposition, vissés par-dessus trois madriers inégaux, eux-mêmes fixés au hasard autour du tronc. Deux des morceaux de bois formant une simili barrière de sécurité étaient des restants de plinthes. On voyait encore les moulures gravées dedans. Rien qu'à penser monter dans la cabane, j'en avais le vertige, le bout des doigts engourdi. Puis Claudio s'est avancé, nous a expliqué la meilleure manière de grimper sans se tuer. Son cousin étant beaucoup plus grand, la première planche de l'échelle était trop haute pour nous. On devait s'agripper des deux mains à la deuxième planche, appuyer un pied contre le tronc, puis se donner un swing en se propulsant de la jambe opposée. Élan, transfert de poids, comme pour monter sur le toit du grand module de jeux, au parc. Après ça, il ne restait plus qu'à escalader l'échelle pour accéder à la plateforme. Facile. Rendu en haut, il fallait seulement faire attention au moment de se hisser sur la feuille de plywood, car sa surface, en plus d'être étroite, était très glissante, avec la poussière et le sable.

Ses instructions terminées, Claudio s'est élancé. En quelques secondes, il nous a montré à quel point il était au-dessus de ça, lui, les acrobaties, les hauteurs. L'un après l'autre, les gars sont montés à sa suite. Moins vite, mais sans hésiter. Je me suis retrouvé tout seul en bas, avec l'impression d'avoir les jambes avalées par des sables mouvants. Paralysé, je considérais avec effroi le tas de planches, loin au-dessus de ma tête, et les scénarios défilaient. Fracture du bassin. Dislocation de l'épaule. Clou dans un doigt. Branche dans l'œil. Effondrement du plancher. Perte d'équilibre. Chute tête première par-dessus la rampe. Squelette bousillé. Commotion cérébrale. Paraplégie. Ça allait mal finir. Forcément. J'allais être humilié. Me casser la gueule, me vider de mon sang. Mourir. Oui, j'allais mourir. Et pourtant, je restais. Depuis la cabane, mes amis me dévisageaient, moqueurs, convaincus que j'allais me dégonfler, espérant sûrement en silence que je prenne mes jambes à mon cou ou, mieux, que je me pisse dessus. J'entendais déjà retentir les insultes. Les mêmes qu'ils lançaient chaque jour aux losers de ma classe. *Tapette. Poule mouillée. Fif.* En dehors de ma tête, j'ai entendu Claudio me crier :

— Enwèye, grouille ! Qu'est-ce t'attends ?

Claudio a murmuré quelque chose. Les gars ont éclaté de rire. Le choix était clair : y aller tout de suite ou en entendre parler pour le restant de ma vie. J'ai dû me reprendre deux fois pour réussir à planter solidement mon pied sur la première planche de l'échelle. Le reste s'est fait tout seul. En quelques secondes, je me suis retrouvé assis contre le tronc, la gorge encore étranglée par la peur, les deux pieds suspendus au-dessus du vide, sans comprendre ce qui venait de se produire. En apesanteur sur un nuage de fierté, il m'a fallu quelques secondes pour réaliser que j'avais une écharde plantée dans la main. Une longue éclisse de bois sec, profondément enfoncée dans la partie élastique de ma paume, entre mon pouce et mon index. Le côté positif, c'est que la douleur ne m'a pas donné le temps de penser au vertige. Galvanisé d'adrénaline, j'ai scruté mon écharde longuement, avec assez d'insistance pour que les autres soient contraints de la regarder eux aussi. Pour qu'ils voient bien la goutte de sang écarlate dégouliner au creux de ma main et me regardent l'arracher d'un coup sec, la jeter d'un air détaché avant de cracher dans le vide. Sans un mot. J'avais appris ça dans les films d'action américains. Je savais déjà qu'être un homme, ça voulait dire être fort, courageux, endurant. Être tough. Jamais parler pour rien dire. Jamais chialer, jamais pleurer. Rester de marbre, même avec du sang qui coule. Surtout avec du sang qui coule. Sacrer quand le timing est bon. Sous mon air impassible, je jubilais. *T'as-tu vu ça, Clau ? Ça me fait rien, ton bois, ta trail, ta cabane.* Autour de nous, le boisé était calme. Silencieux. Claudio et les gars aussi. Ils devaient être déçus que je n'aie pas fait un fou de moi. Ça leur aurait donné de quoi jaser dans la cour d'école, le lendemain.

En fin de compte, on n'est pas restés assis dans la cabane bien longtemps. Elle était minuscule, le plancher tellement étroit et bancal que se tenir debout sans tomber était quasiment impossible. Ce n'est que plusieurs années plus tard que j'ai compris que son cousin de quinze ans ne montait sûrement jamais là. Sauf peut-être de temps en temps pour fumer des joints en cachette ou pour faire son frais chié devant les p'tits-culs du quartier. Sur le chemin du retour, c'est moi qui menais la charge, triomphant. Soudainement, sous les pneus de mon bicycle, la trail filait douce et lisse. Je me surprenais à zigzaguer agilement et à toute vitesse entre les pierres, les trous, les flaques et les arbres. L'air humide du printemps caressait ma nuque, rafraîchissait mon cuir chevelu au contact de ma sueur. Tout me paraissait plus léger. Arrivé au champ séparant la forêt des blocs, je suis descendu de mon vélo sans hésiter, puis j'ai remonté le sentier à pied en passant aux bons endroits. Comme si j'avais fait ça toute ma vie.

Après, on a roulé sur le boulevard, silencieux et fatigués. Un par un, les gars se détachaient du peloton, empruntaient leurs rues respectives. À la fin, il ne restait plus que Claudio et moi. Depuis toujours, on habitait sur la même rue. À dix maisons, à trente secondes de marche l'un de l'autre. On a roulé côte à côte jusque devant chez lui. Avant de s'engager dans son entrée de garage, il m'a offert un petit signe de tête. Menton pointé vers le ciel. Façon muette de me dire *Good job, man !*, mais surtout qu'il s'excusait pour tout à l'heure. J'ai pointé le menton en retour, l'air de rien, mais au fond de moi je criais *Va chier, mon esti !*

À la maison, ma mère m'a demandé ce que j'avais, à sourire comme ça. *Rien, c'était cool, au parc.* Avec mon vélo, je n'avais pas le droit d'aller plus loin que ça. Les balançoires, le petit module de bébés lala dans un carré de sable, tout près de l'école. Lui parler de ma virée dans le bois était inconcevable. Elle m'aurait tué une première fois si je lui avais dit que j'étais allé jusqu'au bout du boulevard. Une deuxième en apprenant que je m'étais aventuré de l'autre côté des blocs de ciment. Une troisième si j'avais été assez imbécile pour lui raconter que j'étais monté dans une cabane toute croche, pleine de clous rouillés et de tétanos.

Une triple mort, ça me semblait cher payé pour une vérité si facile à cacher.

•

Je me rendais maintenant presque chaque jour en cachette au boisé pour en explorer des recoins inconnus, déterrer des artefacts enfouis dans le champ, escalader des arbres, capturer des insectes dans des bocaux, mais, surtout, pour tester mes dernières idées de mauvais coups. Je me découvrais un goût pour le danger. Quelque chose en moi s'était réveillé, me poussait à m'endurcir, à rechercher les limites qui m'étaient imposées pour les repousser. Une soif de m'affranchir de l'ennui et du confort des règles, que je n'éprouvais plus comme un cadre sûr et douillet, mais comme une oppression. Toutes me paraissaient absurdes et injustes. Enracinées dans la jalousie maladive d'adultes aigris, gardant leurs enfants en laisse pour mieux les empêcher de vivre. Vaincre ma peur pour grimper dans la cabane m'avait fait entrevoir une dimension parallèle obscure, dissimulée derrière les vitres opaques de mon obéissance. Une existence insoumise et exaltante, toute de risque et de transgression.

Au bout de quelques semaines, mes amis, même Claudio, ne me suivaient plus dans le bois. Ils trouvaient que j'avais changé. Avec raison. Grâce à ma nouvelle réputation, qui avait rapidement fait le tour de l'école, je me tenais maintenant avec Didier et Olivier, les deux pires pestes de ma classe, qui me reconnaissaient comme l'un des leurs. Nos jeux n'en étaient pas vraiment, viraient chaque fois en bagarres, en saloperies et en vandalisme, qui ne nous servaient qu'à prouver aux autres qu'on n'en avait rien à foutre. Les trois ensemble, on se prenait au sérieux. On se contait que rien ne pouvait nous atteindre. On envoyait chier le monde à tour de bras.

La forêt, c'était notre quartier général. Le laboratoire de mon nouveau moi : un pseudo-rebelle de ligue de garage, bâti de toutes pièces d'après les clichés d'adolescents en coats de cuir sur la couverture du magazine *Cool* de ma petite sœur. Je n'étais pas trop mauvais acteur, j'imagine. Je donnais le change. Olivier et Didier ne semblaient même pas se souvenir du garçon timide qui, à peine quelques mois plus tôt, avait peur de tout et de la peur elle-même. Après m'avoir terrorisé pendant une décennie, le boisé m'apparaissait comme un formidable champ d'expérimentation.

•

Les premiers temps, c'étaient les concours de *sonne-décrisse*. Les maisons bâties près du cul-de-sac semblaient avoir été conçues expressément pour ça. Le défi : sonner au plus grand nombre de portes consécutives possible, puis courir se cacher dans le terrain vague. Mon record personnel, c'est cinq. Ça s'est arrêté là, parce que le jour où j'ai établi cette nouvelle marque, le propriétaire de la quatrième maison, l'avant-dernière avant le cul-de-sac, écœuré de notre manège quotidien, a mis son pied à terre. Quelques secondes seulement après que j'ai sonné chez lui, il est sorti sur son perron, m'a vu descendre les marches de son voisin et détaler. On était couchés à plat ventre dans les hautes herbes, avec Didier, quand on l'a vu enjamber la chaîne. Le monsieur était un peu vieux, mais bâti, avec des gros bras bronzés. Il avait l'air en beau fusil. J'étais sûr qu'il allait fouiller le champ au grand complet pour nous retrouver, puis nous sacrer une volée. Au lieu de ça, il s'est arrêté après quelques pas dans notre direction, avant de tourner les talons. Il n'abandonnait pas pour autant. Calmement, il s'est dirigé vers nos vélos, échoués près de la clôture de son voisin, puis les a ramassés avant de repartir avec vers chez lui. Mesquin, mais astucieux. On venait de perdre la partie. Après un long conciliabule en mode panique, à chercher en vain un moyen de sauver la face, on s'est résolus à sortir de notre cachette en traînant des pieds pour voir ce qu'il avait fait de nos bicycles. Appuyés côte à côte sur leur béquille, ils étaient alignés tout au bout de son entrée de garage, qui me semblait s'étirer sur un demi-kilomètre. Juste à côté, confortablement assis dans une chaise de patio en plastique, le monsieur attendait qu'on vienne les reprendre. La honte, la terreur sourde, quand je me suis enfin avancé, tête basse, pour récupérer mon vélo. Le pire, c'est qu'il n'a pas dit un mot. Il buvait une grosse canette de Bleue Dry en silence, le regard malin, le sourire victorieux, savourant chaque seconde de notre humiliation, de nos yeux larmoyants, de nos lèvres tremblotantes de faux toughs démasqués.

Cet épisode-là, dont on n'a évidemment jamais reparlé, nous a calmés un certain temps, mais ne nous a pas arrêtés. Au contraire. Les sonne-décrisse, c'était devenu ennuyeux. Trop facile. À la recherche de sensations plus fortes, on s'est mis à enchaîner les plans douteux. Mettre des objets en feu avec du gaz à briquet. Faire exploser des cannes d'aérosol. Construire une bombe avec du chlore et du lait, comme nous l'avait enseigné Costa, un Grec de treize ans qui restait sur ma rue. Un jour, on a frôlé la catastrophe. C'était par accident, à cause d'un gros pétard à mèche volé au père d'Olivier. Un modèle qui avait l'air vraiment hot, qu'on n'avait jamais vu avant. On pensait qu'il allait exploser d'une shot dans un coup de tonnerre, faire de la boucane ou pitcher des flammèches de couleurs dans les airs. Un pétard assez standard, au fond, mais sûrement plus puissant, à en juger par son diamètre et par son emballage, sur lequel était imprimé un dragon en colère. Erreur. Une fois allumé, il s'est transformé en une espèce de fusée en décollage. Pendant deux ou trois secondes, le pétard a craché de la fumée noire, puis, au lieu de s'envoler, il a soudainement basculé sur le côté, avant de se mettre à projeter un long jet de flammes horizontales en continu pendant quasiment une minute. Une éternité. Par chance, on est arrivés à éteindre rapidement le feu qui avait pris dans des grands fouets secs en garrochant du sable dessus par poignées et en sautant à pieds joints sur les braises pour l'achever. Mes nouveaux Stan Smith blancs n'ont jamais été les mêmes après ça. Ma mère pensait que c'était à cause du soccer, du carré de sable ou de la cour de récréation poussiéreuse ; je ne me souviens plus trop de l'histoire que j'avais inventée cette fois-là. De toute façon, ça ne changeait pas grand-chose. Avec mes deux plus jeunes sœurs sur les bras, elle n'avait vraiment pas le temps de me suivre pour vérifier ce que je fabriquais de mes après-midis. Je réalisais peu à peu que j'étais plus libre, beaucoup plus libre que je ne le pensais, que mes actes demeureraient impunis tant et aussi longtemps que je me la fermerais et que je rentrerais à l'heure pour souper. L'été et l'automne de mes onze ans, je les ai passés dans le bois à découvrir un univers, une part de moi jusque-là insoupçonnés.

Les quatre blocs n'étaient plus la fin du monde, mais son commencement.

•

L'hiver est arrivé rapidement. À cette période de l'année, me rendre au boisé sans mon vélo, rangé au grenier à chaque début novembre, était impensable. Trop éloigné, le cul-de-sac était en plus l'endroit idéal pour décharger les camions-bennes remplis à ras bord de neige et de glace, en période de tempêtes. L'endroit devenait inaccessible pendant des mois. Didier, qui depuis nos péripéties de l'été était devenu mon meilleur ami, disait que, même passé la groooo butte de glace, les sentiers étaient impraticables, que c'était presque impossible de marcher dans le champ.

— Sérieux. Tu peux aller nulle part. À chaque pas, tu t'enfonces jusqu'aux genoux. Tu peux rien faire, à part rester là, à regarder le champ de glace en gelant comme un épais. Même mon chien a haï ça. Y a rien à crisser là en hiver, man.

Alors, après la première bordée de neige, au lieu d'aller foutre le bordel au bout du boulevard, j'ai retrouvé Claudio et les autres gars du quartier. Comme si on n'avait jamais été en froid, comme si je les avais pas ignorés pendant six mois, on a recommencé à jouer au hockey dans la rue presque chaque après-midi, après l'école. La routine était revenue naturellement. Avec pour seule différence que les gars, en particulier Claudio, me respectaient pas mal plus qu'avant, grâce à mon aura de néobadass. Didier et Olivier venaient de temps en temps nous rejoindre pour une ou deux games. Jamais une de plus. Ils s'emmerdaient vite. Il faut dire que le hockey balle, ça n'avait pas le thrill des courses de bike dans la boue, des feux improvisés, des pétards pis des expériences au chlore. Pour les calmer, je leur répétais tout le temps que le champ, le bois, on les aurait tout le printemps, tout l'été. *Y a rien qui presse, les boys.* En attendant, quand ils n'avaient plus le goût de jouer, ils se désennuyaient en slappant des balles de tennis sur les chars qui passaient ou sur ceux stationnés dans la rue. Devant les regards outrés des voisins, qui écartaient leurs stores en aluminium pour nous épier et rapporter nos faits et gestes à nos parents, Didier et Olivier se confondaient en excuses hypocrites. L'air exagérément tourmenté, levant les bras au ciel pour implorer pardon, ils hurlaient, pour que leurs voix traversent les fenêtres fermées :

— Noooon ! C't'un accident, madame ! C't'un accident, m'sieur ! M'excuuuse.

Crampés, on riait jusqu'à en manquer d'air. Sauf quand l'auto qui tournait le coin était celle de nos parents.

•

Au printemps, dès que la neige s'est mise à fondre, j'ai commencé à harceler ma mère pour qu'elle accepte de sortir mon vélo du grenier. J'aurais bien voulu le descendre moi-même, mais la pièce était au-dessus du garage, de l'autre côté d'une trappe percée dans le plafond, accessible uniquement par une grande échelle. Moi, je voulais faire du vélo *tout de suite*. Elle, elle voulait que j'attende que la piste cyclable (qu'elle croyait que j'empruntais pour me rendre au parc), encore couverte d'une épaisse couche de glace, soit plus sécuritaire. La dispute printanière à propos de mon vélo était une tradition mère-fils. Cette année-là, je me souviens qu'elle a refusé pendant plus de deux semaines pour me punir de l'insolence avec laquelle j'argumentais, avant de céder, à bout de nerfs, devant mes assauts répétés.

Un après-midi, en rentrant de l'école, j'ai aperçu mon bicycle dans l'entrée de garage, et je suis immédiatement allé rejoindre Didier, qui avait sorti le sien au moins une semaine plus tôt. Depuis le temps qu'on attendait de pouvoir retourner au boisé, on n'a pas eu à se parler. On s'est élancés vers le boulevard en pédalant comme des perdus.

Je me rappellerai toujours ce moment-là. Devant moi, Didier qui lève la tête, étire le cou, ralentit un peu avant de freiner d'un coup sec. Ses pneus qui crissent. La trace circulaire de la roue arrière qui dérape dans la poussière. L'absence de blocs. Le son de l'alarme de recul d'un énorme camion à plateforme. Le tonnerre métallique des pierres concassées déchargées dans un camion-benne. Les travailleurs avec leurs dossards jaunes fluorescents. La plaine de boue, de sable et de garnotte. Les tranchées profondes creusées par les roues des chargeurs. Les dizaines de troncs d'arbres déplumés, empilés au bord du chemin comme une gigantesque corde de bois. Le haut-le-cœur. Didier qui crie *Fuck off!* en me regardant avec insistance. Moi qui respire à peine, qui ne bouge pas d'un poil, planté là en silence avec un trou dans le ventre. J'avais l'impression qu'on venait de me piétiner le corps, de me creuser les entrailles à la pelle mécanique et de jeter mes viscères sous les chenillettes des excavatrices.

Sonné, je suis rentré chez moi en pédalant distraitement, incapable de penser ou de dire quoi que ce soit, la tête emplie des échos rugissants de la machinerie lourde. En passant devant chez Claudio, j'ai salué les gars, mais sans m'arrêter. Je n'étais pas d'humeur à jouer au hockey. Ni à rien d'autre.

•

Rien pour atténuer ma peine et ma rage, quelques jours plus tard, au souper, ma mère m'a appris que le champ et la forêt avaient apparemment été rasés sans autorisation par un promoteur immobilier un peu louche, de connivence avec le maire. Un projet citoyen visant à faire du boisé un parc naturel protégé se préparait depuis un an, et la Ville voulait à tout prix éviter qu'il se concrétise. La coupe à blanc avait été déclenchée de nuit, pour que personne ne puisse s'interposer à temps. Le lendemain, à l'hôtel de ville, le maire avait joué la carte de la consternation, prétendu ne pas comprendre ce qui avait bien pu survenir dans ce dossier. Devant l'indignation des résidents de notre quartier, il avait affirmé que, puisque l'on ne pouvait malheureusement pas effacer cette *regrettable erreur*, il valait mieux aller de l'avant avec le développement immobilier, qui avait au moins le mérite d'être lucratif. Le champ, la forêt et la trail céderaient bientôt la place à un quartier de luxe.

Pendant que je mâchais et remâchais ma nourriture jusqu'à ce qu'elle ne goûte plus rien, ma mère nous a raconté que les animaux chassés du boisé cherchaient refuge dans notre quartier. Un renard rôdait près du parc de la Volière. Une moufette avait creusé un terrier sous le cabanon du voisin. Un chevreuil avait provoqué un carambolage en traversant le boulevard sans regarder. Ma mère avait repêché une dizaine de mulots et trois levreaux noyés dans la piscine. En l'écoutant, je songeais aux blocs disparus. Au nouveau visage de la fin du monde.

•

À partir de ce jour-là, je ne voulais plus rien savoir du hockey balle. C'était la fin, pour de bon, de mon amitié de longue date avec Claudio et les gars de ma rue. L'été de mes douze ans devait être le deuxième de l'ère du boisé. Il est devenu celui du chantier.

Nous n'avions peut-être plus de trail de vélo, de champ où déconner, d'arbres à escalader, d'insectes à torturer ou de branchages à mettre en feu, mais une chose, plutôt que de disparaître, s'était multipliée.

Les cabanes.

Des dizaines et des dizaines de maisons en construction, souvent vides entre les rondes de travaux. Parfaites pour des enfants en quête de plans douteux. Didier habitait à deux coins de rue de l'ancien cul-de-sac, devenu l'entrée du chantier. On laissait nos vélos dans sa cour et on se rendait à pied vers la mer de bouette, question de ne pas se faire repérer. Les premières fois, on s'est fait revirer assez vite, mais après une série d'échecs, on a développé des stratégies. On se cachait derrière les camions stationnés, les tas de pierres excavées ou les montagnes de deux-par-quatre. À partir de là, on faisait du repérage. On restait longtemps, patiemment, à observer, à identifier les endroits bondés d'ouvriers et à réfléchir aux trajets qui permettraient de les contourner, avant de tenter quelque manœuvre que ce soit. Une fois le plan de match bien établi, le but du jeu était simple : se glisser en douce dans le plus grand nombre de maisons possible avant d'être expulsés du chantier. À l'intérieur des grosses cabanes vides, on avait de la place en masse pour niaiser, courir, sauter et grimper, sans jamais avoir peur que le plancher ou les murs s'effondrent. On était loin, très loin des dix pieds carrés de planches pourries du cousin de Claudio.

Aux récréations, quand les autres élèves de sixième nous posaient une foule de questions, impressionnés par nos dernières expéditions sur le chantier de construction, Didier disait *Y a rien là, man.* Olivier rajoutait *C'est juste pour le kick, pour le thrill.* Je ne les corrigeais pas. Leurs réponses sonnaient cool. Mais, pour moi, c'était tout autre chose. Une histoire personnelle, une question de vengeance. Le bois, c'était notre bulle de liberté et d'ensauvagement. Notre île secrète, au large de la vie ordinaire. Bientôt, quand les maisons seraient habitées, on perdrait définitivement notre plus beau terrain de jeu. On retournerait s'emmerder au parc avec les bébés de la garderie et les potteux du secondaire, assis aux tables à pique-nique.

Chaque fois que j'y pensais, je perdais la carte. Enragé. Sanguinaire et sans pitié, je rêvais que le maire soit ligoté, attaché tout nu à un lampadaire et lapidé, pendu par les couilles, écorché vif, fouetté à mort avec ses gants de cuir, noyé dans une flaque d'huile à moteur ou enterré vivant, comme les marais qu'il avait fait remblayer. Je souhaitais qu'on le sacrifie, qu'on le saigne, qu'on l'humilie publiquement. Je voulais qu'on en fasse un exemple, mais je savais bien que ça ne se passerait pas comme ça. À défaut de voir le maire être puni, je voulais que quelqu'un, n'importe qui, paie pour son crime.

•

Je ne sais plus trop quand ni comment, mais à un certain moment durant l'été, on s'est rendu compte que vers cinq heures, la majorité des ouvriers finissaient leur quart de travail, laissant derrière eux un désert étrange, une ville fantôme neuve et inquiétante, peuplée de squelettes de bois trônant dans des crevasses difformes. On pouvait se promener au milieu de la rue, sans même se cacher, et choisir en toute tranquillité la prochaine cabane à explorer. Apparemment, personne, parmi les responsables du chantier, ne craignait d'intrusion ni ne voyait le danger de laisser des cratères de ciment sans surveillance à quelques centaines de mètres d'un quartier débordant d'enfants. Ils devaient croire ces carcasses de maisons sans intérêt. Ils ne nous connaissaient pas.

Libres d'y entrer et d'en sortir à notre guise, on explorait une nouvelle maison en construction toutes les quinze minutes. Pour se crinquer, on se racontait que telle maison était *clairement* plus haute ou plus grosse que celle d'avant, alors que - on ne le comprendrait qu'à la fin des travaux - celles-ci étaient presque toutes du même modèle. Les maisons à deux étages dont l'escalier central n'avait pas encore été bâti étaient nos préférées. On y faisait de l'escalade en s'accrochant aux poutres des murs. Tout en haut, on trouvait presque invariablement des outils ou des matériaux laissés derrière par des ouvriers insouciants, qui pensaient sûrement que retirer l'échelle suffirait à dissuader quiconque de monter à l'étage. Quand on a remarqué cette tendance, on s'est mis à ratisser systématiquement les deuxièmes étages, en quête de nouveaux trésors. Pas pour les voler. Juste pour faire des saloperies avec. On garrochait des boîtes de clous par les fenêtres. On cachait les rubans à mesurer dans des endroits impossibles, à l'intérieur des murs ou sur une poutre du plafond. Dans les maisons encore sans toit, on jouait à la catapulte avec un madrier déposé sur un quelconque rouleau ou un seau renversé sur le côté. En sautant à pieds joints sur une extrémité du deux-par-quatre, on faisait revoler toutes sortes d'objets par-dessus les murs. Retailles de bois. Casques. Marteaux. Le plus drôle, c'était quand on ratait notre coup et que le projectile, lancé trop bas, percutait un mur de plein fouet dans un bruit creux. On multipliait les coups chiens. Une fois, Didier a planté la poignée d'un tournevis égaré dans une dalle de ciment frais. Quand il a fini de pousser, il n'y avait plus que l'embout étoilé qui dépassait. Un soir, on a cloué le bout d'un immense rouleau de toile noire au plancher du deuxième étage avant de le botter d'un grand coup de pied dans le trou béant de la cage d'escalier. Il s'est déroulé jusqu'au sous-sol, a rebondi dans le gravier avant de renverser un coffre à outils et de s'échouer lourdement contre une pile de matériaux. J'ai presque pissé dans mes culottes. Un autre jour, Olivier avait volé un briquet à son père. Un Zippo argent avec le lapin Playboy gravé dessus. Pendant des heures, on s'est pratiqués à l'allumer et à l'éteindre. Des fois, en suivant la flamme des yeux, Didier la rapprochait dangereusement d'un grand paquet de laine minérale. Tous les trois, on se relançait à tour de rôle. *Pas game ! Non, toi, pas game !* On se racontait qu'on allait le faire. Oser. Crisser le feu, s'enfuir à vélo, chacun de son côté. Olivier disait que personne ne soupçonnerait trois petits gars du primaire. Nerveux et fébrile, je murmurais *Enwèye, Did. Enwèye, Oli. Fais-le.*

Les jours suivants, en classe, à la récréation, à la maison, et jusque dans mon lit, avant de m'endormir, je rejouais la scène du briquet dans ma tête. Anticipant tout ce qui aurait pu nous arriver si Didier, de nature hautement impulsive, avait fini par flancher. J'élaborais différents plans d'urgence, réfléchissais à des stratagèmes inusités, composais une liste de mensonges et d'alibis crédibles. Pendant des semaines, j'ai rêvé d'incendies.

•

Quand les travaux ont été plus avancés, vers la moitié de l'été, le jeu a changé. L'objectif était maintenant de s'introduire par effraction dans les maisons quasiment achevées. Celles dont le toit était couvert, le revêtement extérieur en place, avec des entrées de garage asphaltées, des fenêtres et des portes. On s'y introduisait par les fenêtres de sous-sols, souvent laissées déverrouillées. Une fois à l'intérieur, on s'amusait à courir dans toutes les pièces, à déraper sur les planchers neufs avec nos souliers boueux, à pisser dans le bain, à cracher dans les fenêtres et les miroirs, à se lancer de l'eau avec les tuyaux-fusils de lavabo. On en sortait euphoriques, galvanisés. Ça, c'était le thrill, le rush qu'on avait toujours attendu !

Cette phase-là n'a pas duré. Une semaine ou deux, jusqu'au mois d'août. Un après-midi, un homme - un promoteur, un agent immobilier ou le futur propriétaire, je ne l'ai jamais su - est entré dans la maison modèle alors qu'on était en pleine partie de cachette au sous-sol. Je me rappelle mes jambes ramollir, ma vessie se contracter, mon cœur s'arrêter net quand je l'ai entendu ouvrir la porte d'entrée, s'avancer à pas pesants vers la cage d'escalier. La porte du sous-sol qui s'ouvre. Deux bottes de cuir brun qui descendent une première marche, puis une autre. Didier et Olivier, insouciants, qui se chamaillent pour savoir à qui c'est le tour de compter. Le visage de l'homme, distordu par la sidération. Les frissons sur ma peau. La paralysie. L'impuissance. C'est, encore à ce jour, la plus violente, la plus déchaînée et la plus vulgaire des engueulades que j'ai jamais reçues. Il nous a hurlé par la tête sans la moindre retenue, nous a traités de p'tits tabarnaques, de bums, de crisse de rats, de mangeux de marde, et d'autres choses peu appétissantes, assaisonnées de postillons tièdes et de jurons hauts en couleur. Ça a duré une bonne minute. Une *vraie* minute. Une éternité. Aucun de nous trois n'arrivait à parler. Je ne sais pas pour les deux autres, mais moi c'est à peine si je respirais, de peur de me mettre à pleurer. Les yeux noirs du monsieur, sa colère, ses grosses mains poilues me terrorisaient. J'avais peur qu'il nous assomme tous les trois d'un poing sur la gueule. À la place, il a crié, en nous menaçant du doigt :

— Bougez pas, mes estis !

La police est débarquée quelques minutes plus tard en faisant retentir la sirène deux fois en s'engageant dans l'entrée. Deux jeunes agents fraîchement sortis de l'académie se sont pointés en haut des marches, les pouces enfoncés sous leur ceinture. Intimidants. Ils ont demandé à l'homme de répéter ce qui était arrivé, nous jetant ponctuellement des regards réprobateurs et dégoûtés. Après, ils nous ont escortés hors de la maison et nous ont fait asseoir côte à côte sur la bordure du trottoir tout neuf. Les policiers ont noté nos noms, adresses et numéros de téléphone, avant d'énumérer les conséquences graves que peut entraîner une telle infraction. Ils ont parlé de centres de jeunesse, de travail communautaire et même de prison, quand on serait en âge d'y croupir. Puis ils nous ont embarqués. À tour de rôle, ils nous ont ramenés chez nous, sous les regards horrifiés de nos parents. J'ai été reconduit en dernier. Sur le pas de la porte, les policiers ont expliqué la situation à ma mère. Pour éviter son regard, je gardais les yeux sur la céramique du plancher, en attendant que s'achève mon supplice. J'étais tellement angoissé, tellement apeuré à l'idée de ce qui m'attendait, que je comprenais à peine ce qu'ils disaient. Un discours flou, embrouillé, entrecoupé de quelques silences lourds de jugement. Pour conclure l'entretien, l'un des deux policiers a dit à ma mère que la bonne nouvelle, c'était que j'obtenais un passe-droit. Je m'en tirais cette fois, et seulement cette fois, avec un simple avertissement. Aucun casier judiciaire. Aucune note au dossier. Même pas de contravention.

L'amende est arrivée une fois les policiers repartis et la porte refermée. Ma mère était plus calme que je ne l'aurais imaginé, ce qui ne la rendait que plus effrayante. Elle m'a dévisagé avec une attention aigüe, insoutenable. À la manière d'un scan, son regard malin sondait mon âme en profondeur, identifiant méthodiquement les faiblesses à exploiter. Alors qu'elle évaluait consciencieusement ses munitions, soupesant les différentes tortures à sa disposition, je sentais peu à peu mon sang bouillir sous mes tempes, la chair de poule recouvrir mes avant-bras, des frissons remonter ma colonne, depuis mon coccyx jusqu'à la lisière de mes cheveux. Avant même qu'elle ouvre la bouche, je savais qu'elle serait impitoyable. Après une réflexion qui m'a semblé interminable, le verdict est tombé : privé de vélo jusqu'à l'été suivant. Privé de sorties, de télévision et de jeux vidéo pour deux mois – aussi bien dire *pour toujours*. Enfin, l'uppercut final : interdiction permanente, irrévocable et définitive, de revoir Olivier ou Didier. Ma mère allait contacter leurs parents plus tard en soirée et leur demander de lui téléphoner immédiatement s'ils me revoyaient à moins de cent mètres de leur propriété.

Un mois plus tard, on est entrés au secondaire. Didier à la polyvalente Curé-Antoine-Labelle, Olivier au programme international, et moi dans un collège privé de la Rive-Nord, à cinquante minutes d'autobus de chez moi. À ce jour, quinze ans après notre balade en voiture de police, je ne les ai jamais revus. Ni l'un ni l'autre. J'ai aussi perdu de vue les gars de la gang du hockey balle, dispersée à travers différentes écoles de la région. Bien sûr, j'ai croisé Claudio ici et là, au fil des ans, mais on ne s'adressait plus la parole. Parfois, on se saluait du menton, en souvenir du bon vieux temps. Mais ça s'arrêtait là.

Je ne suis jamais retourné sur le chantier de construction. Même des années plus tard, j'évitais comme la peste le nouveau secteur. C'est à peine si j'arrivais à le regarder défiler par la fenêtre de l'autobus. Ses cabanes me semblaient n'exister que pour me rappeler que toute bonne chose a une fin, que tout ne change jamais que pour le pire.

GÉNÉRALE

Nous n'en avons plus pour longtemps
à aggraver les choses,
nous arrivons enfin.
Tout, ou presque tout,
nous précède.

– RENÉ LAPIERRE

MA TANTE ANGÈLE VIT SUR UNE TERRE du rang des Sloan, à Saint-Édouard-de-Napierville. Elle y habite la maison de ses parents, aujourd'hui décédés. Celle où elle a grandi. La moitié de l'année, de l'automne à l'hiver, elle y reste seule. L'autre moitié, du printemps à la fin de l'été, en compagnie de sa sœur Monique. Angèle, c'est une amante de la nature en version dure à cuire. Elle a le cœur aussi large que sa grange, l'œil vif des passionnés, la hargne et l'esprit guerrier des derniers insoumis. Quiconque, à Saint-Édouard, a déjà eu à en découdre avec elle vous le dira : si ma tante a quelque chose en tête, il vaut mieux se tasser de son chemin.

Vers la fin des années 1980, pour réduire les coûts de construction d'un pipeline flambant neuf, un promoteur avait l'intention de lui faire traverser la Montérégie en le passant sous des kilomètres et des kilomètres de terres agricoles. En fait, il n'en avait pas que l'intention, mais la garantie, de connivence avec les conseillers municipaux, séduits à l'idée d'encourager la prospérité économique de leur patelin. Au moment de présenter les plans du projet au conseil municipal, tout sourire, le promoteur croyait l'affaire dans la poche, l'audience publique, une simple formalité. C'était sans compter sur la présence d'Angèle, quelque part dans la foule. À la seconde où elle en avait eu vent, ma tante avait été révoltée par l'idée d'un pipeline sillonnant sa région natale, idée qu'elle trouvait irresponsable et dégueulasse. La rage, elle, n'est apparue qu'au milieu de la rencontre d'information, plus précisément lors du dévoilement du trajet qu'emprunterait la tuyauterie. Si le projet allait de l'avant, la *grosse paille à pétrole* – ainsi qu'Angèle la désignait – transpercerait notre terre familiale de part en part. Après s'être insurgée au micro et avoir promis à une poignée d'hommes d'âge mûr suffisants, qui croyaient sûrement avoir affaire à une hystérique, que leurs pelles mécaniques ne toucheraient jamais à un arbre, à un brin d'herbe, à une flaque de boue, à un seul caillou de sa propriété, elle a quitté la réunion en tempête. La légende raconte qu'Angèle aurait claqué la porte du centre communautaire si violemment en sortant, qu'elle en aurait fait craquer la vitre.

Le lendemain, ma tante lançait une pétition s'opposant au projet. Une semaine plus tard, elle avait obtenu la signature de tous les propriétaires terriens de son comté. Après moins d'un mois, elle avait rencontré tous les agriculteurs montérégiens dont les lots seraient touchés par le tracé du pipeline et rassemblé, avec le soutien des militants de Greenpeace, une véritable armée de contestataires. Ses démarches ont commencé à faire jaser, d'abord au village, puis dans le reste de la région. Ses récriminations ont eu tôt fait de trouver l'oreille des médias. Encore aujourd'hui, dans le premier tiroir de sa penderie, se trouve une coupure d'un article du *Devoir* datant de 1989, dans lequel elle avait confié ses inquiétudes, dévoilé les méthodes douteuses du promoteur ainsi que des instances gouvernementales impliquées, et exposé les dangers écologiques de cette technologie, notamment les risques de déversements mettant en péril la santé des terres agricoles, des animaux, des végétaux, des cours d'eau et, par le fait même, des citoyens de la Montérégie. Sur la photo accompagnant l'entretien, on peut voir Angèle, dans la jeune trentaine, plantée devant la maison familiale, droite comme un « i », ses bras musclés fermement croisés, son regard noir, redoutable et déterminé, chargé comme un douze. Une roche bien affûtée dans la chaussure du sacro-saint Progrès. Au terme d'années d'acharnement et d'incessantes prises de bec avec les députés locaux et les représentants des associations agricoles, contre toute attente, Angèle est sortie victorieuse de sa bataille juridique. Le pipeline a malgré tout été construit, c'était inévitable, mais son trajet a finalement été dévié le long de l'autoroute 15. Loin, très loin du rang des Sloan.

La terre de mes grands-parents a conservé sa beauté, son intégrité et, j'ose dire, son *esprit*. Encore aujourd'hui, c'est un endroit anachronique, une parcelle d'un espace-temps révolu greffée au monde contemporain. La maison familiale contribue largement à cette impression. Depuis que les fenêtres ont été changées, vu de l'extérieur, on pourrait croire que le bâtiment appartient bel et bien à notre époque. Il suffit d'ouvrir la porte pour être détrompé. Le mobilier de bois verni au style suranné, le linoléum vert hôpital recouvrant le plancher de la cuisine (ainsi que la moitié de ses murs, jusqu'à mi-hauteur), les lampes aux abat-jour à franges jaunâtres, les armoires de cuisine ornées de poignées métalliques rondes et surdimensionnées, les icônes religieuses et les crucifix accrochés aux murs, la configuration des pièces : tout nous replonge au cœur des années 1980. Il y a même, tout au bout du corridor, une pièce entièrement consacrée à une statue de plâtre de la Vierge Marie, haute de plus de six pieds et ceinte d'une arche de lumières colorées. Ma tante ne les allume que très rarement, réservant ce geste hautement symbolique aux occasions exceptionnelles : lorsqu'un membre de la famille a besoin de soutien, d'amour ou de protection, quand une cousine se sépare, se marie ou qu'un enfant tombe malade. Le plus remarquable, c'est qu'entre ces murs, non seulement la Vierge géante a sa place, mais il semblerait tout bonnement insensé qu'elle n'y soit pas.

Chaque fois que je rends visite à Angèle, que je stationne mon camion le long de la grange et me dirige vers l'escalier bordant la maison, le mot « réconfort » se rappelle à moi dans son sens le plus physique. Ce jour-là, en passant la porte, débarrée comme toujours, j'ai été accueilli par l'un de ses trois chats (ou quatre, ou cinq, selon la saison), allongé au soleil entre deux piles de revues, sur le large rebord de la fenêtre. Le félin m'a salué à sa manière, tournant lentement la tête dans ma direction, les yeux mi-clos, avant de la reposer doucement entre ses pattes pour reprendre son somme là où il l'avait laissé. Je m'imaginais être ce chat, me fondre dans une sieste tiède, quand Angèle est entrée dans la cuisine par la porte arrière, donnant sur la véranda :

— Salut ! Excuse-moi, Philippe, je faisais le tour des mangeoires. T'arrives juste à temps. Le thé est prêt, pis j'ai quelque chose à te conter.

Flottait dans la pièce une légère odeur de Earl Grey mêlé de lait et rehaussé d'une goutte de sirop d'érable. Comme je l'aime, prêt à la minute de mon arrivée. C'est dans cette attention discrète, cet accueil chaleureux sans cérémonie, cette bienveillance tout en sobriété que réside l'essence d'Angèle. En raison de ses exploits d'amazone écologiste, à Saint-Édouard comme dans ma famille, plusieurs croient à tort qu'elle n'est que furie, émeute et colère. Or ma tante et sa Vierge ne sont que deux visages d'un même amour maternel. L'amour bienveillant et guerrier, tantôt tendre tantôt hargneux, de qui ne recule devant rien pour défendre un être cher. Il n'y a qu'à voir la bonté fougueuse avec laquelle elle prend et a toujours pris soin des membres de notre famille, des plantes, des arbres, des chats errants, des insectes et des animaux blessés. Du vivant sous toutes ses formes.

Comme de coutume, nous nous sommes installés à la table à dîner. Ma tante a rempli nos tasses de thé bouillant avant de me demander, à brûle-pourpoint :

— As-tu remarqué quelque chose de différent en arrivant ?

— Non… Non, pourquoi ?

— T'es sûr ? Rien d'inhabituel ?

— Non.

— T'as rien entendu ?

— Non.

— Fait que *oui*, t'as remarqué !

— Hein !? J'te suis pas…

— Ben. Regarde dehors. Qu'est-ce que tu vois ?

Ses yeux pointaient vers la cour. Je me suis approché de la fenêtre. De l'autre côté, le balcon, la corde à linge, le champ, la rangée d'épinettes, les lilas et les deux pommiers. Mise à part la croissance fulgurante des arbres plantés par ma tante quand j'étais encore tout petit, le paysage était sensiblement le même que celui qui m'avait vu ramper, babiller, courir, tomber, jouer à la tague, glisser en traîneau à partir du deuxième étage de la grange en hiver, pleurer en m'écorchant le genou, soigner mes premières peines d'amour et mes premiers deuils, apprendre à cultiver des légumes. Grandir, prendre du galon. Vieillir.

— J'sais pas, Angèle. J'vois rien.

— C'est ça, Phil'. Rien.

Il m'a fallu quelques secondes, mais j'ai finalement saisi où elle voulait en venir. J'aurais dû le voir tout de suite.

— Ben voyons ! Ils sont où, tes oiseaux ? Partis pour l'hiver ?

— Pas partis. Disparus.

•

D'aussi loin que je me souvienne, la cour arrière de ma tante était un jardin d'Éden aviaire, aménagé expressément pour accueillir, accommoder, nourrir et loger les volatiles en tous genres. Accrochées à la corde à linge, à des arbres ou perchées au sommet de poteaux métalliques, une dizaine de mangeoires offrent toutes les variétés de grains et de suif imaginables, dont Angèle fait provision chez un agriculteur de Sherrington, qu'elle surnomme son *pusher de graines*. Une haie brise-vent, des conifères matures, des arbustes regorgeant de petits fruits - argousiers, berbéris, sureau, houx - des rosiers rugueux, un sorbier, deux énormes bosquets de lilas français et des parterres de tournesols aux troncs massifs composent un paysage idyllique parachevé de bains artificiels, d'eau ou de boue, dont se servent certaines hirondelles pour fabriquer leur nid.

Ce ne sont pas des dizaines, mais des centaines d'oiseaux qui peuplent le jardin de ma tante, tous les jours, du lever au coucher du soleil. Angèle les observe religieusement, depuis la galerie ou la fenêtre de la cuisine, une tasse de thé fumant à la main. À l'occasion, elle inscrit le passage d'un spécimen rare dans un carnet qu'elle garde toujours près de la porte patio, avec son guide d'identification ornithologique usé à la corde, aux pages écornées et remplies de notes, d'où émergent des gerbes de post-it échevelés. À l'année longue, mésanges, pics, sittelles, juncos, bruants, roselins, chardonnerets, tourterelles et geais bleus lui tiennent compagnie. Au printemps et à l'automne, elle reçoit la visite de nombreuses espèces migratrices, dont plusieurs sont aujourd'hui en voie d'extinction. Au fil des ans, jaseurs d'Amérique, viréos à œil rouge, orioles de Baltimore, cardinaux à poitrine rose, moucherolles phébi, gros-becs errants, passereaux indigo, vachers à tête brune, pics flamboyants, grives solitaires, merlebleus de l'Est et goglus des prés se sont arrêtés chez ma tante, le temps d'une halte. Fidèle au poste depuis des décennies, Angèle a fait de la terre familiale un refuge pour les oiseaux, qu'elle considère comme ses protégés.

Cette passion frôlant l'excès lui a permis d'accumuler les anecdotes truculentes. Un jour, par exemple, elle a appris que les hirondelles à front blanc, dont les populations sont en baisse drastique, nichaient jadis dans les granges délabrées, où elles pouvaient aller et venir librement par les trous, les craques, les toits défoncés ou les portes arrachées. Le lendemain, armée d'une pierre trouvée dans un fossé, elle a défoncé un carreau du deuxième étage de sa grange - fraîchement rénovée par mon oncle - pour leur ouvrir la voie, espérant qu'un couple viendrait s'y installer durant l'été. En fin de compte, ce sont plutôt des pigeons qui y ont élu domicile, et c'est son frère aîné, furieux, qui a dû se charger de la réparation des dégâts.

Un automne, elle s'est occupée d'une mésange mal en point, blessée en heurtant de plein fouet la porte patio récemment nettoyée. Après l'avoir trouvée au pied du balcon, faible et désorientée, victime de ce qui avait tout l'air d'une commotion cérébrale, ma tante l'a hébergée dans une boîte à chaussures confortablement matelassée, et s'est chargée de la nourrir de vers tranchés en petits morceaux durant une semaine. Peu après, lors de ce même automne, elle a recueilli un chardonneret qui restait planté sur la rambarde de la galerie à longueur de journée, son plumage gonflé en une petite boule jaune et duveteuse, comme s'il cherchait en vain à se réchauffer. Après vérification, il s'est avéré que l'oiseau était incapable de reprendre son envol. Angèle a alors fait appel à une amie vétérinaire, qui a diagnostiqué au chardonneret une infection des yeux. Ma tante l'a recueilli et soigné durant une semaine, lui administrant des gouttes à la pipette de trois à quatre fois par jour, jusqu'à ce qu'il recouvre la vue et puisse rejoindre ses semblables.

L'an dernier, ma tante a aussi secouru une crécerelle d'Amérique (un petit rapace que l'on confondrait facilement avec une buse ou un faucon), affaiblie après être demeurée coincée dans la grange. Afin de délivrer l'oiseau de proie farouche, elle a dû l'amadouer pour parvenir à le prendre dans ses mains. Aux dires de l'agent de la protection de la faune qu'elle a contacté quelques heures plus tard, c'était une opération extraordinairement dangereuse qu'elle n'aurait jamais dû même envisager, les serres d'une crécerelle étant assez puissantes pour sectionner un doigt humain sans effort.

Comme si ce n'était pas suffisamment de zèle et de dévouement, Angèle m'a déjà confié que, lorsqu'elle doit recueillir les oiseaux à la maison, elle leur réserve une chambre complète et, pour remplacer le chant de leurs congénères, leur fait jouer des heures et des heures de musique classique (le concerto pour piano en la mineur de Schumann fait apparemment de petits miracles). Elle procède ainsi depuis qu'elle a appris que le silence est pour les oiseaux blessés une source de stress nuisible à leur rétablissement.

De telles histoires, ma tante en fait collection, mais aucune, jusqu'alors, ne m'avait autant fasciné que celle qu'elle s'apprêtait à me raconter.

•

Un matin d'août, comme chaque matin d'été, ma tante est descendue à la cuisine, s'est préparé deux toasts au beurre d'arachides et une théière de Darjeeling avant de s'installer sur le balcon pour savourer l'aube en déjeunant à l'air frais.

— Pendant que j'attendais que l'eau bout, je regardais par la fenêtre, au-dessus de l'évier. Le ciel faisait tous les temps. La lumière était pourpre. Les nuages ronds, en formes d'écailles. On aurait dit une peau de dragon. Un feu de forêt meurtrier. Un bain de sang. Plus je le regardais, plus le paysage se donnait des airs de présage.

Ma tante a pris une pause, bu une gorgée de thé brûlant, du bout des lèvres, avant de poursuivre.

— La bouilloire a sifflé, s'est éteinte dans un déclic. J'ai versé l'eau dans la théière, beurré mes toasts, placé tout ça dans un plateau, puis je suis sortie sur le patio pour déjeuner. En ouvrant la porte, un drôle de feeling. Tout était calme aux alentours. Une marmotte étêtait mes marguerites. Le vent sentait le trèfle mouillé, faisait chuchoter les feuillages des peupliers du voisin. Comme chaque matin. Pourtant, je pressentais que quelque chose tournait pas rond. J'ai déposé le plateau de bois sur la table de verre. *Bang !* L'air était humide, ça a résonné à travers le champ. Ni une ni deux, ma tête a enchaîné.

Mes oiseaux. Où sont mes oiseaux ?

Je suis descendue du balcon, j'ai fait le tour de la

maison. Vérifié partout. Dans le jardin, dans les buissons, les lilas, le ciel, sur la plus haute branche de chaque épinette, le pignon de la grange, la cheminée. Dans le pré, dans le bois. Chez les voisins d'à côté, chez ceux de l'autre bord du rang, aussi. Même du côté du vieux Sylvestre. J'ai écouté. Rien. Pas un cri, un chant, un trille ou un battement d'ailes. À part un tracteur, pas trop loin d'ici, pas un son. C'était... J'veux dire, y a des gens qui trouveraient ça niaiseux... Mais c'était... inquiétant. Quasiment épeurant. J'en ai des frissons juste à le raconter.

Depuis la fin du mois d'août, moment de la disparition, la cour d'Angèle demeurait déserte. Après trois ou quatre jours sans le moindre signe de vie, médusée, ma tante s'est informée auprès de ses voisins, puis auprès d'autres amis et résidents du village. Même son de cloche pour tout le monde. Les cabanes, les mangeoires, les arbres, les champs : vides. Personne n'avait vu d'oiseau le jour même, la veille ou le jour d'avant. Leur disparition ne se limitait donc pas à notre terre familiale ni même au rang des Sloan. Elle s'étendait aux quatre coins du territoire de Saint-Édouard-de-Napierville.

À première vue, rien ne pouvait expliquer l'éclipse. Le jour où les oiseaux s'étaient évanouis n'était en rien différent des jours précédents ou de ceux qui l'ont suivi. Pourtant, il fallait bien que quelque chose se soit produit, que quelque chose ait changé.

Pour éclaircir la situation, Angèle a d'abord contacté le directeur du territoire québécois de l'organisme Oiseaux Canada, un certain Andrew Coughlan, auquel elle a écrit un long courriel faisant état du mystérieux phénomène. Une minute après son envoi, une réponse. Message automatisé. Monsieur Coughlan était présentement en vacances, prendrait ses courriels à son retour au bureau, début octobre. Ma tante a donc transféré son message à deux ou trois revues spécialisées en ornithologie. Chaque fois, une autre réponse automatique la remerciait cordialement de son intérêt, lui assurait qu'on répondrait à sa requête *dans les plus brefs délais*. Mais une semaine plus tard, toujours rien. Silence radio.

— Pas besoin d'un autre email poli pour me faire comprendre que j'étais mieux de me débrouiller toute seule.

La première piste est venue de Monique.

Selon elle, la toute dernière récolte de foin de monsieur Sylvestre, le voisin d'en face, avait dû faire un carnage et effrayer les survivants. En disant ça, sa sœur désignait le côté opposé du rang, légèrement de biais par rapport à la maison, où des champs s'étendent à perte de vue. Si le vieillard cultivait le foin depuis les années 1980, la pénurie de cette ressource sévissant au Québec ces dernières années l'avait forcé à en produire davantage en augmentant la fréquence des fauches. Dans un récent épisode de *La semaine verte*, Monique avait appris que les oiseaux des champs, qui pondent leurs œufs au ras du sol, sous le couvert des hautes herbes ou des plants de légumes, étaient des victimes invisibles de l'intensification de la production agricole. Non seulement les espèces champêtres avaient-elles, en raison de l'étalement urbain, de moins en moins de terrains où nicher, mais lorsqu'elles trouvaient un rare endroit propice à leur reproduction, leurs œufs (ou, pire, leurs oisillons à peine nés) étaient souvent broyés par la machinerie automatisée. Certaines espèces avaient une telle difficulté à se régénérer qu'elles avaient vu leurs effectifs chuter de plus de quatre-vingt-dix pour cent depuis les années 1960. Ainsi, d'après Monique, nul besoin de chercher de midi à quatorze heures :

— C'est le vieux Sylvestre. Maudit radin pas d'conscience. J'te dis que c'est pas une poignée de moineaux décapités qui vont l'arrêter. On sait ben, avec lui. Tant que ça rapporte...

Il faut dire que le vieillard n'était pas dans les bonnes grâces de mes tantes depuis qu'un conflit les avait opposés quelques années plus tôt. Un printemps, Angèle avait dû dévaler les marches, traverser le rang puis le pré en friche en courant à toutes jambes pour l'empêcher in extremis – il avait déjà actionné le moteur de sa tronçonneuse – de raser un bosquet d'érables à Giguère quasi centenaires. Ceux-ci, s'ils n'étaient pas enracinés sur sa propriété, jetaient de l'ombre sur *son* terrain et l'empêchaient de tirer le plein potentiel de *ses* cultures.

Monsieur Sylvestre alléguait être en droit de rectifier la situation en légiférant librement de sa scie mécanique. Au terme d'une engueulade haute en couleur, Angèle était parvenue à dissuader son vis-à-vis en le menaçant de le traîner dans la boue, de l'humilier publiquement. De le poursuivre en justice comme *les maudits rats d'égouts du pipeline* et de lui pourrir l'existence jusqu'au jour de sa mort. Cet incident venait confirmer les soupçons de ma tante : son voisin pactisait avec l'ennemi, appartenait *au camp des insignifiants, des irresponsables et des insensibles*, de ceux qui s'efforcent à transformer le monde en immonde. Depuis, Angèle tenait le vieil homme à l'œil, surveillait le respect des limites de son cadastre avec un zèle presque maladif. Rancunière, elle avait été jusqu'à signaler aux autorités agricoles certaines de ses pratiques douteuses, dont le remblai illégal d'un ruisseau. Le vieux Sylvestre avait hérité d'une paire d'amendes généreusement salées, qu'il a encore à ce jour en travers de la gorge. Leur relation est aujourd'hui à couteaux tirés, à ce point tendue qu'Angèle affirme être incapable de le regarder, de l'entendre ou même simplement de l'apercevoir de loin au dépanneur sans être prise de maux d'estomac.

D'une manière tortueuse, ma tante en venait presque à espérer – d'un espoir funeste, vengeur – que l'hypothèse de sa sœur se confirme : peut-être pour se rassurer sur la légitimité de certains de ses actes. Pour en avoir le cœur net, ma tante s'est adressée à Denis, le mari d'une de ses amies qui, cet été-là, travaillait au noir sur la ferme du vieux Sylvestre. À la demande d'Angèle, qui lui avait promis *d'oublier un petit cinquante* dans sa boîte aux lettres s'il lui prêtait main-forte, Denis a tenté de recueillir au fil de ses déplacements dans les champs des indices d'un quelconque massacre : fragments de coquilles, nids déchiquetés, amas de plumes ou de duvet, membres amputés, cadavres entiers. En vain, car il n'avait rien trouvé. Absolument rien.

La théorie morbide de Monique ne s'étant pas avérée, secrètement déçue de ne pouvoir rejeter le blâme sur son ennemi juré, Angèle s'est tournée vers son vieil ami Normand, question de connaître son avis sur la situation. Grand amateur d'ornithologie, il n'avait pas observé le même phénomène chez lui, à Sainte-Agathe-des-Monts, dans les Laurentides, mais il n'en avait pas moins sa petite idée sur la question :

— Les maudits pesticides. Y en a qui les répandent en nuages, avec des avions-citernes, à c't'heure. Plus rapide. Pis c'est pas le pire. Paraît qu'y a des hypocrites qui font leur petite affaire en cachette, la nuit ou super tôt le matin. Ni vu ni connu. Mais y a plein d'animaux qui dorment dans les champs et les bois, tout autour. Je pense à ça, Angèle. Est-ce qu'y a beaucoup de champs de maïs, dans votre coin ?

Et comment. Des champs de maïs, il y en a partout, autour de Saint-Édouard. C'est la céréale la plus cultivée, en Montérégie. Des agriculteurs locaux auraient-ils épandu des pesticides de nuit, peu avant la disparition des oiseaux ? Les microgouttelettes empoisonnées auraient-elles pu être emportées par le vent pour ensuite se dissiper sur l'étendue du territoire ? Les oiseaux du rang des Sloan étaient-ils morts intoxiqués ? Ceux des environs avaient-ils délaissé la région pour éviter de subir le même sort, alertés par l'odeur nocive charriée par la brise ? Cela semblait légèrement tiré par les cheveux. Peu probable, vu l'étendue de la superficie dépeuplée. Mais on ne pouvait pas exclure cette hypothèse. Du moins pour l'instant.

Le lendemain, en parlant au téléphone avec ma mère, Angèle lui a relaté sa conversation avec Normand. Ma mère lui a dit que cela lui rappelait un article qu'elle avait lu, selon lequel les pesticides et insecticides dont sont arrosés certains champs s'attaquent aux oiseaux par l'entremise de la pluie. En coulant le long des tiges et des feuilles aspergées de substances toxiques, les gouttes d'eau les absorbent, ruissellent jusqu'au sol et forment des flaques subtilement contaminées, auxquelles les oiseaux viennent ensuite s'abreuver. Aussi, les insectes qui se nourrissent des feuilles de plantes traitées aux produits chimiques, que plusieurs espèces de volatiles chassent abondamment durant l'été, se transforment en vecteurs d'empoisonnement. Apparemment, certains géants de l'industrie agricole produisaient également des semences enrobées de pesticides qui, si elles avaient l'avantage d'accroître la productivité des cultures, tuaient sournoisement les pauvres oiseaux qui les avalaient.

Dans les jours suivant sa discussion avec sa sœur cadette, Angèle s'est renseignée sur ces semences prétendument assassines. Ma mère disait vrai, à quelques détails près. Des chercheurs universitaires canadiens et américains avaient effectué, quelques mois plus tôt, une série de tests visant à mesurer l'impact de graines recouvertes de néonicotinoïdes - des pesticides mieux connus sous le nom de « tueurs d'abeilles » - sur la santé des oiseaux migrateurs. Les résultats étaient sans équivoque : ces substances affectent directement et instantanément les individus les ayant ingérées. Or plutôt que de les tuer sur le coup, le plus souvent, elles les rongent d'une manière plus pernicieuse. Les chercheurs ont pu observer que les oiseaux se nourrissant de semences enrobées de pesticides maigrissent immédiatement après leur ingestion, dépouillés en quelques heures d'une portion significative de leur poids. Ils perdent ensuite tout appétit, sont plongés dans une léthargie profonde pouvant durer des jours. Tant qu'ils se trouvent dans cet état de désorientation et de confusion, les oiseaux migrateurs empoisonnés sont incapables de reprendre leur parcours, toute leur énergie étant consacrée à la désintoxication de leur système nerveux. Une telle situation, expliquait une chercheuse de la Saskatchewan, peut s'avérer dévastatrice. Le fait d'arriver à destination au bon moment est crucial pour ces oiseaux. Pour l'individu intoxiqué, un retard trop important peut l'empêcher de rencontrer un partenaire de reproduction à temps. Si un tel rendez-vous manqué peut sembler risible, à long terme, cela contribue à miner la régénération des espèces vulnérables, ainsi compromise à la source. Les responsables de l'étude estimaient donc que les graines enrobées de néonicotinoïdes participent à la chute drastique des populations d'oiseaux migrateurs, et ce, partout à travers le monde.

Après cette lecture, ma tante est allée marcher dans la pinède, tout au bout de sa terre. L'aération de son esprit lui a remis les idées en place : si cette pratique dégueulasse pouvait mener à une diminution des populations d'oiseaux au fil de plusieurs générations, elle ne pouvait toutefois en rien expliquer un phénomène aussi soudain que celui qui s'abattait sur sa région. Sa balade lui avait aussi fait prendre conscience de son besoin criant de préserver son équilibre mental en prenant un pas de recul.

— J'm'en allais virer folle. C'pas mêlant. Du matin au soir, je pensais juste à ça. Les oiseaux, les oiseaux, les oiseaux. Pis plus j'y pensais, plus j'avais l'impression d'être dans un film d'horreur silencieux. J'avais de plus en plus peur qu'ils reviennent jamais, qu'il leur soit arrivé quelque chose pour vrai. Ce soir-là, j'ai illuminé la Vierge. Depuis, je le fais tous les soirs. Pour qu'ils sachent que je pense à eux. Que je les attends.

Malheureusement pour elle, ma tante n'a pas pu mettre ses recherches sur pause bien longtemps. La Providence, dont elle avait pour habitude de relever les influences souterraines et les forces insondables, semblait déterminée à la voir poursuivre son enquête.

Le surlendemain, alors qu'elle tentait de se changer les idées en faisant le ménage de ses plates-bandes, elle a reçu l'appel d'une connaissance lointaine - un ami d'une cousine de la fesse gauche ou je ne sais trop - qui avait eu vent de la désertion de Saint-Édouard. Surprise par ce coup de téléphone impromptu, ma tante ne savait trop quoi dire ni comment réagir. C'était toutefois sans importance, puisque l'homme - il n'avait pas jugé bon se nommer - lui téléphonait pour lui exposer sa théorie. Météorologue à la retraite et membre du Club des ornithologues amateurs du Lac-Saint-Jean - ça, il n'avait pas manqué de le mentionner -, il croyait que la fuite inexpliquée des oiseaux de la Montérégie pourrait résulter d'un événement climatique en provenance des États-Unis. Ces dernières semaines, les ouragans Harvey et Irma, et les tornades et les tempêtes en tous genres se multipliaient un peu partout sur le territoire américain. D'après lui, si nous ne connaissions que très rarement de tels cataclysmes au Québec, nous essuyions quand même régulièrement les dégâts des perturbations météorologiques qui en découlent.

— Dans votre coin, fin août, il y a eu des restes de tempêtes tropicales, une queue d'ouragan, des vents violents, des changements de température brusques... Les oiseaux les sentent venir, ces affaires-là.

Selon le météorologue, qui ne la laissait pas placer un mot, les oiseaux de Saint-Édouard auraient pu pressentir l'arrivée d'un système dépressionnaire et, plutôt que de se mettre à l'abri en attendant le retour du beau temps, décider de fuir temporairement le secteur. Peut-être étaient-ils ensuite demeurés sur leur territoire d'exil pour la saison froide. Peut-être avaient-ils devancé leur période de migration de quelques mois.

— On aura beau les étudier toute une vie, ça reste imprévisible, ces petites bêtes-là.

Selon *son éminence*, la bonne nouvelle, dans cette curieuse histoire, était que l'on n'ait pas encore retrouvé de cadavres. Angèle avait-elle entendu parler des pluies d'oiseaux morts dans le sud des États-Unis ? Non ? En janvier 2011, environ cinq-mille carouges à épaulettes avaient été retrouvés morts à Beebe, en Arkansas. Un matin, les résidents de cette bourgade isolée s'étaient réveillés en plein tableau apocalyptique. Tout, dans leur village, des pelouses aux pare-brise des voitures, était recouvert d'oiseaux morts, tombés du ciel durant la nuit. Alors que les chrétiens les plus fervents y percevaient le signe précurseur d'une fin du monde imminente (le noir de jais du plumage des carouges ne faisait qu'attiser leur paranoïa), les ornithologues interviewés croyaient plutôt que les volatiles avaient été victimes d'un événement météorologique d'une rare violence.

Les carouges, qui voyagent et vivent en bandes de dizaines de milliers d'individus, se seraient retrouvés au mauvais endroit au mauvais moment. Leur plumage détrempé par l'orage, ils auraient été emportés par de puissants courants d'air ascendants et subitement aspirés en haute altitude, où ils seraient morts gelés, foudroyés d'un violent choc thermique. Après avoir trimbalé leurs carcasses à travers l'Arkansas, le vent les aurait ensuite disséminés au hasard dans les rues de Beebe, pendant que ses résidents dormaient, inconscients de la pluie de cadavres à plumes s'abattant sur leurs têtes. La conversation s'est conclue comme elle avait commencé. Monsieur Chose a souhaité à ma tante du succès dans ses démarches avant de raccrocher subitement, la laissant bouche bée à l'autre bout du fil.

Angèle a tenté de retrouver son calme en enfilant les parties de solitaire. Il lui semblait que le portrait venait de s'éclaircir tout autant que de se complexifier.

•

Le lendemain, elle a reçu un courriel de Thérèse, une *voisine* – que ma tante désigne ainsi, bien que leurs maisons soient séparées par un demi-kilomètre –, un événement banal et néanmoins étonnant, les deux femmes ne s'étant côtoyées qu'une fois auparavant, dans des circonstances assez insolites.

Paniquée, ne sachant vers qui se tourner, Thérèse était un jour venue cogner à la porte d'Angèle pour lui demander un coup de main avec « un truc un peu délicat ». En fait, sa voisine avait besoin de son aide pour s'occuper d'une oie blanche grièvement blessée, probablement happée par une voiture, qu'elle venait de découvrir en pleine agonie sur un talus, en face de chez elle. Elles s'étaient rendues ensemble sur les lieux. Sans un mot, Angèle s'était chargée d'achever l'animal agonisant d'une balle de carabine bien placée, de charger la dépouille à l'arrière de son pick-up, puis de l'enterrer dans sa cour, sous un magnolia. Au cœur du printemps, celui-ci débordait de fleurs blanches odorantes tout juste écloses, dont les pétales immaculés n'étaient pas sans rappeler les plumes de l'oie sanguinolente. Depuis cet épisode, ma tante et sa voisine ne s'étaient pratiquement plus reparlé, la vue de l'autre leur rappelant invariablement l'image macabre de l'oie éventrée, son plumage maculé de sang et de boue, son cou mollasson comme un vieux céleri.

Le courriel de Thérèse se limitait à quelques mots :

Trouvé ça sur Facebook.
Me suis dit que ça t'intéresserait.
Thérèse

Sous la signature, un lien vers un article viral, publié par un périodique européen. Trois-cent-trente-sept étourneaux avaient récemment été retrouvés morts dans un parc de La Haye, aux Pays-Bas. Selon un dénommé John Kuhles, ces décès seraient vraisemblablement liés à une batterie de tests du réseau 5G (pour « cinquième génération », une technologie censée révolutionner le monde des télécommunications) effectués dans la métropole néerlandaise durant la période où avait eu lieu la tragédie. Des jours durant, la photo d'un petit cadavre brun accompagnant le texte a tourmenté ma tante.

— Le pauvre étourneau. Sa petite poitrine gonflée. Ses ailes déployées, rigides. Le bec grand ouvert. Figé dans un cri, comme dans les contes de sorcières.

Depuis sa lecture de l'article, Angèle était hantée par une vision persistante. Un nuage d'oiseaux délicats, frappés en chœur d'un seul et même anévrisme, fendant le ciel comme les tirs synchronisés de milliers d'archers. Un parc municipal transformé en un champ de bataille, parsemé de petits obus au plumage de bronze. Désamorcés, inertes, et pourtant, on ne peut plus alarmants.

Peu surprenant, donc, que ma tante ait été si perturbée quand, une semaine plus tard, lors d'un dîner, son amie Marie-Paule lui a annoncé avec enthousiasme que le réseau 5G s'étendrait bientôt partout au Québec, que l'on commençait même à voir apparaître de nouvelles tours de transmission en Montérégie. Selon ses dires, l'une de ces titanesques antennes serait bientôt érigée non loin de chez elles, près de Napierville. Angèle n'a rien laissé paraître de son trouble, mais aussitôt son café avalé, elle est rentrée chez elle angoissée, inquiète pour ses oiseaux.

Heureusement, cette fois, ses lectures ont apaisé ses craintes. En réaction au texte qu'elle avait consulté, des dizaines de scientifiques, en France, en Belgique et même au Canada, s'étaient empressés d'invalider l'hypothèse « absolument abracadabrante, farfelue et infondée » de John Kuhles, qu'une éminente chercheuse danoise qualifiait sans détour de « conspirationnisme à la sauce aviaire ». Non seulement aucune preuve n'avait été faite que les ondes émises par le 5G, ou tout autre réseau, puissent nuire à la santé des animaux, mais aucun test de cette technologie n'avait récemment été effectué à La Haye. Quant à monsieur Kuhles, apprenait-on en conclusion, ce n'était pas un scientifique de renommée mondiale comme ma tante l'avait cru, mais un simple militant écologiste à l'imagination fertile.

Au moment où ma tante et moi prenions le thé, moins de vingt-quatre heures s'étaient écoulées depuis ce dernier revirement de situation. Angèle avançait donc toujours dans le noir, ne sachant ni quoi penser ni vers qui se tourner pour obtenir des réponses à ses innombrables questions, accablée à l'idée de ne peut-être jamais retrouver ses oiseaux égarés. Les traits de son visage, habituellement vifs, semblaient en voie de s'affaisser sous le poids de l'anxiété accumulée.

— Tsé, Philippe, ça fait des années que j'habite ici, que je suis loin de tout pis de tout le monde. Mais je m'étais jamais sentie seule, avant. Jamais. Depuis qu'ils sont partis... je file bizarre. C'est pas juste les oiseaux que ça stresse, le silence.

— En attendant de te remettre, tu feras jouer du Schumann dans la cuisine !

Angèle a répliqué à mon clin d'œil par un sourire vague, sans entrain. Ma tasse de thé était encore pleine. Je n'y avais pas même trempé les lèvres, complètement absorbé par son récit. Le thé était désormais froid, et son arôme délicatement sucré, plutôt que de me rassurer comme de coutume, me rebutait.

Nous avons bavardé de tout et de rien encore une bonne demi-heure avant que je reprenne la route. Sur le chemin du retour, je remontais le rang vers l'autoroute en laissant errer mon regard parmi les champs en friche, les massifs de fleurs sauvages peuplant les fossés, les étables bancales, les quelques chevaux et les maisons de pierre ancestrales bordant le chemin. Cependant, à ce moment, même le plus beau des paysages n'aurait pu atténuer l'agitation de mon esprit, traversé par une nuée d'images floues, jaillissant de partout comme des hirondelles en chasse; une danse insaisissable peignant dans l'espace des barbots translucides à la poésie obscure, dont le sens m'échappait sans pour autant me laisser indifférent.

•

Un matin de décembre, j'ai été réveillé par la sonnerie de mon téléphone. Un appel de ma tante. Depuis la veille, les oiseaux étaient de retour à Saint-Édouard, réapparus aussi soudainement qu'ils s'étaient volatilisés.

— Comme si de rien n'était. À les regarder, on croirait qu'il s'est jamais rien passé.

Angèle disait cependant qu'il y en avait moins qu'avant. Les tourterelles, qui arrivaient autrefois en voiles à l'aube, n'étaient plus que quatre ou cinq. Les mésanges, moineaux, chardonnerets, cardinaux et geais bleus abondaient encore, mais ils semblaient moins nombreux. Qu'était-il advenu des absents ? Peut-être passeraient-ils l'hiver en exil ou rejoindraient-ils bientôt leurs congénères, avec quelques jours de retard ? Peut-être étaient-ils morts en chemin, avalés par une tempête, empoisonnés, piétinés ou fauchés à l'automne ? Le mystère demeurait entier.

Toutefois, par une étrange coïncidence ou un hasard prédestiné, de nouvelles pistes de réponse s'étaient présentées à ma tante, le jour même du retour. Avec trois mois de retard, monsieur Coughlan, spécialiste de l'organisme Oiseaux Canada, lui avait enfin répondu.

— Il avait été débordé, depuis son retour de vacances. Il s'est excusé pour l'important retard de sa réponse, m'a remerciée pour mon message. *Toute information est accueillie à bras ouverts*, qu'il m'a écrit.

Et pis, sais-tu quoi ? J'suis pas la seule à l'avoir contacté à ce sujet-là.

Depuis quelques mois, dans le sud du Québec, une zone s'étendant de la Montérégie à l'Estrie, et empiétant même légèrement du côté de la Chaudière-Appalaches, était désertée. À l'été, Coughlan avait reçu des dizaines de courriels d'ornithologues amateurs, témoins de situations identiques dans leurs patelins respectifs. Fin août, à deux jours d'intervalle, sur un territoire couvrant plusieurs milliers de kilomètres carrés, les oiseaux s'étaient évaporés sans raison apparente et sans laisser de traces.

— Lui non plus, il a pas de réponse. Par contre, il m'a dit qu'il avait identifié deux suspects principaux. Numéro un : les cônes. Cette année, il y avait vraiment, vraiment beaucoup de cocottes de sapins, d'épinettes et de pins, dans la forêt boréale. À cause de la chaleur et des grandes pluies. Les oiseaux raffolent de ça, les cônes, alors ils auraient migré vers le nord. Coughlan m'a écrit qu'à Tadoussac, cet été, les oiseaux sont loin d'être disparus. Au contraire, les ornithologues en ont observé un nombre record. Il est pas sûr que ce soient vraiment les cônes, par contre, parce que les oiseaux montent au nord pas mal avant le mois d'août, habituellement. Le timing serait, disons, un peu bizarre.

Hum hum...

— Suspect numéro deux : la météo. Ouin. Paraît que le maudit fatigant, tsé, le Monsieur Je-Sais-Tout qui m'a appelé juste pour s'entendre parler... Eh ben, il avait beau être arrogant, il était pas *si* stupide que ça, en fin de compte. Savais-tu ça, toi, que les oiseaux ont un genre de don ? Un sixième sens ? Ils sentent... changements... en plus des... à des kilomètres... même que...

Alors qu'à l'autre bout du fil, ma tante continuait de déblatérer avec ferveur, m'exposant de long en large les suppositions d'Andrew Coughlan, mon attention a commencé à s'assouplir, à se détacher lentement de sa voix, de ses mots, pour enfin basculer au fond de mon esprit. Tout naturellement, une idée s'est présentée à moi, émergeant de la poussière et des débris encombrant ma pensée comme un perce-neige se pointe le nez entre les craques du trottoir aux premières lueurs du printemps. À la seconde où elle s'est déployée dans le champ de ma conscience, sa vérité m'est apparue flagrante, irréfutable.

La fuite soudaine, le calme du retour.

On aurait dit un exercice d'évacuation, comme à l'école primaire. Ma tante venait-elle, sans le savoir, d'assister à la générale ? À l'ultime répétition avant le grand spectacle ?

ULMUS AMERICANA

En ancien français, l'orme était désigné par le mot « olme ». En France, certains toponymes découlent de ce mot, que l'on est venu à confondre avec le mot « homme ». Côte du Mort-Homme ou Quatre-Hommes, par exemple, désignaient respectivement des lieux caractérisés par la présence d'un orme mort et de quatre ormes. Ulmus americana *est le nom latin de l'Orme d'Amérique.*

LES DERNIÈRES ANNÉES, mon grand-père n'arrivait presque plus à marcher. Ses poumons étaient épuisés, ses jambes frêles, son équilibre incertain. Quand je sonnais à sa porte, anxieux, je ne pouvais m'empêcher de le surveiller en me penchant vers la petite fenêtre qui y était découpée. Je craignais que cette fois soit la bonne, que ses grandes cannes flanchent sous son poids et qu'il s'effondre sur la moquette beigeasse recouvrant les planchers de son bungalow. Pour venir m'ouvrir, il n'avait que quelques mètres à parcourir, quatre ou cinq tout au plus, une fois hissé hors du canapé où il m'attendait, installé confortablement, mais à le voir aller, osciller lentement, prendre appui sur le mur avec sa main, on comprenait vite que le corridor s'était changé en une route périlleuse et fatigante. À travers la porte close, je l'entendais ronchonner quand il s'apercevait que j'étais en train de l'épier, le nez presque collé à la vitre. Il prenait une grande respiration, rocailleuse et bruyante, puis m'ouvrait en me grondant affectueusement. Il ne fallait pas m'inquiéter comme ça. Ce n'était rien de plus que quelques vertiges qui lui jouaient des tours. Il ajoutait souvent :

— Comme un long lendemain de veille.

Il la trouvait bien bonne, sa blague, la riait en saccades. *Grand*, comme je l'avais baptisé à l'âge de trois ans sans savoir que le surnom lui collerait à la peau, riait comme il attaquait autrefois chaque chose dans sa vie : de front, avec force. Si fort, en fait, qu'il finissait invariablement par s'étouffer en toussant dans son poing énorme.

Ses mains me fascinaient. En raison de leur quasi transparence, des veines verdâtres qui les sillonnaient et des tâches de vieillesse qui y proliféraient comme des champignons, on aurait pu les croire amoindries, friables. Il n'en était rien. Elles étaient les derniers vestiges de ses quarante années de charpenterie, et il n'en était pas peu fier. Quand j'étais petit, il les surnommait *ses pinces*, saisissait chaque occasion de démontrer leur puissance de destruction en torturant le premier objet que je lui implorais de plier, de tordre ou de casser en deux. Ma grand-mère le grondait en fronçant les sourcils exagérément, pour me signifier clairement que ça ne se faisait pas, casser des choses pour le plaisir. Mais l'ombre d'un sourire rattrapé de justesse la trahissait à tout coup. Elle l'aimait comme ça, *son homme.* Un peu gamin. Et puis ses pinces étaient trop utiles dans la maison pour qu'elle lui en veuille bien longtemps d'essayer d'épater son petit-fils avec ses bêtises.

Même vers la fin de sa vie, la poignée de main de Grand demeurait solide, assurée. Rassurante. Il me serrait les doigts avec une force démesurée et inutile, qui lui coûtait une énergie qu'il n'avait plus. Une fois ma main prisonnière de la sienne, il me regardait grimacer avec orgueil. Depuis la mort de ma grand-mère, trois ans plus tôt, il ajoutait, en me fixant d'un air de défi, de ses yeux d'un bleu électrique :

— Inquiète-toi pas ! Tu m'enterreras pas demain.

Les derniers mois, même si je remarquais que ses pinces en avaient perdu, que leur gloire commençait à s'estomper, je jouais le jeu, tordais la commissure de mes lèvres en expirant brusquement par le nez.

— Ayoye ! Non. Sûrement pas demain !

Une fois ma main délivrée, je secouais mes doigts vigoureusement, feignant de chasser la douleur. Le sourire qu'il me décochait.

Un vrai paon.

•

D'ordinaire, quand je rendais visite à Grand, tous les dimanches, on s'assoyait dans la cuisine, près de la baie vitrée. Il tournait sa chaise à quarante-cinq degrés, de manière à pouvoir regarder dehors tout en me parlant. Pour un œil extérieur, cela aurait pu paraître étrange, mais ce ne l'était pas pour quiconque le connaissait. Depuis aussi loin que je me souvienne, Grand affirmait que le paysage était aussi un invité. Un vrai. Qu'il fallait lui faire une place à table. Il a conservé cette habitude jusqu'à la fin de sa vie, même s'il n'y avait plus grand-chose à voir, les dernières années, dans cette vaste cour arrière négligée. Une pelouse criblée de trous, jaunie et mal entretenue, peuplée de centaines de pissenlits matures aux tiges robustes. Une clôture Frost bordée d'une haie de cèdres roussie et clairsemée, laissant entrevoir la piscine creusée abandonnée du voisin, un étang vaseux à l'eau verdâtre sur lequel venaient parfois se poser des canards. Sous les fenêtres de la cuisine, quelques arbustes desséchés et une platebande délaissée depuis belle lurette. Chaotique et sauvage, cette dernière ressemblait à une sorte de jungle miniature, constituée d'un monumental tapis de menthe (*Pas tuable !* répétait ma grand-mère), d'une touffe de ciboulette échevelée, d'une botte de sauge brunie. D'une vigne, aussi, qui après avoir recouvert le mur arrière de la maison pendant des décennies, rampait désormais mollement au sol, se frayant désespérément un chemin entre de nombreuses espèces de mauvaises herbes, dont la variété exacte m'était inconnue.

Dans le coin gauche de la cour, en proie à un lent dépérissement, une cabane de bois dont la forme naïve rappelait celle d'un dessin d'enfant. Triangle isocèle sur carré. Jusqu'à l'âge de huit ou neuf ans, j'ai cru qu'il s'agissait d'une maison ancestrale, construite des siècles plus tôt par un explorateur égaré. Le revêtement de bois grisâtre de ses murs, craquelé, noueux et tordu, conférait au bâtiment une allure surannée renforçant son caractère mythique et stimulant mon imagination. Lorsque Grand m'encourageait à estimer l'âge de la cabane, j'affirmais avec conviction, mes sourcils froncés avec sérieux pour me donner la contenance d'un archéologue de carrière, que le bâtiment devait avoir *au moins* cinquante-quatorze-mille-quarante-treize-huit-mille-mille ans.

— Mi-ni-mum. Gros minimum ! ajoutais-je parfois en jetant un coup d'œil furtif vers Grand.

À l'intérieur de la cabane, haute d'un peu moins de deux mètres, on retrouvait un lit de bois (dont le matelas était un coussin de chaise longue fleuri), une table peinte en mauve (ma couleur préférée) et deux chaises. Le mobilier était, bien sûr, de dimensions miniatures :

— Les gens étaient pas mal plus petits, à l'époque, m'avait répondu Grand la première fois où j'avais mis en doute l'authenticité du bâtiment.

L'explication m'avait temporairement satisfait. Je devais avoir huit ou neuf ans lorsque j'ai enfin déduit que ce n'était qu'une cabane pour enfants et non une demeure tricentenaire. Mon grand-père m'a alors avoué l'avoir construite expressément pour moi, de ses mains, alors que j'étais encore dans le ventre de ma mère.

— Mais... le vieux bois gris ?

— Je l'ai récupéré dans les poubelles d'une maison en rénovation, pas loin d'ici. Ça vient d'un ancien toit en bardeaux. Le cèdre, ça grisonne avec le temps, mais ça résiste. C'est fait tough.

— Comme toi ?

Son expression, lumineuse de satisfaction.

Antique ou non, la maisonnette n'avait rien perdu de son lustre et de sa magie. En fait, la vérité ne la rendait que plus spéciale à mes yeux.

Pour en revenir à la cour, outre ma cabane, elle n'offrait au regard qu'un décor banal, à la limite du déprimant. Mais tout cela était sans importance. Lorsque mon grand-père contemplait *le paysage*, il n'avait d'yeux que pour une chose : son orme, tout au fond de la cour. Le seul être vivant – voisins, végétaux, chiens, chats et autres animaux domestiques confondus – qui n'était pas mort, disparu, en décomposition ou en déchéance depuis son arrivée à Saint-François, à la fin des années 1960. À l'époque où mes grands-parents avaient fait l'achat du bungalow, l'arbre était apparemment déjà gigantesque. Grand disait que les ormes européens pouvaient vivre jusqu'à cinq-cents ans, et ceux d'Amérique, jusqu'à plus de trois-cents ans. Jaugeant sa hauteur, son port, sa ramure et la largeur de ses racines, prenant l'air impressionné d'un mécanicien soulevant le capot d'une Ferrari flambant neuve, il affirmait qu'avec un tel tronc, une telle taille, son orme devait être âgé d'au moins deux-cents ans. Ponctuant sa mimique d'un sifflement, il ne manquait jamais d'insister :

— Mi-ni-mum. Gros minimum.

•

Quand j'étais enfant, mon grand-père s'assoyait près de moi sous la cathédrale des branches de son *vieux chum*, m'enlaçait de l'un de ses longs bras et me racontait l'histoire tragique de cet arbre au destin singulier. Je gardais un silence religieux, l'écoutais sans perdre un seul mot. Jamais l'écriture ne pourra rendre la tendresse de son interprétation, l'atmosphère qu'il tissait de sa voix basse, ses inflexions subtiles, le rythme envoûtant de ses paroles et la chaleur réconfortante de son souffle caressant mon épaule ; mais à quelques détails près, variant selon l'humeur du moment, cela allait comme suit :

L'orme, l'arbre au-dessus de nos têtes, vit ici depuis très longtemps. Très, très, très longtemps. Bien avant notre arrivée sur la terre. Depuis si longtemps, en fait, qu'on raconte qu'il était le tout premier habitant de l'île, avant même qu'un humain la baptise « Île-Jésus », puis « Laval ».

Son histoire, c'est une histoire de solitude. De solitude, de patience et d'amitié.

À ce moment précis, il prenait une pause pour que les mots résonnent en moi. Ça fonctionnait à tous coups. Je me répétais intérieurement : solitude, patience, amitié.

Le jour de sa naissance, quand il sortit sa tête de terre et ouvrit les branches pour la toute première fois de sa vie, l'orme se mit, comme tous les arbres le font en venant au monde, à chercher sa mère de ses feuilles pour se glisser confortablement sous son ombre.

Or, il constata avec étonnement qu'il n'y avait aucun tronc près du sien, aucune branche pour le préserver des rayons du soleil, aucune racine entremêlée à ses pieds. Il s'étira la tige pour voir aussi loin que le lui permettait sa toute, toute petite taille. Sa mère n'était pas là. Il en était sûr, il l'aurait reconnue. Pire encore, il n'y avait autour de lui ni arbre, ni arbuste, ni plante, ni animal, ni fossile, ni feuilles mortes. Pas le moindre signe de vie, passée ou présente. Rien qu'un champ désert, quelques cailloux éparpillés et un ciel vide, couleur charbon.

Même s'il venait à peine de naître, même s'il ne savait pas encore à quoi pouvaient bien ressembler ses parents ni ce que c'était qu'une famille, l'orme comprit d'instinct que quelque chose ne tournait pas rond.

Grand me regardait doucement, l'air penaud, pour que je prenne toute la mesure de la malchance qui s'était abattue sur le petit arbre, avant de poursuivre.

Personne ne sait, encore aujourd'hui, par quel hasard, par quel cruel jeu du sort l'orme avait bien pu aboutir dans un champ isolé, sur une île déserte et inhospitalière, sans personne pour le protéger, sans feuillage sous lequel se blottir, sans oiseau à accueillir sur ses branches, sans montagne à laquelle se mesurer, sans la moindre fleur sauvage, le moindre petit bouton d'or à caresser de son ombre minuscule.

Mais il n'y pouvait rien. Il devait se faire à l'idée, espérer qu'un jour les choses puissent changer. Quand il se sentait trop triste, une voix étrangère et caressante surgissait en lui, lui dictant de tenir bon. Tout n'était pas perdu. Il lui fallait simplement attendre. Un jour, sa patience serait récompensée. Comment ? demandait-il chaque fois. Toujours, alors, la voix s'éteignait. Mais, l'orme fredonnait ses mots entre ses feuilles comme une ritournelle pour se consoler et garder espoir. Pour survivre.

Ainsi, durant des années, des décennies même, l'orme obéit à cette voix et attendit. À sa propre surprise, même si la terre à ses pieds était pauvre et sablonneuse, même si le vent, ne rencontrant aucun obstacle dans sa course, le fouettait sans relâche, et même si le blizzard de février menaçait de lui geler les racines, et le soleil d'été, de changer son corps frêle en bûcher, il se sentait en pleine forme. Éclatant de vigueur, il grandissait rapidement, les pieds fermement ancrés dans le sol, le tronc bien droit, le cou étiré autant que possible pour voir loin, toujours plus loin. Apercevrait-il un jour quelqu'un, quelque chose, quoi que ce soit, fendre le ciel ou en tomber ? Émerger de terre ? Se mettre à voler, à ramper ou à pousser ? Quand le doute se faisait trop insistant, sa voix intérieure ne manquait pas de le rassurer.

Ce jour viendrait. Il lui fallait seulement résister.

S'accrocher.

Alors, il attendit, attendit, attendit, attendit et attendit. Chaque matin, aux premières lueurs de l'aube, il se réveillait empli d'excitation à l'idée d'ouvrir les paupières sur un monde neuf, persuadé que le grand jour était venu. Toutefois, après cent étés, cent automnes, cent hivers et cent printemps de déception, il ne s'était toujours rien passé. Absolument rien.

Parvenu à ce point de l'histoire, Grand prenait une pause. Il portait son regard vers la cime de l'arbre, le laissait lentement redescendre le tronc, puis le reposait sur moi, me chuchotant par le rituel de ses gestes : *Imagine, mon p'tit homme. Cent ans. Cent ans planté ici, tout seul, à ne rien faire. Rien. Juste attendre. Encore et encore. Imagine comme le temps devait être long. Imagine la misère, le désespoir, la détresse. Prends-les, ressens-les.* J'étais immanquablement bouleversé. Une fois obtenu l'effet désiré, il poursuivait.

Le premier matin de la cent-unième année de sa vie, en se réveillant, l'orme constata sans surprise qu'encore une fois il était seul, isolé, au milieu de son désert de boue. Il sentit alors quelque chose en lui flancher, un coup de poignard sournois lui être décoché au ventre. Son tronc se crispa de douleur, ses feuilles se vidèrent brusquement. Il expira violemment ses derniers espoirs, et ceux-ci, aussitôt évaporés dans l'atmosphère, furent instantanément remplacés par une écrasante lassitude. La tristesse l'envahit d'un seul coup, des racines aux branches, jusqu'à ses feuilles, et jusqu'au plus petit de ses bourgeons.

— *C'en est assez, je n'en peux plus. Si la vie n'a rien d'autre à m'offrir, si cent ans de patience ne suffisent pas, aussi bien en finir.*

Un jour, ce passage de l'histoire avait fait l'objet d'un débat entre mes grands-parents. Ma grand-mère le trouvait trop sombre pour un jeune garçon. Grand, lui, alléguait que la douleur et la tristesse faisaient partie de la vie, au même titre que le bonheur. Que c'étaient ces sentiments qui la rendaient si fragile et si précieuse, qui lui donnaient toute sa valeur. La mâchoire crispée, le regard courroucé, ma grand-mère avait grommelé une réplique amère, incompréhensible à mes oreilles d'enfant, puis s'en était allée. Évidemment, Grand a continué d'en faire à sa tête. Tout ce qui a changé, à la suite de cette dispute, c'est qu'il me décrivait les idées suicidaires de l'arbre en chuchotant, après avoir vérifié au préalable que les tympans de ma grand-mère étaient hors de la portée de sa voix grave. En sondant attentivement les environs, il me décochait parfois un clin d'œil complice, me signalant par là que ce passage du conte devrait m'être interdit, mais qu'il me faisait suffisamment confiance, à moi, son petit-fils adoré, pour me le révéler. Cette parade amplifiait l'aura ténébreuse de cette portion du conte, magnifiait son effet d'envoûtement, son emprise sur mon attention.

Dès qu'il reprenait la parole, je disparaissais de la cour arrière, me laissais transporter dans l'univers parallèle déplié par ses mots :

Au-dessus de la tête de l'orme centenaire, le ciel dévorant se présentait comme la seule issue à son malheur. Il devait forcément y avoir quelque chose derrière son voile nébuleux. Peu importe ce qui s'y cachait, ce ne pouvait pas être pire que cette île de malheur, ce silence sans fond et les bourrasques de désespoir qui le glaçaient jusqu'à la moelle. S'il parvenait tout là-haut, peut-être pourrait-il enfin percer le mystère de l'azur et échapper au supplice de sa solitude.

Invariablement, Grand ponctuait ce passage d'une longue inspiration, lui donnant l'espace nécessaire pour éclore au creux de ma poitrine. Il laissait au sens le temps de se déployer sous ma peau, d'investir ma chair et d'y répandre son influence.

À partir de son cent-unième anniversaire, jour et nuit, l'orme s'acharna à se projeter vers les cieux, tentant désespérément d'en percer la toile, derrière laquelle, espérait-il, se révélerait à lui une vie qui en vaudrait la peine. Peut-être même, s'il était chanceux, quelque chose comme un paradis. *L'orme, déjà immense, étendait, allongeait toujours un peu plus ses racines, son tronc et ses branches. Il y investissait tous ses efforts, toutes ses énergies, ne pensait plus qu'à une seule chose : attraper les nuages et s'y agripper pour se hisser de l'autre côté. Quitter définitivement cette terre de malheur.*

Tout en poursuivant sa narration, Grand fermait les yeux, ouvrait ses bras, les tendait au-dessus de sa tête en agitant les doigts frénétiquement, mimant les branches de l'orme tâtonnant à l'aveuglette, se refermant en vain sur des courants d'air.

Après une année entière à s'élancer vers les hauteurs dans l'espoir de s'arracher au sol, l'arbre était devenu si grand, si énorme, si titanesque qu'on pouvait désormais l'apercevoir à des milles à la ronde. On aurait pu croire à une flèche géante, prête à fendre l'air, tendue depuis le sol jusqu'aux cieux par la main d'un dieu armé d'un arc invisible.

Le matin du cent-deuxième anniversaire de l'orme, à des lieues de sa plaine désolée, un homme descendait la rivière en canot quand il crut apercevoir à l'horizon une silhouette singulière. Il ne s'égara qu'un bref instant dans la contemplation de cette forme étrange, mais ces quelques secondes de distraction suffirent à le faire dériver vers un segment étroit et dangereux de la rivière, que tous les habitants du village savaient devoir éviter coûte que coûte. Au risque d'y rester, *disaient les anciens, qui avaient perdu un des leurs dans ce passage périlleux des années auparavant. Quand l'homme se rendit compte de son erreur, il était déjà trop tard. Emporté par le courant puissant de la rivière, il fut incapable de s'arracher aux griffes du rapide.*

Heureusement, il en avait vu d'autres. Habile canotier, il contourna agilement, un à un, les rochers saillants et acérés menaçant d'éventrer son embarcation, les vagues les plus fourbes et les fameuses marmites, ces remous obscurs que la rivière tendait comme des pièges sournois. Au terme d'une lutte féroce au cours de laquelle il faillit bien laisser sa peau, l'homme s'extirpa indemne des ruses tumultueuses du rapide, retrouvant des eaux calmes. Épuisé par son combat, il se laissa porter par le courant, jusqu'à accoster naturellement une île inconnue.

Depuis la berge, il aperçut de nouveau, à l'horizon, la silhouette élancée qui l'avait intrigué plus tôt, et constata que sa mésaventure l'en avait grandement rapproché. On aurait dit un géant aux bras tendus, la tête enfoncée dans les nuages. Malgré la crainte instinctive que la chose lui inspirait, l'homme ne pouvait réfréner l'élan sauvage de sa curiosité. Il prit son courage à deux mains et mit le cap droit sur la créature, marchant sur la pointe des pieds, le corps replié, tâchant de se faire aussi discret que possible.

— Étrange comme il est calme, ce géant. Il ne bouge pas. Pas même d'un poil. Peut-être s'est-il assoupi, songea-t-il en s'en approchant lentement, de peur de troubler son sommeil.

Au bout d'une demi-heure d'une marche tatillonne, l'homme s'arrêta. Silencieux, recroquevillé au sol pour se fondre parmi les pierres, il examina attentivement le comportement du titan, se demandant ce qu'il pouvait bien chercher à cueillir aux confins de l'atmosphère. Son observation confirma rapidement ses soupçons : de toute évidence, son affolement l'avait déjoué. Il n'y avait jamais eu ni monstre ni géant. Qu'un arbre gigantesque, assoupi au creux d'une douillette couverture nuageuse.

Soulagé de ne pas s'être livré en pâture à un colosse sanguinaire, se moquant de ses craintes enfantines, il sentit soudain une douce fatigue l'emmailloter de la tête aux pieds. Exténué, il se lova confortablement entre les racines massives de l'arbre, enchevêtrées comme des bras attendant qu'un corps s'y dépose. Il s'endormit aussitôt.

Mon grand-père suivait alors du doigt le lacis tortueux des racines de l'orme, affleurant à la surface de la terre, et mon corps était enveloppé d'une chaleur soyeuse, du réconfort d'une caresse longtemps désirée.

À son réveil, le canotier perdu se sentait étrangement ragaillardi. En fait, il ne s'était pas senti si reposé, si débordant de vitalité depuis des lunes. Revigoré, il reprit la direction de la rivière. Une fois son embarcation remise à l'eau, il rama quelque temps à contre-courant, jusqu'à repérer, au loin, la forêt de son enfance. Alors, l'homme accosta, attrapa son canot avec une facilité déconcertante, et le porta sur ses épaules à travers les bois, le long des rapides agités, sans comprendre comment il avait pu s'en tirer non seulement indemne, mais fortifié.

Quelques heures plus tard, quand il arriva chez lui, l'homme fut étonné de l'accueil triomphal que lui réservait sa famille. Le voyant, par la fenêtre, remonter tranquillement le sentier de pierraille menant à la maison, sa femme bondit sur ses pieds, ouvrit la porte à la volée et courut vers lui à toutes jambes, pleurant de joie. Dans le sillage de leur mère, ses enfants lui sautèrent au cou, les uns après les autres, le serrant avec force en criant au miracle. Sa femme lui embrassa le front, le nez, les lèvres, puis remercia le bon Dieu de lui avoir ramené son amour sain et sauf.

Déconcerté par tant de cérémonies, ne voyant pas comment sa famille aurait pu être au fait de sa dérive, l'homme ne comprenait pas en quoi il était miraculeux de rentrer chez soi pour souper. Certes, il était un peu tard, le soleil disparaissait tranquillement à l'horizon, mais il n'avait tout de même fait qu'une petite sieste. Rien d'extraordinaire.

Ce n'est qu'en se taisant qu'il constata l'expression de pure sidération qu'affichaient les visages de ses enfants et la lividité de celui de sa femme. Dévisageant son mari, elle lui apprit qu'il avait dormi non pas une heure, mais une semaine. On le croyait disparu, mort ou noyé. Le village entier s'était rallié pour prier, à la messe du dimanche. À cette évocation, émue, elle fut prise d'un hoquet, ravalant un sanglot.

Confus et dépassé, l'homme remonta à rebours le cours des événements. Il raconta à sa famille le canot, la flèche déchirant les nuages, l'instant d'inattention, la déroute, le rapide furieux, le péril des rochers, le combat, l'île, l'arbre géant, les sept nuits de sommeil qui ne lui avaient semblé n'en être qu'une. Sa famille le regardait avec l'ébahissement pantois habituellement réservé aux fous, mais le réalisme de son récit les intrigua suffisamment pour qu'un doute subsiste dans leur esprit.

Et s'il disait vrai ? Et si sur une île déserte se trouvait réellement un arbre géant aux propriétés rajeunissantes ?

Le lendemain matin à l'aube, l'homme fit monter ses enfants et sa femme à bord de son canot, et ils se mirent en route. Cette fois, peu avant le rapide, il accosta prudemment, puis porta son embarcation à travers les bois, sa famille à sa suite. Quand il perçut, en contrebas, le ruissellement des eaux s'apaiser, il rejoignit aussitôt la rive pour remettre le canot à l'eau. Quelques coups de rame plus tard, l'île.

Il n'avait pas rêvé.

Dès qu'ils posèrent le pied à terre, ses enfants se mirent à hurler. Depuis une distance considérable et à travers une brume épaisse, à peine transpercée par une frêle lumière matinale, l'orme ressemblait en tous points à une créature mythique, monstrueuse et ignoble, que son immuabilité rendait d'autant plus menaçante.

— *Un géant, un géant, un géant !*

— *Seigneur, protégez-nous.*

— *Voyons, voyons ! N'ayez pas peur. Je vous l'ai dit. Ce n'est qu'un arbre.*

— *Sûr ?*

— *Promis. Un arbre, et un beau, en plus. Suivez-moi.*

Courant cette fois sans retenue à travers la plaine, l'homme guida sa famille jusqu'à l'orme. Sa taille impressionnante, son tronc gracieusement élancé, l'élégance de son feuillage et la fraîcheur délicate de son ombre eurent vite fait de gagner le cœur de chacun. L'homme, qui avait l'étrange sentiment de renouer avec un ami de longue date, n'eut pas un mot à dire pour convaincre sa famille de venir s'établir au pied de l'arbre, ce qu'ils firent de bon cœur quelques semaines plus tard.

— Dans la petite maison juste là, ajoutait mon grand-père en désignant la maison tricentenaire, à quelques mètres de l'endroit où nous étions assis.

Au fil du temps, séduits par la légende d'un arbre magique, d'autres familles leur emboitèrent le pas, trouvèrent sous le couvert bienveillant de l'orme tout ce dont elles avaient besoin. Tout ce dont elles n'avaient jamais osé rêvé. D'année en année, les habitants se multiplièrent. À force d'ouvrage, ils parvinrent à dérocher, à débroussailler, à fertiliser et à cultiver les champs à perte de vue de l'île déserte. Ils y plantèrent toutes sortes de fleurs, d'arbustes fruitiers, d'herbes aromatiques et de légumes. D'autres arbres aussi, des petits et des grands, provenant des forêts environnantes, de leurs villages natals et même, dans quelques cas, de terres lointaines aux noms exotiques, auréolés de mystère.

Comme on peut l'imaginer, après cent-deux ans d'attente, l'orme accueillit l'arrivée des bestioles bipèdes se promenant entre ses racines avec une joie incommensurable, inaccessible à quiconque n'a pas intimement côtoyé le désespoir. Il se plaisait à les regarder s'affairer avec sérieux, se chamailler, tourner autour de lui en riant ou appuyer leur front sur son tronc en comptant jusqu'à dix, à tour de rôle, dans un jeu sans queue ni tête. Il aimait sentir ces petites bêtes fouiner et courir, les entendre crier de plaisir, ronfler, jurer de douleur, ridiculiser les sermons du curé, se déclarer leur amour, et, surtout, il aimait accueillir leurs confidences, pleurées ou chuchotées contre son écorce. Insensibles à plusieurs égards, ces petits êtres semblaient pourtant deviner d'instinct que mutisme et immobilité ne sont pas synonymes de surdité. Leur contact le faisait se sentir important. Entouré, apprécié, chéri.

Il ne ressentait désormais plus le besoin de fuir ou de crever le ciel. L'orme avait finalement trouvé au ras du sol ce qu'il croyait ne pouvoir exister que par-delà les nuages.

Cherchant une façon de remercier les villageois installés à ses pieds de lui avoir sauvé la vie, il eut un jour une idée. Lentement, sûrement, l'orme changea sa trajectoire, tordit du mieux qu'il put ses vieux bras noueux, les étendit de part et d'autre de son tronc. Des années durant, il s'appliqua à faire dévier leur course verticale, à les faire revenir sur leurs pas pour les déployer au-dessus du village à la manière d'un parasol. Ainsi, il bercerait de fraîcheur, couvrirait et préserverait des ravages du temps quiconque voudrait bien lui tenir compagnie juste un tout petit peu, l'espace de quelques siècles.

Une nouvelle pause, courte mais chargée. Son regard tourné vers moi, vers l'orme, puis vers moi encore.

Si on y prête assez attention, on peut d'ailleurs apercevoir, chaque après-midi que le bon Dieu amène, les grands bras de l'orme s'ouvrir sur notre petite cabane, la toute première maison qu'il a connue, la première qu'il a aimée, et l'enlacer tendrement de sa pénombre adoucissante, aussi régénératrice que la fontaine de Jouvence.

— C'est pour ça que j'ai encore l'air aussi jeune, concluait mon grand-père en tapotant la peau de son visage.

Si ce conte ne fera jamais partie de l'anthologie des légendes québécoises, et s'il bénéficierait aujourd'hui de quelques rectifications historiques – notamment à propos de son point de vue blanc, catholique et colonialiste –, il avait en revanche un indéniable je-ne-sais-quoi. La manière dont Grand racontait cette histoire, la tendresse qu'il insufflait aux mots, lui conféraient une force d'enchantement prodigieuse, qui aurait su toucher n'importe qui, jeune ou vieux, sensible ou indifférent, candide ou amer. Bien plus que d'un désir d'épater la galerie, sa manière de la livrer était empreinte d'un inébranlable respect, de gratitude et d'amour. À l'entendre, on aurait cru que l'orme n'était pas *un* arbre, ni même *son* arbre, mais une part ou un prolongement de sa personne. Son rhizome ou l'un de ses organes, auquel les fibres de son cœur étaient arrimées par des milliers de radicelles, inextricablement entrelacées. L'orme, une extension végétale de son être, à travers lequel coulait son propre sang et dont la pulsation remuait sa propre chair. Entre cet arbre et mon grand-père, quelque chose passait. Un courant, une onde imperceptible, circulant d'un corps à l'autre par osmose, suivant le flot d'un échange chimique obscur, défiant toute rationalité, mais indéniablement réel. Une sympathie tacite, tout en sobriété, de celles qui unissent de vieux frères d'armes, soudés par les cicatrices des mêmes combats.

•

Les ormes indigènes d'Amérique du Nord – l'orme rouge (*ulmus rubra*), l'orme liège (*ulmus thomasii*) et tout particulièrement l'orme d'Amérique (*ulmus americana*) –, depuis près d'un siècle, sont ravagés par la graphiose, aussi nommée la maladie hollandaise, une infection due à l'action combinée d'un champignon (*ophiostoma ulmi*, autrefois désigné sous le nom de *graphium ulmi*) et d'un insecte, le scolyte. Ce petit coléoptère creusant des galeries sous l'écorce des arbres pour se reproduire agit en tant que vecteur d'infection et de dispersion de la graphiose. Il porte sur son dos un champignon parasitaire microscopique qui, aussitôt qu'il a pénétré l'écorce de l'orme, y prolifère à une vitesse effarante. Rapidement, l'*ophiostoma ulmi* vampirise son hôte, l'empoisonne de ses toxines, se reproduit dans les canaux où circule sa sève, qu'il empêche de se rendre jusqu'à la cime. Au cours des premiers jours de l'infection, on remarque souvent, même en plein été, une branche dont les feuilles se tordent, puis jaunissent. Le reste du houppier de l'orme atteint aura beau paraître éclatant de santé, une fois ce signe apparu, il est souvent déjà trop tard. L'arbre mourra au bout de quelques années, parfois même de quelques mois, selon la virulence du champignon qui le dévore de l'intérieur.

Et ça ne s'arrête pas là. Cet assassinat n'est que le point de départ de la chaîne du carnage. En plus d'être capable d'infecter un orme voisin via le système racinaire, le champignon transforme son hôte agonisant en un incubateur à scolytes parasités. Après s'être gavés de son écorce contaminée, ceux-ci iront infester d'autres ormes, relançant ainsi l'infatigable cycle de destruction.

Après avoir décimé les populations d'ormes européens, la graphiose aurait été introduite en Amérique du Nord au tournant des années 1930. Au début du XXe siècle, l'orme était l'une des essences de bois les plus fréquemment utilisées dans la construction de bâtiments, tout particulièrement en charpenterie. On croit que la maladie hollandaise serait d'abord entrée sur le continent par le port de New York, après avoir traversé l'Atlantique par bateau, à bord de lots de bois d'œuvre contaminé. Observée officiellement pour la première fois au Québec en 1944 à Saint-Ours, la graphiose s'est ensuite propagée sur l'entièreté de l'aire de distribution des ormes, rejoignant le Manitoba en 1975 et la Saskatchewan six ans plus tard. La maladie a massacré l'espèce avec une telle fulgurance que les scientifiques ont dû faire des pieds et des mains pour éviter qu'elle disparaisse complètement. Après avoir déniché quelques rares spécimens d'ormes américains ayant survécu à la maladie hollandaise, des universitaires tâchent depuis des décennies à les multiplier par cultivars, en plus d'inventorier et d'étudier leur bagage génétique. De nouvelles variétés hybrides ont aussi été créées par le biais de croisements complexes avec des espèces d'ormes asiatiques naturellement résistantes aux assauts de la graphiose. Quant aux ormes nord-américains indigènes, adaptés à notre climat, à notre territoire et à ses caractéristiques au fil de l'évolution, ils sont aujourd'hui pratiquement effacés du nord-est du continent. La Colombie-Britannique et l'Alberta peuvent remercier les barrières naturelles que sont les plaines et les Rocheuses, qui ont freiné la ruée vers l'ouest des scolytes.

À Montréal, l'orme d'Amérique était autrefois l'un des arbres ornementaux les plus populaires, apprécié pour ses excellentes capacités d'adaptation au milieu urbain, sa taille imposante et son houppier au port évasé, recouvrant les bâtiments d'un élégant éventail dentelé. À une époque, on en répertoriait plus de vingt-deux-mille spécimens sur le seul territoire montréalais. Il n'en reste aujourd'hui qu'une poignée. Les rares miraculés qui tiennent encore debout sont gardés sous haute surveillance, protégés dans des sanctuaires, au Jardin botanique et sur le mont Royal. On les défend, on les dorlote, on les traite aux petits oignons, comme s'il s'agissait des derniers dodos de l'île Maurice.

L'orme de Grand serait mort il y a fort longtemps, lui aussi, si mon grand-père ne s'était pas acharné à le faire traiter régulièrement depuis les années 1990. D'aussi loin que je me souvienne, cela a toujours été un sujet de dispute entre ma grand-mère et lui. Les traitements expérimentaux, administrés par une sorte de seringue géante plantée dans l'empattement de l'arbre, ne garantissaient en rien sa survie, et il fallait les répéter tous les deux ou trois ans. Leur coût mettait ma grand-mère dans tous ses états.

— Il va finir par nous mettre dans la rue, ton maudit arbre !

Elle exagérait, bien sûr, mais les produits fongicides étaient réellement très dispendieux, et depuis dix ans, au lieu de s'en tenir à la fréquence prescrite, mon grand-père faisait répéter l'injection annuellement. Les années où le traitement n'était pas jugé absolument nécessaire, il s'organisait pour que l'injection se fasse en cachette, en l'absence de ma grand-mère. Il pensait à tout, réglait même l'addition en argent liquide pour qu'elle ne puisse jamais retracer l'opération à la banque. Il rigolait chaque fois comme un garnement, fier de son coup, en me racontant dans le détail l'orchestration de son tour de passe-passe.

Grand savait bien, au fond, que ses agissements étaient excessifs, mais il ne voulait prendre aucun risque. Il racontait qu'à la messe dominicale, il ne manquait jamais d'implorer Dieu d'épauler les scientifiques dans leurs recherches d'un remède efficace contre la graphiose, et ainsi de permettre à son arbre de vivre encore longtemps, bien après sa propre mort. Il me disait que si l'on en prenait bien soin, celui-ci survivrait encore un siècle (mi-ni-mum), veillerait sur ses arrière et même sur ses arrière-arrière-petits-enfants. L'enivrement que suscitait chez lui cette idée romantique, cette illusion absurde d'une descendance infinie à l'ombre de l'orme, lui servait à justifier ce qui, au fil des ans, se transformait en une obsession maladive.

Il y a deux ou trois ans, après avoir repéré une feuille, une toute petite feuille brune, au bout d'une branche, il avait fait déplacer d'urgence un émondeur d'Hydro-Québec en prétendant qu'une énorme branche morte venait de tomber sur un fil électrique et menaçait de le sectionner d'une seconde à l'autre. Une fois le technicien sur place, Grand avait joué la carte du vieillard confus. Il devait y avoir eu un malentendu, voyons. Pas l'ombre d'un problème avec les fils électriques aux abords de sa propriété. Puis il avait demandé à l'émondeur si, *tant qu'à être là*, il accepterait gentiment, *si ce n'est pas trop demander*, de mettre son camion à nacelle à profit et d'aider *un vieil homme seul et fatigué qui aurait bien besoin d'un coup de main* à secourir son arbre malade. Il est difficile de croire au succès d'un stratagème aussi effronté, mais Grand avait un don inné pour la ruse, frôlant le pouvoir surnaturel. La rigoureuse logique administrative dictant à un employé d'Hydro-Québec de préserver l'efficience de son quart de travail en remontant immédiatement dans son camion ne pouvait rien devant la force de persuasion de mon grand-père. Bien que diminué, il n'avait rien perdu de son charisme, savait encore user, au besoin, de son air avenant, de sa bouille sympathique, de son sourire charmeur et de ses yeux rieurs avec doigté et finesse. Le soupçon que son orme, son ultime compagnon, puisse être atteint d'une maladie fatale, doublé d'un sentiment d'urgence, devait avoir fait de son magnétisme naturel une arme d'autant plus redoutable. Irrésistible. Après m'avoir montré, dans un coin reculé de la cour, les cendres de la branche suspecte, qu'il avait découpée en morceaux, allumée au kérosène, et brûlée jusqu'à la dernière fibre, mon grand-père m'avait annoncé avoir pris une nouvelle résolution en méditant devant les flammes : il allait passer en mode attaque, ferait traiter l'orme sur une base régulière tout au long de l'été. Un rendez-vous par mois, à quelques semaines d'intervalle, prévu avec trois compagnies différentes, puisque chacune refusait de répéter le traitement fongicide à une fréquence déraisonnable. Il soupesait aussi la possibilité de recourir à une technique plus controversée, la pulvérisation de pesticides, qui empoisonnerait l'écorce de l'orme afin de la rendre indigeste pour les scolytes qui souhaiteraient y creuser un trou.

J'ai attendu qu'il se mette à rire. Visage stoïque, regard impassible. Il ne plaisantait pas. J'ai bien tenté de lui faire entendre raison, de le convaincre d'annuler au moins l'un de ses rendez-vous et de l'amener à renoncer immédiatement aux insecticides, mais cela revenait à argumenter avec un mur de brique. Son entêtement puéril et son silence boudeur, qui me faisaient généralement sourire, sont venus à bout de ma patience. Je l'ai sermonné avec vigueur, comme ma grand-mère l'aurait fait si elle avait encore été des nôtres, lui lançant sèchement à la figure que c'était totalement inutile, qu'il était en train de virer complètement fou, que tous les arbres perdaient des feuilles de temps à autre et qu'il n'y avait pas lieu de recourir aux armes atomiques pour se protéger d'un vulgaire champignon. J'ai conclu mon homélie en laissant tomber que tout ça commençait à ressembler à de l'acharnement.

— Ce n'est pas de l'acharnement, c'est de la tendresse.

Sa réplique m'a scié en deux. Incapable d'y répondre, j'ai ravalé ma salive. Son regard s'est embrasé.

— Cet arbre-là, y a juste moi qui s'en occupe ! Si j'arrête d'en prendre soin, il va crever drette-là, tout de suite, comme tous les autres. J'peux pas lui faire ça. J'peux juste pas, faut que tu me comprennes.

— Grand... je suis désolé d'avoir à te dire ça, mais il va finir par mourir quand même, ton arbre. Si c'est pas de tes maudits champignons, ça va être de vieillesse.

— Je le sais, qu'il va mourir pareil. Mais qu'est-ce que ça change, hein ?! Il faut prendre soin, mon homme. Prendre soin de tout, en particulier de ce qui est en train de disparaître.

Mon silence lui est apparu comme ce qu'il était : un signe de reddition. Grand avait une fois de plus remporté son duel. Il s'est levé de table, s'est mis à laver la vaisselle tranquillement, l'ombre d'un sourire au coin des lèvres, sûrement replongé dans la nostalgie de ses prises de bec affectueuses avec ma grand-mère.

Mon grand-père ne pouvait pas savoir. Il ne pouvait pas voir l'angoisse naître, se mettre à gonfler, la sentir presser contre mon sternum, remonter ma trachée jusqu'à ma luette, m'empoigner à la gorge de sa grippe de fer. Invincible jusqu'à preuve du contraire, Grand ne semblait pas se douter le moins du monde qu'il n'était pas question de l'orme, mais de lui.

•

Une fois qu'on a su pour le cancer, tout a déboulé. Ses poumons étaient irrécupérables, et mon grand-père ne voulait rien savoir de la chimiothérapie, après avoir été témoin de tout le mal que cela avait fait à ma grand-mère. Elle avait souffert atrocement, et lui, des mois durant, l'avait regardée s'effriter, puis se volatiliser, cellule par cellule, morceau par morceau. Après deux rondes de chimio, ma grand-mère était déjà méconnaissable. Chauve et sans sourcils, les yeux cernés de crevasses violacées. La peau de son visage, d'une blancheur verdâtre, était de plus en plus ratatinée, striée chaque semaine par de nouvelles rides, qui n'étaient peut-être au fond que les plis de sa peau dégonflée, vidée de sa chair, s'affaissant sur elle-même comme un ballon crevé.

Ma grand-mère gardait espoir, tenait bon en dégotant jour après jour sur Internet de nouveaux articles pseudo-médicaux prouvant qu'une guérison était toujours de l'ordre du possible. Mon grand-père et moi hochions la tête vigoureusement, jouions le jeu, de peur de lui saper le moral. Sur une base quasi quotidienne, les solutions miraculeuses se succédaient, des herbes médicinales ancestrales à l'acupuncture traditionnelle chinoise en passant par les bains de glace dans les fjords norvégiens, renforçant petit à petit la théorie d'un complot machiavélique des multinationales en pharmaceutique (qui garderaient l'humanité malade pour pouvoir s'en mettre plein les poches), tout en élargissant l'horizon de vie imaginaire de ma grand-mère à coups de mirages séduisants. Ce bal des « découvertes » s'est étendu sur quelques semaines, jusqu'à ce que le médecin interrompe la fête et lui annonce sa conclusion, définitive et irréfutable : au stade qu'avait atteint sa maladie, ça ne servait plus à rien de lui administrer tous ces médicaments. Et, au cas où subsisterait quelque doute : aucun des traitements placebos ou des rituels d'inspiration chamanique qu'elle avait dénichés sur Internet n'y pourrait quoi que ce soit. Une fois le verdict rendu, sa détérioration s'est accélérée. On aurait dit que l'âme de ma grand-mère venait de s'assécher brutalement. Moins de quarante-huit heures plus tard, ma grand-mère a dû être transférée aux soins palliatifs.

À partir de ce moment, elle était la plupart du temps absente. La dernière fois que je l'ai vue refaire surface, hisser momentanément sa tête hors des torrents d'analgésiques pour donner signe de vie, elle m'a regardé intensément, d'un seul œil – le gauche – qui par contraste avec son visage blême aux muscles atrophiés, paraissait plus vif que jamais. Le resurgissement de ma grand-mère à travers cet œil de défi, frondeur, malin, joueur jusqu'au bout, joueur jusque dans ses derniers retranchements, inépuisable et obstiné, est le tout dernier signe de vie qu'elle m'a donné.

Depuis son décès, Grand avait développé une phobie du cancer. Il le niait fermement et évitait autant que possible d'aborder le sujet. Lorsque je le confrontais et le forçais à en parler, il le faisait avec un détachement surjoué, affirmait énergiquement qu'il ne mourrait pas comme ça. Le destin avait d'autres plans pour lui. Des plans de bonheur et de longévité. Il avait l'intime conviction qu'il vivrait au moins jusqu'à cent ans, vieillissant tranquillement auprès de son orme.

— Comme dans les livres.

Et après ? On verrait. Il succomberait à une mort naturelle, idéalement dans son sommeil.

— Ouin ! Ç'aurait de l'allure, ça. Dans mon lit. Bonne-nuit-dodo-fini, pis on n'en parle plus. La classe !

J'acquiesçais pour préserver la paix, mais je savais alors pertinemment que je ne parlais pas à mon grand-père, mais au conteur en lui. J'en ai acquis la certitude près d'un an après le décès de ma grand-mère quand, un soir d'été, je lui ai fait une surprise en me présentant chez lui plus tôt que prévu. Mon grand-père étant un être hautement coutumier, à l'aise dans une routine en béton armé, devancer mon arrivée, même d'une petite demi-heure, représentait un geste audacieux auquel je ne me serais habituellement pas risqué. Toutefois, quelques semaines auparavant, il m'avait confié que depuis qu'il vivait seul, il éprouvait, pour la première fois de son existence, des bouffées de mélancolie. Cela me paraissait comme une étape normale dans son processus de deuil, rien de paniquant, mais j'en avais tout de même pris note.

Ainsi, ce soir-là, je m'étais donné la mission de le bousculer un peu dans ses habitudes. Arrivée impromptue, tête-à-tête prolongé, bière danoise (la Labatt 50 pouvait bien prendre un dimanche de congé), charcuteries et fromages fins. Le beau temps était au rendez-vous, la chaleur propice à s'enfiler quelques bières de soif, allongés dans une chaise longue. Un apéro improvisé au soleil : voilà le genre de médecine douce anti-marasme dont Grand avait besoin.

À mon arrivée, j'étais passé par la cour pour le surprendre dans son rituel de contemplation du paysage en surgissant de nulle part devant la porte patio. À mi-chemin de mon parcours, alors que je longeais le mur arrière de la maison, j'ai aperçu mon grand-père par la fenêtre de la salle de bain. Il se tenait devant le miroir, au-dessus du lavabo, dans une drôle de position. De profil, il semblait avoir figé au moment de se rincer le visage. Les coudes appuyés sur le comptoir, le thorax agité de secousses intenses, il pleurait. Je ne l'avais vu pleurer qu'une seule fois, sobrement et en silence, à l'enterrement de ma grand-mère. Jamais je n'aurais pu imaginer Grand, mon modèle de solidité et d'endurance, s'abandonner ainsi au chagrin. Bouleversé, je suis retourné vers ma voiture pour m'y enfermer. Essuyer le choc et apaiser mon cœur affolé.

Peu avant d'en ressortir pour me présenter à sa porte à l'heure habituelle, je lui ai téléphoné pour l'avertir que j'étais en route et que j'arriverais bientôt, espérant lui donner le temps de se ressaisir et d'enfiler son masque d'homme inébranlable. Encore à ce jour, l'évocation de cet instant me trouble. J'ai honte de m'être tu, de n'avoir pas réagi avec l'humanité dont je suis sûr qu'il aurait fait preuve à mon endroit, mais la pudeur orgueilleuse de Grand, issu d'une génération ayant appris que virilité et vulnérabilité étaient irréconciliables, m'interdisait d'aborder ce que j'avais vu.

Nous avons soupé comme si de rien n'était. Il donnait le change, loquace, drôle et charmant sans se douter que son petit-fils enjoué était au fond un hypocrite de la pire espèce. Un lâche. Toujours est-il que je savais désormais, sans le moindre doute, que mon grand-père me dissimulait sa détresse. Ma grand-mère lui manquait plus qu'il ne me le laissait croire et il avait peur, terriblement peur, de contracter un cancer lui aussi. Mais il ne l'aurait jamais admis. Jamais. Même déplumé, un paon, ça reste un paon.

Quand l'oncologue, le même qui avait traité sa femme, lui a appris que ses examens révélaient la présence de cellules cancéreuses dans ses poumons, il est resté calme. Poliment, il a interrompu le médecin dans son élan explicatif, lui a dit que ça ne valait pas la peine de lui décrire l'ensemble des procédures à suivre. Il les connaissait bien et, de toute manière, sa décision était déjà prise : il refusait tout traitement, voulait rentrer chez lui immédiatement pour y mourir en paix. L'oncologue lui a répondu, avec une délicatesse professionnelle, qu'il avait peut-être besoin de temps pour digérer la nouvelle. Il vaudrait mieux prendre quelques jours pour réfléchir et réévaluer sa décision à tête reposée. La chimiothérapie faisait parfois de petits miracles. Stoïque, Grand le regardait avec une froideur muette, tranchante. Son langage corporel était limpide : son idée était faite. Point final. L'entretien s'est conclu sur un malaise pesant. On aurait dit que l'oxygène de la pièce avait été siphonné par le mutisme obstiné de mon grand-père. Je me suis chargé de prendre un rendez-vous de suivi à sa place pendant qu'il demeurait assis, bras croisés, comme un enfant boudeur.

Une fois sortis du bureau, nous avons pris l'ascenseur jusqu'au rez-de-chaussée, suivi un long couloir aux murs d'un bleu fatigué, remonté en silence le corridor central jusqu'à l'entrée de l'hôpital, pour enfin parvenir à l'air libre. Incapable de regarder Grand en face, j'observais la façade de brique rouge de ce qui ressemblait à une ancienne chapelle chrétienne, quand je lui ai demandé ce qui lui prenait de baisser les bras sans lutter.

— Oublie ça, la chimio, mon homme.

— Pourquoi ?

— Tu me trouves pas assez laid de même ?

— Voyons, Grand...

— On me voit quasiment à travers la peau, je suis tellement maigre que je pourrais partir au vent. Dans le temps, je pouvais casser une brique en deux, avec ces mains-là. Maintenant j'ai de la misère à dévisser un pot de cornichons...

— Je comprends, c'est dur tout ça, mais la chimio...

— Pfff ! Jamais d'la vie. Faut quand même que je sois présentable dans mon cercueil.

Sur cette boutade, il a mimé un homme à l'air pompeux, menton haut, lèvres pincées, rajustant avec soin le nœud de sa cravate, avant de laisser tomber un rire informe, sans tonus, qui l'a fait s'étouffer. Caverneuse, sa toux semblait surgie des profondeurs d'un puits humide, aux murs couverts de mousse et de moisissures millénaires. Cependant, je m'efforçais d'afficher une expression neutre pour ne pas l'embarrasser de mes inquiétudes. Depuis que le médecin avait établi son diagnostic, à peine quelques minutes plus tôt, ma voix intérieure se déchaînait, me harcelait, me jugeait sans la moindre considération, sans une once de pitié. Inlassablement, elle me répétait que *j'aurais dû le savoir*. L'amaigrissement progressif, le teint cendreux, l'essoufflement, la fatigue chronique, la toux aboyante. Les signes étaient là, juste sous mon nez. Flagrants. Je n'avais pas su les reconnaître ou, pire encore, peut-être n'avais-je pas voulu les percevoir, aveuglé par la peur vertigineuse de perdre mon grand-père. L'idée qu'il puisse être à son tour atteint d'un cancer m'était intolérable. Ça ne pouvait pas arriver. Pas une seconde fois. Pas une seconde fois dans la même famille, dans le même couple, à trois ans d'intervalle. Pas à Grand. À n'importe qui, mais pas à lui. Impossible. Trop fort, trop droit, trop vif. Ces symptômes étaient sûrement sans lien les uns avec les autres, ne devaient être que des signes de vieillissement normaux. Voilà. La vieillesse, rien de plus. Je n'allais tout de même pas verser dans la paranoïa pour une petite fatigue, grimper aux rideaux pour une toux d'octogénaire. Cela finirait par passer. Grand disait être en pleine forme, alors je le croyais. Je *voulais* le croire.

Immobile sur le trottoir, sous le regard empathique de la Vierge trônant en son alcôve avec une impériale sérénité, repensant aux alarmes ignorées, je me sentais vaciller, sur le point de défaillir. Tout était de ma faute. Ingrat et irresponsable, j'aurais dû être plus prudent, plus vigilant, obliger mon grand-père à consulter son médecin malgré sa tête de cochon de niveau olympique. J'avais failli à mon rôle, n'avais rien retenu de ses enseignements. Pas même le tout premier.

Indigne petit-fils du plus tendre et du plus attentionné des hommes, je n'avais pas su prendre soin.

•

Son cancer des poumons en était à un stade si avancé que Grand n'est resté chez lui que quelques semaines après que le diagnostic est tombé.

Un matin, j'ai pris congé pour lui rendre une visite surprise. Je ne saurais comment l'expliquer, mais dès que j'ai frappé à sa porte, un drôle de pressentiment m'a creusé le ventre. Après une quinzaine de secondes, je ne percevais toujours aucun signe de mouvement par la fenêtre. Alors, j'ai frappé de nouveau. Sonné. Sonné deux fois. Trois fois. Toujours rien. Couloir désert, aucun son en provenance de l'intérieur. Obligé des décennies durant à se lever aux petites heures pour son travail sur les chantiers, mon grand-père était un matinal invétéré. À neuf heures, il aurait dû être éveillé depuis longtemps. Soudain, les images ont déboulé. Son corps pâle assoupi pour toujours sous les draps. Son crâne fendu comme une noix sur la céramique de la cuisine. Son visage bleu dans un bain devenu glacial. Sa dépouille désarticulée, échouée mollement au bas de l'escalier du sous-sol. Affolé, je me suis mis à chercher la clé de sa maison, introuvable dans mon trousseau surpeuplé. Au bout d'un interminable moment d'affolement, passé à éliminer les clés une à une, j'ai enfin réussi à débarrer la serrure, mon cœur battant à tout rompre.

Heureusement, j'ai trouvé Grand tout de suite. Il était allongé sur le canapé du salon, les paupières fermées à demi, faible et somnolent. Depuis peu, comme ma grand-mère avant lui, il s'étiolait à petit feu. La maigreur, le visage émacié, la peau d'une pâleur inquiétante, je m'y étais presque habitué. Mais, ce jour-là, c'était une tout autre histoire. Teint grisâtre. Yeux prisonniers de crevasses bourgogne, enfoncés si profondément dans ses orbites qu'ils semblaient sur le point de basculer dans son crâne. Ses pinces décharnées, squelettiques. Il ressemblait déjà en tous points à un cadavre. Seul le sifflement aigu accompagnant sa respiration indiquait qu'il était toujours vivant. Quand il m'a enfin aperçu par la mince fente de ses paupières boursoufflées, il a fait mine de se redresser, mais il n'arrivait plus à soulever son torse ni même sa tête, malgré ses efforts manifestes. Comment avait-il pu dépérir aussi rapidement ? Le médecin croyait qu'il en avait encore pour environ six mois.

— Voyons ! Qu'est-ce qui se passe ? Pourquoi tu m'as pas appelé ?

Détournant le regard, évitant de croiser le sien, je fixais son torse déplumé, soulevé insensiblement par sa respiration laborieuse. Malgré moi, les larmes se sont mises à couler abondamment sur mes joues, à ruisseler jusqu'à mes lèvres, tièdes et salées. En me voyant craquer, Grand s'est mis à pleurer lui aussi, dans un petit hoquet qui m'a fait craindre qu'il meure étouffé. J'ai passé mon bras derrière son cou et l'ai serré contre moi. Si fort que j'ai eu peur de lui avoir abîmé le squelette.

— Faut... faut que t'ailles à l'hôpital, grand-p'pa...

Tu peux plus rester ici tout seul, ç'a aucun bon sens.

Il a posé sur ma joue une pince exsangue, rigide et froide, puis m'a regardé droit dans les yeux. Tendrement. Sans qu'il ait à parler, j'ai compris qu'il le savait. Qu'il l'acceptait. Il a pris une courte respiration, comme s'il s'apprêtait à plonger en apnée, simplement pour arriver à prononcer quelques mots, qu'il m'a murmurés à l'oreille. Ses bras se sont noués autour de mon cou. Je l'ai soulevé facilement. Comme un enfant. Son corps long et décharné débordait largement de mes bras, mais il était léger. Anormalement léger. Ses organes, ses os, ses muscles et son sang devaient avoir commencé à se dissoudre, à s'évaporer par les pores de sa peau pour faire place au vide qui nous rattrape tous un jour ou l'autre. En voyant notre reflet dans le miroir, au bout du couloir, Grand a expiré, d'une voix à peine audible :

— Beau duo.

Je n'ai pu réprimer un large sourire. Dans le miroir, Grand souriait, lui aussi. *Beau duo*. Une fois dans la cour, je l'ai posé dans l'herbe, au pied de son arbre, puis l'ai aidé à s'étendre, sa tête appuyée contre ma cuisse. Ses yeux, traversés de biais par la lumière tamisée du matin, paraissaient flotter sur son visage comme deux planètes bleues, lointaines et iridescentes, d'une beauté pure et violente.

Nous sommes demeurés ainsi, sous la ramure de l'orme, un long moment. Le temps de faire nos adieux à la maison, au spectre de ma grand-mère, errant dans le jardin. À ma jeunesse envolée, à la cabane du pionnier, à l'arbre bicentenaire et à sa légende, qui nous avait si souvent réunis. Au monde tel que nous l'avions toujours connu.

•

À ce que m'a raconté une infirmière des soins palliatifs, la veille de sa mort, Grand a passé la journée à dormir, ne se réveillant que quelques minutes ici et là pour boire un peu d'eau, les lèvres à peine entrouvertes.

Je me suis rendu à l'hôpital dès que j'ai pu, après le travail, et suis resté de longues heures à son chevet en attendant qu'il se réveille. Vers vingt-et-une heures, nous avons eu notre dernière discussion. Penché sur son visage, mon oreille pratiquement collée à ses lèvres, je n'ai pas tout entendu, ni tout saisi, mais j'ai compris l'essentiel du message. *Je t'aime*. Trois fois. Je lui ai répondu que je l'aimais aussi, lui ai promis de prendre soin de chaque chose. La gorge nouée, j'ai complété intérieurement : en particulier de celles qui disparaissent.

Voyant qu'il luttait férocement contre le sommeil, j'ai caressé son front, ses paupières, lui ai dit : « Ça va, Grand, je suis là, tu peux fermer les yeux, je vais te conter une histoire. *Une histoire de solitude. De solitude, de patience et d'amitié.* » Ses doigts ont serré faiblement les miens. J'ai grimacé de douleur. Un vague sourire s'est dessiné au coin de ses lèvres, puis ses paupières se sont closes. Sa main agrippait toujours la mienne, mais se relâchait au fil des péripéties de l'orme qui voulait s'envoler. Peu à peu, ses traits se sont détendus, sa respiration a ralenti. Quand j'en ai eu terminé avec la légende, il dormait.

Plongé dans le sommeil, le visage de Grand semblait s'être obscurci. On dit parfois que la mort jette une ombre sur ceux qu'elle enveloppe. Or, cette nuit-là, ce n'était pas une, mais des milliers d'ombres délicates qui se sont déposées sur le corps de mon grand-père. Une à une, des milliers de petites feuilles en amande, venues l'enlacer une dernière fois, jusqu'à le recouvrir entièrement.

•

Quelques semaines après les funérailles, l'enterrement et la paperasse d'usage, je suis retourné à la maison de mes grands-parents, dont j'avais hérité. Pas une seule minute je n'ai considéré m'y installer. Leur absence imprégnant chaque pièce, chaque parcelle du terrain, enrayait toute possibilité d'un nouveau départ en ces lieux. Il me fallait aller de l'avant. Vendre la propriété et ne plus jamais y remettre les pieds.

Je venais donc, ce jour-là, noter les travaux à accomplir afin de rendre la maison attrayante pour d'éventuels acheteurs. Le vide de l'espace faisait écho à celui de ma poitrine. Pour éviter de m'attarder sur l'idée d'une vie sans Grand, je m'occupais l'esprit, inscrivant méthodiquement dans mon carnet tout ce qu'il y avait à faire, sans jamais laisser à mon regard le temps de s'arrêter ou de traîner sur les meubles poussiéreux, les tours d'albums de photos à classer, les tableaux de paysages idylliques tissés à la main et les horribles bibelots rassemblés sur une étagère du salon.

Quand j'ai enfin eu terminé d'inspecter la maison de fond en comble, ma cervelle en surchauffe était sur le point d'imploser. Abattu par la somme considérable de travail qui m'attendait, je suis sorti dans la cour pour m'aérer l'esprit. Quand je me suis appuyé sur la rambarde du balcon, une vision en filigrane s'est développée sous mes yeux, fleurissant lentement, comme une goutte d'encre de Chine gorgeant les fibres d'un papier vierge. La silhouette de l'orme, superposée à celle de la main fantomatique de mon grand-père, à l'hôpital. Le tracé des branches, enchevêtré à celui des veines bleuâtres sillonnant sa peau translucide.

Puis, je l'ai aperçue. À la cime de l'arbre, une petite branche aux feuilles tordues.

LEXIQUE

À la grandeur : sur toute la surface
Avoir la chienne : avoir peur
Bacc : baccalauréat (premier niveau universitaire)
Bécosse : latrines extérieures (d'après *back house*)
Ben : bien
Bollé : doué, une « tête »
Braker : freiner
Caler : vider d'un trait
Capoter : ne pas en revenir / être dans tous ses états
Chest : poitrine
Chuck : suspension
Clairer : libérer / évacuer (d'après *to clear*)
Cocotte : pomme de pin
Cohorte : ensemble des élèves d'une même année scolaire
(Se) crinquer : se motiver
Criss : christ (sacre)
Déconcrissé : foutu, en état de décrépitude avancée
Décrisser : défaire / détruire / ficher le camp
Drette-là : ici, maintenant.
Dull : ennuyeux
Enfirouaper : entourlouper

Enwèye : allez ! / dépêche-toi ! / fais vite !
Épais : rustre
Estie (ou ostie) : hostie (sacre)
Être chicken : être peureux
Être crampé : être mort de rire
Faire son frais : crâner
Fake : faux
Filer : se sentir
Freak : hystérique
Garnotte : gravier
Garrocher : lancer avec force
Gosser : énerver
(Se) gosser : fabriquer
Kick, kicker : coup, donner un coup de pied
Lendemain de veille : gueule de bois
Ligue de garage : ligue sportive amateur
Loadé au bouchon : surchargé
Magané : abimé
Moppe : serpillère
(Sur la) pinotte : sur le speed (drogue)
Pitcher : lancer, propulser

Plaster : pansement
Plate : ennuyeux
Potteux : fumeur de cannabis
Rushant : pressant, stressant
Sacrament : sacrement (sacre)
Sacrer le camp : disparaître
Sacrer patience : ficher la paix
Scrap : cassé, dans un état de perte totale
Shaker : trembler
Slack : mou
Sloche : neige semi fondue
Smatte : sympathique
(Se) tanner : en avoir marre
Tinque : réservoir (de *tank*)
Toffer : endurer
Tough : dur, dur-à-cuire
Trail : petit sentier en nature
Vadrouille : serpillère
Virer une brosse : prendre une cuite
Weird : bizarre / étrange

REMERCIEMENTS

Merci au Conseil des Arts et Lettres du Québec pour son appui financier.

Merci à Denise Brassard pour les sages conseils, l'écoute et la confiance alors que le livre se profilait à peine dans le brouillard.

Merci à Claudine Sauvé et à Angèle Patenaude, inspirantes femmes de cœur, pour le partage de l'anecdote derrière *Générale*.

Merci à Catherine-Anne Laranjo, à Pierre-Marc Asselin et à Frédérique Thibault pour le prêt des yeux, la générosité et les encouragements.

Merci à mes ami.e.s et à ma famille pour l'indéfectible soutien. Pour l'accueil des absences, des détours et des silences.

Merci à Mylène et à Paul d'avoir su me bousculer avec autant de rigueur que de bienveillance. Merci pour la patience, l'empathie et la richesse des échanges.

Enfin, merci incommensurable à Gabrielle. Pour la lumière, la main tendue, et tout ce que les mots ne sauront jamais qu'effleurer.

RÉFÉRENCES

L'idée de transformer le monde en « immonde », évoquée dans la nouvelle *Générale*, est un clin d'œil à la pensée de Kenneth White, fondateur de la géopoétique.

DANS LA MÊME COLLECTION

FICTIONS

BOUCHARD, Mylène, *Ma guerre sera avec toi*, 2006

BOUCHARD, Mylène, *La garçonnière*, 2009; 2013; 2020

BOUCHARD, Mylène, *Ciel mon mari*, 2013

BOUCHARD, Mylène, *L'imparfaite amitié*, 2018

BOUCHARD, Sophie, *Cookie*, 2008

BOUCHARD, Sophie, *Les bouteilles*, 2010

BOUCHET, David, *Soleil*, 2015

CANTY, Daniel, *Wigrum*, 2011

CARON, Jean-François, *Nos échoueries*, 2010

CARON, Jean-François, *Rose Brouillard, le film*, 2012

CARON, Jean-François, *De bois debout*, 2017

DeCHAMPLAIN, Virginie, *Les falaises*, 2020

DESJARDINS, Antoine, *Indice des feux*, 2021

DESCHÊNES, Marjolaine, *Fleurs au fusil*, 2013

DROUIN, Marisol, *Quai 31*, 2011

GAGNÉ, Mireille, *Le lièvre d'Amérique*, 2020

KAWCZAK, Paul, *Ténèbre*, 2020

LAVERDURE, Bertrand, *Bureau universel des copyrights*, 2011

LAVERDURE, Bertrand, *La chambre Neptune*, 2016

LEBLANC, Suzanne, *La maison à penser de P.*, 2010

LÉTOURNEAU, Sophie, *Chasse à l'homme*, 2020

LÉVEILLÉ-TRUDEL, Juliana, *Nirliit*, 2018

MARCOUX-CHABOT, Gabriel, *La Scouine*, 2018

Mc CABE, Alexandre, *Chez la Reine*, 2014

Mc CABE, Alexandre, *Une vie neuve*, 2017

NASRALLAH, Dimitri, *Niko*, 2018
(traduit de l'anglais par Daniel Grenier)

NASRALLAH, Dimitri, *Les Bleed*, 2019
(traduit de l'anglais par Daniel Grenier)

TANNAHILL, Jordan, *Liminal*, 2019
(traduit de l'anglais par Mélissa Verreault)

THÉORET, France, *Les querelleurs*, 2018

TUCKER, Aaron, *Oppenheimer*, 2020
(traduit de l'anglais par Rachel Martinez)

VERREAULT, Mélissa, *Voyage léger*, 2011

VERREAULT, Mélissa, *Point d'équilibre*, 2012

VERREAULT, Mélissa, *L'angoisse du poisson rouge*, 2014

VERREAULT, Mélissa, *Les voies de la disparition*, 2016

VILLENEUVE, Mathieu, *Borealium tremens*, 2017

La Peuplade a été fondée
par Mylène Bouchard
& Simon Philippe Turcot.

Design graphique et mise en page
Atelier Mille Mille

Direction littéraire
Mylène Bouchard

Édition
Mylène Bouchard & Paul Kawczak

Révision linguistique
Luba Markovskaia

Correction d'épreuves
Pierrette Tostivint

.

Illustration en couverture
Stéphane Poirier

Indice des feux a été mis en page
en Lyon, caractère dessiné par Kai Bernau
en 2009 et en Din Next, caractère dessiné
par Akira Kobayashi en 2009.

Achevé d'imprimer en France
par CPI en octobre 2020.

No. d'impression : 2053061